狼圖騰之小狼小狼

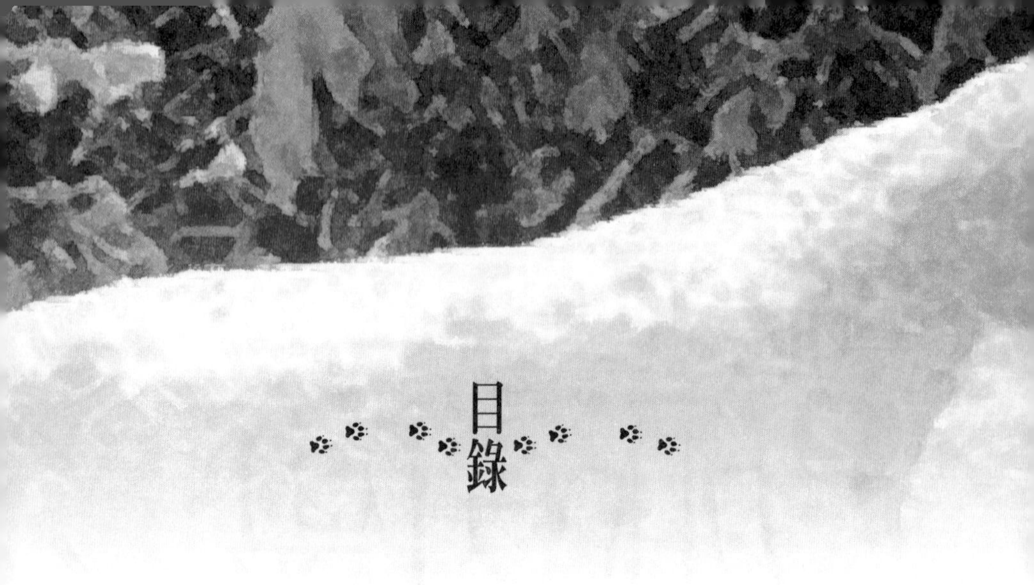

目錄

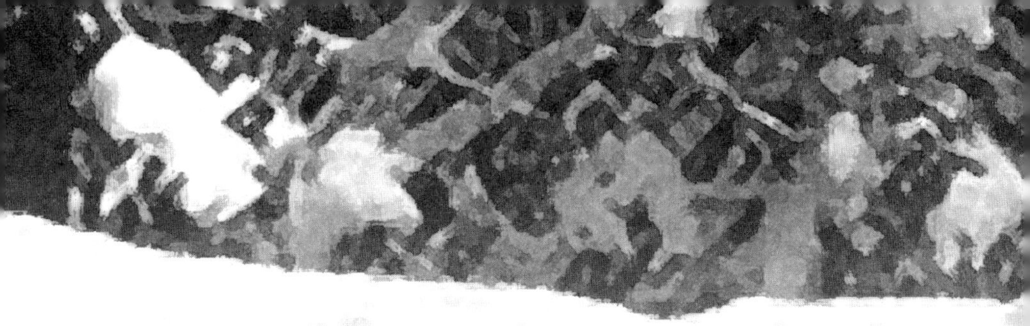

目錄

7 他對草原狼著了迷

那是一個陽光溫暖的早春，羊倌陳陣剛剛觀察過羊群四周的情況，好像沒有什麼異常動靜，便躺在草地上，眼睛死死盯著藍天。天空上盤旋的那些黑點兒，就是兇猛的草原雕。牠們會趁人不備，突然俯衝下來，雙爪緊緊掐住羊羔，而後騰空飛去。

忽然，陳陣聽到羊群嘩啦啦一陣輕微騷動，急忙坐了起來。眼前並沒有草原雕的影子，卻看到一條灰黃色的大狼衝進了羊群，一口叼住一隻羊羔的後脖子，側頭一甩，把羊羔甩到自己的後背上。然後歪著頭，背扛著羊羔，順著山溝，向黑石頭山方向，颼颼地跑沒影了。

羊羔平時最愛叫，聲音又亮又脆，一隻羊羔的驚叫聲，常常會引起幾百隻羊羔和母羊們的連鎖反應，叫得草場驚天動地。可狼嘴叼緊了羊羔後脖頸，就勒得羊羔的喉嚨發不出一點聲音。母狼悄無聲息地溜走了，羊群平靜如初。絕大部分羊還不知發生了什麼事，可能連羊羔媽媽都不知自己丟了孩子。

如果陳陣聽力和警覺性不高的話，他也會像那隻傻母羊那樣，要等到下午對羔點羊的時候才會發現丟了羔。陳陣驚訝得像遇到了一個身懷絕技的飛賊，眼睜睜地看著賊在他眼皮底下搶走了錢包。

等喘平了氣，陳陣才騎馬走到狼偷襲羊羔的地方查看，發現那兒的草叢中有一個土坑，土坑裏的草全被壓平了。顯然，母狼並不是從遠處匍匐接近羊群的。那樣的話，陳陣也許還能發現。那條母狼其實早已悄悄埋伏在這個草坑裏，一直等到羊群走近草坑時，才突然躥出來的。

陳陣看了看太陽，算了一下，這條狼足足埋伏了三個多小時。在這個季節抓走活羊羔的狼只會是母狼，這是牠訓練狼崽抓活物的活教材、活道具，也是餵給尚未開眼和斷奶的小狼崽，鮮嫩而易消化的理想肉食。

陳陣窩了一肚子火，但他又在心裏暗自慶幸。這些天他和楊克經常隔三差五地丟羊羔，兩人一直懷疑是老鷹或草原雕偷的。這些飛賊動作極快，趁人不備，一個俯衝就能把羊羔抓上藍天。可是老鷹抓羊羔，低空俯衝威脅面很大，會驚得整群羊狂跑大叫，守在羊群旁的人是不可能不發覺的。他倆始終弄不清這個謎。直到此刻，陳陣親眼看到母狼抓羊羔的技巧，還有這個草坑，才算破了這個案。否則，那條母狼還會繼續讓他們丟羊羔。

無論牧民怎樣提醒、告誡，陳陣還是不能保證放羊不出一點差錯。那些狡猾的草原狼，會按照不同的天氣和地形，用誰也想不到的辦法來偷走羊羔。狼雖然沒有草原雕的翅膀，但草原上真正的飛賊卻是狼。讓人一次一次地目瞪口呆，也讓你多留心眼，多長心智。

白天放羊時，除了草原上的風聲和羊的叫聲，陳陣耳邊聽不到一點人聲，沒有人來同他說話。通常，只有在看清周圍沒有狼的情況下，他才可以掏出隨身帶的書本，匆匆看上幾頁。更多的時候，他只能在苦思和幻想中打發時光。

一九六七年冬天，陳陣從北京來到額侖草原插隊，當時，知青的蒙古包還沒有發下來，他就被安排在牧民畢利格老人家裏，分配當了羊倌。一年後，知青支起了自己的蒙古包，陳陣和同班同學楊克共同放一群羊，差不多有一千七百多隻。加上牛倌高建中、馬倌張繼原，這個蒙古包一共有四個北京學生。

放羊對陳陣來說有一個好處：獨自一人待在無邊無際的草原上，總能找到靜靜思索的時間。他的腦子裏有那麼多問號，就像天上的白雲，一堆一堆聚攏來、疊起來，然後一片一片飄得好遠，再被風吹散。他和楊克從北京帶來了兩大箱書，書本有如青草肥嫩多汁，晚上在羊油燈下看書，白天放羊的時候，就可以學習羊的反芻法來消化它們，細嚼慢咽。

此刻，他想起了剛才那條叼走羊羔的母狼。牠的那一窩小狼崽，藏在哪一片山坡的哪一個狼洞裏呢？狼媽媽爲了抓活物餵養小狼崽，敢於在羊倌眼皮子底下冒險。狼媽媽很勇敢，狼媽媽也很狡猾，懂得埋伏，有耐心。一旦時機到了，會像旋風一樣神速出擊。

來到額侖草原兩年多，陳陣聽牧民講了許多狼故事。都是自己以前在北京聞所未聞的。

比如，狼抓黃羊有絕招。在白天，一條狼盯上一條黃羊，先不動牠，到了天黑，黃羊會找一個背風草厚的地方臥下睡覺。這會兒，狼是抓不住黃羊的。黃羊的身子睡了，可牠的鼻子耳朵不睡，稍有動靜，黃羊蹦起來就跑，狼也追不上。

一晚上，狼就是不動手，趴在不遠的地方死等。等一夜，等到天白了，黃羊憋了一夜的尿，尿泡憋脹了，狼瞅準機會就衝上去猛追。黃羊跑起來撒不出尿，跑不了多遠，尿泡就顛破了，後腿抽筋，再也跑不動了。黃羊跑得再快，也有跑不快的時候。那些老狼和頭狼，就知道在清晨的那一小會兒能抓住黃羊。

只有最精的黃羊，才能捨得身子底下焐熱的熱氣，在半夜站起來撒出半泡尿，就不怕狼追了。額侖的獵人常常起大早，去搶被狼抓著的黃羊，剖開羊肚子，裏面儘是尿。

再比如，今年早春，擅長氣象戰的草原狼，趁著一次寒流襲來的大風雪，在草原「白毛風」的掩護下，成功組織了一場閃電戰。把一大群健壯的軍馬，全部趕進硝泡子的大泥塘裏，馬群全軍覆沒。事後陳陣親眼見到了屍橫遍野的現場，狼的兇殘讓他恐懼，狼的智慧卻讓他震驚，狼群互相配合默契的大智大勇，幾乎一下子改變了他腦子裏原先對「大灰狼」的認識。

最精彩的，是那個關於「飛狼」的傳說。

前幾年，牧場領導為了減少牧民下夜的辛苦，也為了保障羊群的安全，在接羔草場上，最先蓋起了幾個大石圈。

有一天晚上，狗叫得兇，像是來了狼。但有石圈，牧民就沒去查看。想不到第二天一早打開圈門，牧民眼前那麼一大片死羊，圈裏的地上全是血，有二指厚，連圈牆上都噴滿了血。每隻死羊的脖子上都有四個血窟窿，還有好幾堆狼糞……這一小群狼吃掉了十幾隻羊，還咬死了二百多隻。狼吃飽了喝足了，又飛出了石圈，消失得無影無蹤。那石圈的圍牆有六七尺高，周圍也沒有洞，人都爬不過去，狼究竟是怎樣進去的呢？

場部來了人，進行「破案」偵查，直到發現了圈牆東北角外牆上的狼血爪印，才算揭開了謎底：狼群是集體作戰的，其中有一頭最大的狼，在牆外斜站起來，後爪蹬地、前爪撐牆，用自個兒的身子給狼群當跳板。然後，其他的狼從幾十步以外的地方衝過來，跳上大狼的背，再蹬著大狼的肩膀，一使勁就跳進了石圈，就像飛進去一樣。裏面的狼吃飽了，就會再搭跳板，把一條吃飽的狼送出來，給餓狼搭狼梯，讓牠也進去吃個夠。外牆上那個狼的血爪印，就是那條踩過羊血的飽狼留下來的。

那麼，狼群是怎樣一條不落地安全撤離的呢？牧民說，草原狼的集體觀念特強，特別團結，決不會讓弟兄和家人吃虧。最後走的那條狼，一定是最有本事也最有勁的頭狼。牠硬是獨自叼來圈裏的死羊，靠著牆，把死羊一條條摞起來，做成羊梯，然後，嘿嘿，蹬著羊梯，成功地「飛」走了。

從那以後，陳陣再也不敢小視蒙古狼。草原狼就像一群飛翔的精怪，一次次出現在他的睡夢中。他覺得自己對狼像是著了迷，產生出許多好奇和疑問——在這蒙古包全新的生活裏，面對無邊無際的大草原，狼們不再像教科書上寫的那樣蠢笨，而是生動的、神奇的，充滿了智慧和魅力。

蒙古老人畢利格，曾對他和楊克說過：你們要想懂草原，先得懂狼。

然而，真要想懂得狼，實在是太難了。人在明處，狼在暗處；狼嗥可遠聞卻不可近聽。那麼，怎樣才能最短距離地接近狼呢？

陳陣望著那條母狼消失的方向，癡癡地想著。一個念頭像電光火石一般，在他心裏亮了一亮，全身的血液都呼地燃燒起來。

2 陳陣想掏一條小狼崽

這些日子來，陳陣心裏一直徘徊不去的那個念頭，越來越強烈了——他下決心要想辦法，去抓一條小狼崽。

掏狼崽是草原上一件凶險、艱難、技術性極強的狩獵項目，也是草原民族抑制草原狼群發展的最主要的方法。額侖草原肥美富庶，狼食多，狼崽的成活率極高。春天掏到一窩狼崽，一窩狼崽七八隻、十幾隻，端掉一窩狼崽，就等於消滅了一群狼。

陳陣聽過不少掏狼崽的驚險故事，所以他早已有充分的思想準備。狼群爲了保護狼崽，會運用狼的最高智慧，以及所有兇猛亡命的看家本領。但是，陳陣心裏暗暗藏了自己的一份秘密：他掏狼崽，並不是僅僅爲了減少狼害，而是要實現自己的一個心願——他要把狼崽放在蒙古包旁養著，從夜看到明，從小看到大，把狼看個夠，看個透。這個行動雖然非常冒險，卻是瞭解狼、研究狼的一條捷徑。

空中飄起雪沫，陳陣進了蒙古包，和楊克，還有牛倌高建中，圍著鐵筒乾糞爐，喝早茶、吃手把肉，還有畢利格的兒媳婦嘎斯邁送來的奶豆腐。趁著這一會的閒空，陳陣開始勸他倆跟自己去掏狼窩。他認爲自己的理由很充足：咱們以後少不了跟狼打仗，養條小狼才可以真正摸透狼的脾氣，才能知己知彼。

牛倌高建中在爐板上烤著肉，面有難色地說道：掏狼崽可不是鬧著玩的，前幾天蘭木扎布他們掏狼洞熏出一條母狼，母狼跟人玩兒了命，差點沒把他的胳膊咬斷。護羔子的綿羊都敢頂人，護崽的母狼還不得跟人拼命。他們一共三個馬倌牛倌，七八條大狗，費了好大勁，才打死母狼。狼洞太深，他們換了兩撥人，挖了兩天才把狼崽掏了出來。可咱們，連條獵槍都沒有，就拿鐵鍬馬棒能對付得了？

挖狼洞也不是件輕活，上次我幫桑傑挖狼洞，挖了兩天，也沒挖到頭，最後只好點火灌煙再封了洞拉倒。誰知道能不能熏死小狼崽？桑傑說母狼會堵煙，洞裏也有通風暗口……找有狼崽的洞就更難了，狼的真真假假你還不知道？牧民說，狼洞狼洞，十洞九空，還經常搬家。

楊克倒是痛快地對陳陣說：我跟你去。我有根鐵棒，很合手，頭也磨尖了，像把小扎槍。要碰見母狼，我就不信咱倆打不過一條狼。再帶上一把砍刀，幾個「二踢腳」，咱們連砍帶炸，準能把狼趕跑。要是能打死條大狼，那咱們就神氣了。

高建中挖苦道：臭美吧。留神狼把你抓成個獨眼龍，咬成狂犬病，不對，是狂狼病，那你的小命可就玩兒完了。

楊克晃晃腦袋：沒事兒，我命大。再說，辦什麼事都不能前怕狼後怕虎。漢人就是因爲像你這樣，才經常讓游牧民族入主中原。蘭木扎布老說我是吃草的羊，他是吃肉的狼。咱們要是自個兒獨立掏出一窩狼崽，看他還敢說我是羊了。我豁出一隻眼也得賭這口氣。

陳陣說：好！說定了？可不許再反悔噢！

楊克把茶碗往桌上一放，大聲說：嗨，你說什麼時候去？要快！聽說，場部就該讓咱們去圈狼了，我也特想參加圍狼大會戰。

陳陣站起來說：要不，今天晚上，我先到畢利格阿爸那兒去一趟，向他請教掏狼崽的竅門。

楊克說：也好。等你問明白了，明天咱們就上山。

兩個春天了，全場一百多個知青，還沒有一個人獨自掏到過狼崽。陳陣不敢奢望自己能掏到一窩，他一直打算找機會，讓畢利格老人帶著他去掏狼窩，先學學本領。可是，狼群獵殺馬群的事故發生以後，老人就顧不上親自去掏狼崽了。

既然今天他和楊克都下了決心，陳陣真的要抓緊行動了。

這天傍晚，陳陣把羊群關進了羊圈，便騎馬去了畢利格老人的蒙古包。

陳陣一進包，見畢利格一家人正準備吃晚飯。前幾天爲了保護馬群而受了凍傷的巴圖，還在家裏休息。陳陣挨著他坐下，喝了一口奶茶，就對畢利格說：阿爸，我前些日子放羊，一條母狼就在我眼皮子底下把一隻羊羔活活地叼走，往東北邊黑石頭山那邊逃了。我想那邊一定有個狼窩，裏面一定有狼崽。我打算明天一早就去找，想讓您帶我們去……

老人說，明兒我是去不了了，這邊還有不少急事要辦呢。老人回頭問道：母狼真往黑石頭山那邊去了？

沒錯。陳陣說。

老人捋了捋鬍子，問道：你那會兒騎馬追了沒有？

陳陣說：沒有，牠跑得太快，沒來得及追。

老人說：那還好。要不那條母狼準會騙你。有人追，牠是不會直奔狼窩的。

老人略略想了想，說道：這條母狼真是精，頭年開春，隊裏剛剛在那兒掏了三窩狼崽，今年誰都不去那兒掏狼了，想不到還有母狼敢到那兒去下崽。那你明兒快去找吧，多去幾個人，多帶狗。一定得找幾個膽大有經驗的牧民，你們兩個千萬別自個兒去，太危險。

掏狼窩最難的是什麼？陳陣問。

老人說：掏狼窩麻煩多多的有，找狼窩更難。我告訴你一個法子，能找到狼窩。你明兒天不亮就起來，跑到石頭山旁邊高一點的山頭，趴下。等到天快亮的時候，你用望遠鏡留神看，這時候母狼在外面忙活了一夜，該回洞給狼崽餵奶。你要是看到狼往什麼地方去，那邊就準有狼窩，你要仔細找，帶上好狗轉圈找，多半能找著。可找著了，要把狼崽挖出來也難啊，最怕洞裏有母狼，你們千萬要小心。

老人的目光忽而黯淡下來，他說：要不是狼群殺了這麼大一群馬，我是不會再讓你們去掏狼崽的，掏狼崽是額侖草原老人們最不願幹的事情……

老人看著陳陣，又說：孩子啊，我看你是被狼纏住了，我老了，這點本事傳給你。只要多上點心，能打著狼。可你要記住你阿爸的話，狼是騰格里派下來保護草原的，狼沒了，草原也保不住。狼沒了，蒙古人的靈魂也就上不了天了。

陳陣問：阿爸，狼是草原的保護神，那您爲什麼還要打狼呢？聽說您在場部的會上，也同意大打。

老人說：狼太多了就不是神，就成了妖魔，人殺妖魔，就沒錯。要是草原牛羊被妖魔殺光了，人也活不成，那草原也保不住。我們蒙古人也是騰格里派下來保護草原的。沒有草原就沒有蒙古人，沒有蒙古人也就沒有草原。

陳陣心頭一震，追問道：您說狼和蒙古人都是草原的衛兵？

老人的目光突然變得警惕和陌生，他盯著陳陣的眼睛說……沒錯。可是你們……你們漢人不懂這個理。

陳陣一時不敢再問下去。可是，掏狼崽的學問太奧妙，他掏狼崽的目的是養一隻狼崽，如果再不抓緊時間，等到狼崽斷了奶或睜開了眼，那就難養了。必須搶在狼崽還沒有看清世界、分清敵我的時候，把牠從狼的世界轉到人的環境中來。

陳陣擔心野性最強的狼崽，比麻雀還難養。從小就喜愛動物的陳陣，小時候多次抓過和養過麻雀，可是麻雀氣性大，在籠子裏閉著眼睛就是不吃不喝，直至氣絕身亡。狼崽可不像麻雀那麼好抓，如果冒了風險，費了牛勁，抓到了狼崽卻養不了幾天就養死了，那就虧大了。

陳陣扭頭看著巴圖，他是全場出名的馬倌和打狼能手，前幾天吃了狼群那麼大的虧，正在氣頭上，待一會兒，向他請教掏狼崽的事準能成。

3 捨不得孩子打不著狼

畢利格老人的蒙古包裏，那盞有三個燈撚的羊油燈，把一家人的臉都照得亮堂堂。矮方桌上兩大盆剛出鍋的血腸血包、羊肚肥腸和手把肉，冒著騰騰的熱氣和香氣。陳陣眼睛發亮，肚子也突然餓起來了。

嘎斯邁端著肉盆，將陳陣最愛吃的羊肥腸轉到他的面前，又端起另一個肉盆，把老人最愛吃的羊胸椎轉到老人面前。然後，給陳陣遞過一小碗用固體醬油和草原口蘑泡出的蘑菇醬油。這是陳陣吃手把肉時最喜歡的調料，這種北京加草原的調味品，現在已經成爲他們兩家蒙古包的常備品了。

陳陣用蒙古刀割了一段羊肥腸蘸上調料，塞到嘴裏，香得他幾乎把狼崽的事忘記。草原羊肥腸是草原手把肉裏的上品，只有一尺長。說是肥腸，其實一點也不肥，肥腸裏面塞滿了最沒油水的肚條、小腸和胸膈膜肌肉條。羊肥腸幾乎把一隻羊身上的棄物都收羅進來了，卻搭配出蒙古大餐中讓人不能忘懷的美食，韌脆筋道，肥而不膩。

陳陣說：蒙古人吃羊真節約，連胸隔膜都捨不得扔，還這麼好吃。

老人點頭：餓狼吃羊，連羊毛羊蹄殼都吃下去。草原鬧起大災來，人和狼找食都不容易，吃羊就該把羊吃得乾乾淨淨。

陳陣笑道：這麼說，蒙古人吃羊吃得這麼聰明，也是跟狼學的了？

全家人大笑，連說是是是。陳陣又一連吃下去三小段肥腸。

嘎斯邁笑得開心。陳陣記得嘎斯邁說過，她喜歡吃相像狼一樣的客人。陳陣有點不好意思，此刻自己一定像條餓狼。他也不敢再吃了，因爲畢利格全家人都愛吃羊肥腸，可一眨眼的工夫，他已經把大半根腸吃進肚裏了。

嘎斯邁直起腰，用刀子撥開血腸，再用刀尖又挑出一大根肥腸來，笑道：知道你來了就不肯走了，我煮了兩大根腸吶。那根全是你的了，你要跟狼一樣節約，不能剩。一家人又笑了。

嘎斯邁九歲的兒子巴雅爾，連忙把媽媽挑出來的肥腸抓到自己的肉盆前。

兩年多了，陳陣總是搞不清與嘎斯邁的輩份關係，巴圖是畢利格的兒子，嘎斯邁是巴圖的妻子，正常輩份，她應該算是陳陣的大嫂。可是，陳陣覺得嘎斯邁有時是他的姐姐，有時是嬸嬸，有時是小姨小姑，她的快樂與善良像草原一樣坦蕩純真。

陳陣吃下整根肥腸，又端起奶茶一口氣喝了半碗，問嘎斯邁：聽說巴雅爾敢抓狼尾巴，敢鑽狼洞掏狼崽，敢騎烈馬，膽子也太大了，妳就不怕他出事？

嘎斯邁笑道：蒙古人從小個個都是這樣。巴圖小時候膽子比巴雅（**巴雅是巴雅爾的暱稱**）還大，巴雅鑽的狼洞沒有大狼，狼崽又不咬人，掏出一窩狼崽算什麼。可是巴圖鑽的狼洞裏面有大狼。他在洞裏碰見了母狼，還硬是把母狼從狼洞裏拽了出來。

陳陣吃驚不小，忙問巴圖：你怎麼從來沒給我講過這事，快跟我好好講講。

在蒙古包熱鬧的氣氛中，這幾天一直苦著臉的馬倌巴圖，心情好了起來。他喝了一大口酒，開始給陳陣講自己小時候鑽狼洞、掏狼崽的故事：

那年我十三歲吧，有一次阿爸他們幾個人找了幾天，才找到了一個有狼崽的狼洞，洞很大很深，挖不動，阿爸怕裏面有母狼，先點火熏煙，想把母狼轟出來。後來煙散了，母狼也沒有出來，我們以爲裏面沒有大狼了，我就拿著火柴麻袋鑽進狼洞去掏狼崽。哪想到鑽進去兩個半身子深的時候，我就看見了狼的眼睛，離我只有兩尺遠，嚇得我差點尿褲子。

我連忙劃了一根火柴，火光一亮，我看見狼也嚇得在那兒哆嗦呢，跟狗害怕的樣子差不多，尾巴都夾起來了。我趴在洞裏不敢動，火剛一滅，狼就衝過來，我退也退不出去，心想這下可完了。哪想到牠不是來咬我，是想從我頭上躥過去，逃出洞。

這時候我怕洞外面的人沒防備，怕狼咬了阿爸，我也不知道哪來的膽子，猛地撐起身子，想擋住狼，沒想到我的頭頂住了狼的喉嚨，我又一使勁，就把狼頭頂在洞頂上了。這一下，狼出不去跑不了，母狼急得亂抓，把我的衣服抓爛了。我也豁出去了，急忙坐起來，狠狠頂住狼的喉嚨和下巴，不讓牠咬著我。

我又去抓狼的前腿，費了半天勁，才把狼的兩條前腿抓住。這下狼咬不著我，也抓不著我了，可我也卡在那裏沒法動彈，渾身一點勁也沒了。

巴圖平靜地敘述著，好像在講一件別人的事情：

外面的人等了半天不見我出來，不知道出了什麼事，阿爸急得鑽了進來，他劃著火柴，見我頭上頂著一個狼頭，這陣勢把他也嚇壞了。他趕緊讓我頂住狼頭別動，然後，抱著我的腰，一點一點往外挪。

我一邊頂住狼頭，一邊又使勁拽狼腿，讓狼跟著我慢慢往外挪動。阿爸又大聲叫外面的人，抓住他的腳一點一點地往外拽。一直到把阿爸拽到洞口的時候，外面的人才知道這是怎麼回事。大家都拿著長刀棍棒等在洞口，阿爸和我剛把狼拽頂到洞口邊上，外面的人一刺刀就刺進狼嘴，把狼頭釘在洞口的頂上，幾個人一起把狼從狼洞裏拽出來打死。

後來，我歇夠了勁，又鑽進洞，越到裏面洞越窄，只有小孩能鑽進去。最裏面倒大了，地上鋪著破羊皮和羊毛，上面蹚著一窩小狼崽，一共九隻，都還活著。那條母狼爲了護崽，在狼崽睡覺的地方外刨了好多土，把最裏面的窩口堵了一大半，母狼自個兒留在外面。母狼沒熏死，是因爲洞上面還有一些小洞，煙都跑上面去了，還能往外面散煙。後來，我就扒開了土，伸手把狼崽全抓了出來，再裝到麻袋裏，倒著爬了出來……

陳陣聽得喘不過氣來。全家人也好像好久沒有回憶這個故事了，都聽得戰戰兢兢。

陳陣心想，「捨不得孩子打不著狼」，過去還真不理解這句話的意思，「捨不得孩子打不著狼」，難道是用孩子做誘餌，來換一條狼嗎？這樣做不是太不合情理了嗎？現在他才明白，這句話說的是讓孩子去冒險鑽狼洞掏狼崽，這又深又窄的狼洞，只有孩子的小身子才能鑽得進去。

陳陣想，蒙古女人要像漢族女人那樣溺愛孩子，他們民族可能早就滅亡了，所以蒙古孩子長大以後，個個都那麼勇猛強悍。蒙古人畢竟統治中國近一個世紀，這句流傳全中國的老話，八成是從蒙古草原傳到中原的。

陳陣感到這個故事和他聽到的其他掏狼崽的故事很不一樣，又問：我聽別人說母狼最護崽，都敢跟挖狼洞的人拼命，可這條母狼怎麼不敢跟人拼命呢？

老人說：其實，草原狼都怕人。草原上能打死狼的，只有人。這條母狼剛讓煙給熏暈了，又看著人手裏拿著火，敢鑽進牠的洞，牠能不害怕嗎？這條狼個頭不算小，可我看得出來，這是條兩歲的小母狼，下的是頭胎。可憐吶。今兒要不是你問起這件事，誰也不願提起它啊。

嘎斯邁臉上的笑容不見了，眼裏閃著一層薄薄的淚光。

巴雅爾忽然對母親嘎斯邁說：陳陣剛才悄悄對我說了，他們明天一早要上山掏狼崽，我想幫他們去掏，他們個兒大，鑽不到緊裏面的。今兒晚上我住到他們包去，明天一早跟他們一塊兒上山。

嘎斯邁說：好吧，你去，要小心點。

陳陣慌忙擺手：不成！不成！我真怕出事兒，妳可就這麼一個寶貝兒子啊。

嘎斯邁說：今年春天，咱們組才掏了一窩狼崽，還差三窩呢。再不掏一窩，那個軍代表包順貴又該對我吼了。

陳陣說：那也不成，我寧可不掏也不能讓巴雅去。

老人把孫子摟到身邊，略一思忖，說：巴雅就別去了。前些天我剛下了不少狼夾子，準能夾著一兩條大狼，不交狼崽皮，交大狼皮也算完成定額。這一回，就讓這幾個北京學生先去練練手吧。

4 掏狼先得有好狗

陳陣爲了使這次行動更有把握，在回家的路上，順道去了幾個蒙古包，想請幾位年輕的牧民朋友和他們一起找狼窩。但牧民都認爲那個地方不會有狼崽，第二天早晨誰也沒來。

羊群靜靜地縮臥在土牆草圈裏，懶懶地反芻著草食，不想出圈。三條看家護圈的大狗，叫了一夜，此刻又冷又餓，全身顫抖地擠在蒙古包門前。陳陣一開門，獵狗黃黃就撲過來，把兩隻前爪搭在他的肩膀上，舔他的下巴，拚命地搖尾巴，向他要東西吃。陳陣從包裏端出大半盆吃剩的手把肉骨頭倒給牠們。三條狗將骨頭一搶而光，就地臥下，兩爪夾豎起大骨棒，側頭狠嚼，喀巴作響，然後連骨帶髓全部咽下。

陳陣又從包裏的肉盆挑出了幾塊肥羊肉，給母狗伊勒單獨餵。伊勒毛色黑亮，跟黃黃一樣也是興安嶺獵狗種，頭長、身長、腿長、腰細、毛薄，獵性極強，速度快、轉身快、能掐會咬，一見到獵物就興奮得直躥，拽都拽不住。

這兩條狗都是獵狐的高手，尤其是黃黃，從牠爹媽那兒繼承和學會了打獵的絕技。牠不會受狐狸甩動大尾巴的迷惑，能直接咬住狐狸尾巴，然後急刹車，讓狐狸拚命前衝，再突然一撒口，把狐狸摔個前滾翻，使牠致命的脖子和要害肚皮來個底朝天，黃黃再幾步衝上去，一口咬斷狐狸的咽喉，獵手就能得到一張完好無損的狐皮。

而有些牧民家的賴狗，不是被狐狸用大尾巴遛斷了腿，就是把狐狸皮咬開了花，常常把獵手氣得將狗臭揍一頓。黃黃和伊勒見狼也不怕，仗著自己的靈活機敏，跟狼東咬西跳，死纏活纏，還能不讓狼咬著自己，為後面跟上來的獵手和惡狗，套狼抓狼贏得時間，創造良機。

黃黃是畢利格老人和嘎斯邁送給陳陣的，伊勒是楊克從他的房東家帶過來的。額侖草原的牧民總是把他們最好的東西送給北京學生，所以這兩條小狗長大以後，都比牠們的同胞兄弟姐妹更出色出名。後來巴圖經常喜歡邀請陳陣或楊克一起去獵狐，主要就是看中這兩條狗。

去年一冬天下來，黃黃和伊勒已經抓過五條大狐狸了。陳陣和楊克冬天戴的狐皮草原帽，就是這兩條愛犬送給他倆的禮物。春節過後，伊勒下了一窩小崽，共六隻。其他三隻被畢利格、蘭木扎布和別的知青分別抱走了，現在只剩三隻，一雌兩雄，兩黃一黑，肉乎乎，胖嘟嘟，好像小乳豬，煞是可愛。

生性細緻的楊克，寵愛伊勒和狗崽非常過份，幾乎每天要用肉湯、碎肉和小米給伊勒煮一大鍋稠粥，把糧站給知青包的小米定量用掉大半。當時額侖草原知青的糧食定量仍按北京標準，一人一月三十斤。但種類與北京大不相同：三斤炒米（**炒熟的糜子**），十斤麵粉，剩下的十七斤全是小米。小米大多餵了伊勒，他們幾個北京人也只好像牧民那樣，以肉食為主了。

牧民糧食定量每月只有十九斤，少就少在小米上。小米肉粥是最好的母狗狗食，這是陳陣從嘎斯邁那裏學來的知識。伊勒下奶特別多，因此陳陣包的狗崽，要比牧民家的狗崽壯實。

除了黃黃和伊勒，還有一條強壯高大的黑狗，是本地蒙古品種。狗齡五六歲，頭方口闊，胸寬腿長身長，吼聲如虎，兇猛玩命。全身傷疤累累，頭上、胸上、背上有一道道一條條沒毛的黑皮，顯得醜陋威嚴。牠臉上原來有兩個像狗眼大小的圓形黃色眉毛，可是一個眉毛像是被狼抓咬掉了，現在只剩下一個，跟兩隻眼睛一配，像臉上長了三隻眼。雖然第三隻眼沒有長在眉心，但畢竟是三隻眼，因此，開始的時候，陳陣楊克就管牠叫二郎神。

這頭兇神惡煞般的大狗，是陳陣去鄰近公社供銷社買東西的路上撿來的。那天回家的路上，陳陣總感到背後有一股寒氣，牛也一驚一乍的。他一回頭，發現一條巨狼一樣大的醜狗，吐出大舌頭，一聲不吭地跟在後面，把他嚇得差點掉下牛車。他用趕牛棒轟牠趕牠，牠也不走，一直跟著牛車，跟回了陳陣的蒙古包。

幾個馬倌都認得牠，說這是條惡狗，有咬羊的惡習，被牠的主人打出家門，流浪草原快兩年了，大雪天就在破圈牆根底下憋屈著，白天自個兒打獵，抓野兔、抓獺子、吃死牲口、撿狼食，要不就跟獨狼搶食吃，跟野狗差不多。後來牠自個兒找了幾戶人家，也都因爲牠咬羊，又被打出家門幾次。要不是牧民念牠咬死過幾條狼，早就把牠打死了。

按草原規矩，咬羊的狗必須殺死，以防家狗變家賊，家狗變回野狼，攪亂狗與狼的陣線，也是給其他野性未泯的狗一個教訓。牧民都勸陳陣把牠打跑，但陳陣卻覺得牠很可憐，也對牠十分好奇，牠居然能在野狼成群、冰天雪地的殘酷草原生存下來，想必本事不小。

再說，自從搬出了畢利格老人的蒙古包，離開了那條威風凜凜的殺狼猛狗巴勒，他彷彿缺了左膀右臂。陳陣對牧民說，他們知青包的狗都是獵狗快狗，年齡也小，正缺這樣大個頭的惡狗看家護圈，不如暫時先把牠留下，以觀後效，如果牠再咬死羊，由他來賠。

幾個月過去了，「二郎神」並沒有咬過羊。但陳陣看得出牠是忍了又忍，主動離羊群遠遠的。

陳陣聽畢利格老人說，這幾年草原上來了不少打零工的盲流，把草原上為數不多的流浪狗快打光了。他們把野狗騙到土房裏吊起來灌水嗆死，再剝皮吃肉，看來這條狗也差點被人吃掉，可能是在最後一刻才逃脫的。牠不敢再流浪，不敢再當野狗了。流浪狗不怕吃羊的狼，卻怕吃狗的人。

這條大惡狗夜裏看羊護圈吼聲最兇，拼殺最狠，嘴上常常有狼血。一冬天過去，陳陣楊克的羊群很少被狼掏、被狼咬。在草原上，狗的任務主要是「下夜」（**指值夜班看護畜群**）、看家和打獵。白天，狗不跟羊群放牧，況且春季帶羔羊群有石圈，也隔離了狗與羊，這些條件也許能幫這條惡狗慢慢改邪歸正。

陳陣的蒙古包裏，其他幾個知青對「二郎神」也很友好，總是把牠餵得飽飽的。但「二郎神」從來不與人親近，對新主人收留牠的善舉也沒有任何感恩的表示。牠不和黃黃伊勒玩耍，見到主人，連搖尾的幅度也小到幾乎看不出來。白天沒事的時候，牠經常會單身獨行在草原上閒逛，或臥在離蒙古包很遠的草叢裏遠望天際，沉思默想，微瞇的眼睛裏，流露出一種對自由草原嚮往和留戀的神情。

某個時刻，陳陣突然醒悟，覺得牠不大像狗，倒有點像狼。狗的祖先是狼，中國西北草原最早的民族之一——犬戎族，自認爲他們的祖先是兩條白犬，犬戎族的圖騰就是狗。

陳陣曾經疑惑：強悍的草原民族怎能崇拜人類的馴化動物的狗呢？可能在幾千年前，草原狗異常兇猛，野性極強，或者乾脆就是狼性未退、帶點狗性的狼？犬戎族崇拜的白犬，很可能就是白狼的一種。有史料提及，古代西北草原也確實有白狼部族，他們的頭領被稱爲白狼王。陳陣想，難道他撿回來的這條大惡狗，竟是一條狼性十足的狗？或是帶有狗性的狼？也許在牠身上出現了嚴重的返祖現象？

陳陣經常有意地親近牠，蹲在牠旁邊，順毛撫摸，逆毛撓癢，但牠也很少回應。目光說不清是深沉還是呆滯，尾巴搖得很輕，只有陳陣能感覺到。牠好像不需要人的愛撫，不需要狗的同情，陳陣不知道牠想要什麼，不知道怎樣才能讓牠回到狗的正常生活中，像黃黃伊勒一樣，有活幹，有飯吃，有人疼，自食其力，無憂一生。

陳陣常常也往另處想：難道牠並不留戀狗群的生活，打算返回到狼的世界裏去？但爲什麼牠一見狼就掐，像是有不共戴天之仇？從外表上看，牠完完全全是條狗，一身黑毛就把牠與黃灰色的大狼劃清了界線。但是印度、蘇聯、美國、古羅馬的狼，以及蒙古草原古代的狼都曾收養過人孩，難道狼群就不能收留狗小孩嗎？可是牠要是加入狼群，那馬群牛群羊群就該遭殃了。可能對牠來說，最痛苦的是狗和狼兩邊都不接受牠，或者，牠兩邊哪邊也不想去。

陳陣有時對自己說，牠絕不是狼狗，狼狗雖然兇狠，但狗性十足。牠有可能是天下罕見的狗狼，或狗性狼性一半一半，或狼性略大於狗性。陳陣摸不透牠，但他覺得應該好好對待牠，慢慢琢磨牠。陳陣希望自己能成爲牠的好朋友。

後來陳陣和楊克不再叫牠二郎神，而管牠叫二郎，諧二狼的音，含準狼的意，不要神。

陳陣輕輕地給二郎撓脖子，牠還是沒有多少感謝的表示。但陳陣知道，一旦帶牠外出打獵，牠的表現肯定會超過黃黃和伊勒。

5 尋找狼窩

第二天凌晨時分，陳陣和楊克帶著黃黃和二郎，已經悄悄登上了黑石頭山附近的一個小山頭，兩匹馬都拴上了牛皮馬絆子，放在山後的隱避處。二郎和黃黃的獵性都很強，如此早起，必有獵情，兩條狗匍匐在雪地上一聲不響，警惕地四處張望。

雲層遮沒了月光和星光，黑沉沉的草原異常寒冷和恐怖，方圓幾十里只有他們兩個人。而此刻正是狼群出沒，最具攻擊性的時候。不遠處的黑石頭山像一組巨獸石雕壓在兩人身後，使陳陣感到後背一陣陣發冷。身邊只有自家的兩條狗，孤單單的，顯得一點兒氣勢聲威都沒有。他開始爲身後的兩匹馬擔心，也對自己的冒險行動害怕起來。

忽然，東北邊傳來了狼嗥聲，向黑黑的草原山谷四處漫散，餘音嫋嫋，如簫如簧，悠長淒寒。幾分鐘後，狼嗥的尾音才漸漸散去，靜靜的草原又遠遠傳來一片狗叫聲。陳陣身旁的兩條狗依然一聲不吭，牠倆都懂得出獵的規則：下夜護圈需要狂吠猛吼，而上山打獵則必須斂聲屏息。

陳陣把一隻手伸到二郎前腿腋下的皮毛裏取暖，另一隻手摟住牠的脖子。出發前，楊克已把牠們餵得半飽，獵狗出獵不能太飽又不能太饑，飽則無鬥志，饑則無體力。食物已在狗的體內產生作用，陳陣的手很快暖和起來，甚至還可以用暖手去焐狗的冰冷的鼻子，二郎輕輕地搖起了尾巴。身邊有這條殺狼狗，陳陣心裏才感到踏實了一些。

楊克緊緊抱著黃黃，小聲對陳陣說：噯，連黃黃也有點害怕了，牠一個勁地發抖哩，不知是不是聞著狼味兒了……

陳陣拍了拍黃黃的頭，小聲說：別怕，別怕，天快亮了，白天狼怕人，咱們還帶著套馬杆呢。其實，這會兒陳陣的手，已跟著黃黃的身體輕輕地抖了起來。他故作鎮定地說：你看，咱倆像不像特工嘛，深入敵後，狼口拔牙。現在我一點兒也不睏了。

楊克也壯了壯膽說：打狼就是打仗，鬥體力，鬥精力，鬥智鬥勇，三十六計除了美人計使不上，什麼計都得使。

陳陣說：可也別大意啊，我看三十六計還不夠對付狼的呢。

楊克說：那倒也是，咱們現在使的是什麼計？利用母狼回洞餵奶的線索來尋找狼洞，三十六計裏可沒這一條。老阿爸真是詭計多端，這一招真夠損的。

陳陣說：誰讓狼殺了那麼多的馬呢！阿爸也是讓狼給逼的。我聽巴圖說，阿爸已經好幾年沒給狼下夾子了，蒙古老人從來不對狼斬盡殺絕的。

天色漸淡，黑石頭山已經不像石雕巨獸，漸漸顯出巨石的原貌。東方的光線從雲層的稀薄處緩緩透射到草原上，視線也越來越開闊。人和狗緊緊地貼在雪地上，陳陣拿著望遠鏡四處張望，地氣很重，鏡頭裏一片茫茫。

陳陣很擔心，如果母狼在地氣的掩護下悄悄回洞，那人和狗就白凍半夜了。幸好地氣很快散去，變成一層輕薄透明的霧氣，在草尖上飄來蕩去。如有動物走過，反而會驚動地霧，暴露自己。

突然，黃黃向西邊轉過頭去，鬃毛豎起，全身緊張，向西匍匐挪動，二郎也向西邊轉過頭去。陳陣立即意識到有情況，急忙把望遠鏡頭對準西邊草甸——

山下，山坡與草甸交界處的窪地上，長著一大片乾黃的旱葦，沿著山腳一直向東北方向延伸。這是狼的鍾愛之地，隱蔽，背風，是狼在草原與人進行游擊戰所憑藉的「青紗帳」。畢利格老人常說，一冬一春的旱葦地，是狼轉移、藏身和睡覺的地方，也是獵人獵狗打狼的獵場。

黃黃和二郎可能聽到了狼踏枯葦的聲音。時間對，方向也對，陳陣想：一定是母狼要回窩了。他仔細地搜索葦地的邊緣，等著狼鑽出來。老人說過，葦地低窪，春天雪化會積水，狼不會在那兒挖洞。狼洞一般都在高處水灌不著的地方，陳陣想，只要狼從哪兒鑽出來，那牠的窩一定就在附近的山坡上。

兩條狗忽然都緊緊盯著一處旱葦不動了，陳陣趕緊順著狗盯的方向望去，他的心一下子狂跳起來：一條大狼從葦地裏探出半個身子，東張西望。兩條狗立刻把頭低了下去，下巴緊貼地面。兩人也儘量趴下身體。狼仔細地看了看山坡，然後才颼地躥出葦地，向東北方向的一個山溝跑去。

陳陣一直用望遠鏡跟著狼，這條狼與他上次看到的那條母狼有點像。狼跑得很快但也很吃力，想必在夜裏偷了哪家的羊，吃得很飽。他想：如果今天這兒就只有著這一頭狼，那他就不用怕了，兩個人加兩條狗，尤其是有二郎，肯定能對付這頭母狼。

母狼爬上了一個小坡。陳陣想，只要看到牠再往哪個方向跑，就可以斷定狼洞的大致位置了。但是，就在這時，狼突然在小山坡的頂上站住了，轉著身子，東望望，西望望，然後望著人與狗潛伏的方向不動了。

兩個人緊張得不敢喘一口氣，狼站的位置已經比葦地高得多，牠在葦地裏看不到人，可是站這個小坡上應該能看到。陳陣深感自己缺乏實戰經驗，剛才在狼往山坡跑的時候，他們和狗應該後退幾米就好了，誰會想到狼的疑心這麼重。

狼緊張地伸長前半身，使自己更高一些，再次核實一下牠所發現的敵情。牠焦急猶豫地原地轉了兩圈，猶疑片刻，然後颼地掉頭四十五度，向山坡東面的大緩坡躥去，不一會就跑到一個洞口，一頭扎進洞裏。

好！有門！這下子咱們就可以大狼小狼一窩端了。楊克拍手大叫。

陳陣也興奮地站起身來說：快，快上馬。

兩條狗圍著陳陣蹦來跳去，急得哈哈喘氣，跟主人討口令。陳陣手忙腳亂之中，居然忘記給狗發口令了，急忙用手指向狼洞，叫一聲「啾」！兩條狗立即飛撲下山，直奔東坡的狼洞。兩人也飛跑下山，解開馬絆子，扶鞍認鐙，撐杆上馬，快馬加鞭向狼洞飛奔。兩條狗已經跑到狼洞口，正衝著洞狂叫。

兩人跑到近處，只見二郎像瘋狗一樣張牙舞爪衝進洞，又退出來，退出來，又衝進去，卻不敢衝得太深。黃黃站在洞口助威吶喊，還不斷就地刨土，雪塊土渣飛濺。兩人滾鞍下馬，跑到洞口一看，真真把他倆嚇了一跳：一個直徑七八十釐米的蛋形洞口裏面，那頭母狼正在發狂地猛攻死守，把衝進洞的粗壯的二郎頂咬出洞，還探出半個狼身，與兩條狗拼命廝殺。

陳陣扔下套馬杆，雙手舉起鐵鍬，不顧一切朝狼頭砸去，狼反應極快，還未等鐵鍬砸下一半，狼已經把頭縮了進去。狼很快又齜著狼牙衝了出來，楊克一鐵棒下去，又打了個空。幾出幾進，幾個來回，陳陣終於狠狠地拍著了狼頭，楊克也打著了一下。但那狼依然兇猛瘋狂，牠突然縮到洞裏一米左右的地方，等二郎衝進去的時候，竄上去狠狠地在牠前胸咬了一口，二郎滿胸是血退出洞口，氣得兩眼通紅，又怒吼幾聲一頭扎進洞裏，洞外只見一條大尾在晃。

陳陣突然想起套馬杆，立刻回身從地上撿起杆，楊克一看，馬上明白了陳陣的意圖，說：對了，咱們來給牠下一個套。

陳陣抖開套繩，準備把半圓形的絞索套放在洞口。只要狼一衝出洞，就橫著拽杆擰繩，勒套住狼，再把狼拽出洞，那時楊克的鐵棒就可以使上勁，再加上兩條狗，肯定就能把狼打死。

陳陣緊張得喘不過氣來。但是，還未等他下好套，二郎又被狼頂咬了出來，牠的兩條後腿一下子把套繩全弄亂。緊接著，滿頭是血的狼就衝出了洞，但是套繩卻被牠一腳踩住。狼一見套馬杆和套繩，像是踩到漏電的電線一樣，嚇得颼地縮進洞裏，再也不露頭了。

陳陣急忙探頭往洞裏看，洞道向下三十五度左右，顯得十分陡峭，洞深兩米處，地道就拐了彎，不知裏面還有多深。楊克氣得對洞大吼了三聲，深深的黑洞立即把他的聲音一口吞沒。

陳陣猛地坐到了洞口平臺上，懊喪之極：我真夠笨的，要是早想起套馬杆，這條狼也早就沒命了。跟狼鬥反應真得快，不能出一點錯。

楊克比陳陣還懊喪，他把帶尖的鐵棒戳進地裏，憤憤地說：媽的，這條狼就欺負咱們沒槍，我要有槍，非掀了牠的天靈蓋不可。這樣耗下去，哪是個頭？我看咱們還是拿「二踢腳」炸吧！

陳陣歎了口氣說：可是，「二踢腳」也炸不死狼。

楊克不甘心地說：炸不死狼，但是可以嚇狼，把牠嚇個半死，熏個半死。我把皮袍脫了，等「二踢腳」一扔進洞，我就用皮袍捂在洞口上，把煙都嚴嚴實實捂在洞裏頭，捂上一會兒，狼準保嗆得受不了。

要是狼還不出來，怎麼辦？

我聽馬倌說，狼特怕槍聲和火藥味，只要扔進去三個「二踢腳」，那就得炸六響，洞裏攏音，聲音比外面響好幾倍，絕對把狼炸懵。狼洞裏空間窄，那火藥味肯定特濃、特嗆。我敢打賭，三炮下去，狼準保被炸出來，嗆出來。你等著拽套吧。我看大狼後面還會跟出來一群小狼崽，那咱倆就賺了。

陳陣想了想說：那好吧，就這麼幹。這次咱倆可得準備好了。我得先看看這個狼洞附近還有沒有別的出口。狡兔還三窟呢，狡狼肯定不止這一個洞。狼太賊了，人的心眼再多都不夠用。

6 眼睜睜讓母狼溜掉了

陳陣騎上馬，帶上兩條狗，以狼洞爲中心，一圈一圈地仔細尋找別的出口。滿目殘雪枯草，地上的黑洞應該不難找。但是，在直徑百米方圓以內，陳陣和狗沒有發現一個洞口。陳陣下了馬，把兩匹馬牽到遠處，繫上馬絆。又走到狼洞口，擺放好套繩，放好鐵鍬、鐵棒。

陳陣留神看了一眼二郎，見牠正在費勁地低頭舔自己的傷口。牠的前胸又被狼咬掉一塊二指寬的皮肉，傷口處的皮毛在抽動，看來二郎疼得夠嗆，但牠仍然一聲不吭。兩人身上什麼藥和紗布也沒有，只能眼看著牠用自己的舌頭和唾液來消毒、止血、止疼。

這是狗狗們天生就會的傳統療傷方法，然後等回去後，主人再給牠上藥包紮。二郎身上的傷大多是狼給牠留下的，所以牠一見狼就分外眼紅。陳陣覺得自己也許誤解了牠，二郎仍然是條狗，一條比狼還兇猛的狼狗。

楊克一切準備就緒，他披著皮袍，抓著三管像爆破筒一樣粗的大號「二踢腳」，嘴裏叼著一根點著了的海河牌香煙。

陳陣笑著說：你哪像個獵人，活像「地道戰」裏面的日本鬼子。

楊克嘿嘿笑著說：我這是入鄉隨俗，胡服騎射。我看狼的地道肯定沒有防瓦斯彈的設備。

陳陣說：好吧，扔你的瓦斯彈吧！看看管不管用。

楊克用香煙點著了一筒「二踢腳」，嗤嗤地冒著煙，朝洞裏狠勁摔進去，緊接著又點著兩筒，扔了進去。三個「爆破筒」順著陡道滾進洞的深處，他隨後立即將皮袍覆蓋在洞口上。不一會兒，洞裏發出悶悶的爆炸聲，一共六響，炸得腳下山體微微震動。

此刻洞裏一定炸聲如雷，氣浪滾滾，硝煙瀰漫，蒙古草原狼洞肯定從來沒有遭受過如此猛烈的轟炸。雖然他倆聽不到狼洞深處的鬼哭狼嚎，但兩人都覺得深深出了一口惡氣。

楊克凍得雙手交叉抱著肩問：哎，什麼時候打開？

陳陣只能被迫擔當起指揮員的角色，說：再悶一會兒。先開一個小口子，等看到有煙冒出來，再把洞口全打開。

陳陣掀開皮袍的一小角，沒見到多少煙，又把它蓋上。他看楊克凍得有些發抖，就想解腰帶，跟他合披一件皮袍。

楊克連忙擺手說：留神，狼就快出來了！你解了袍子腰帶，動作就不俐索了。沒事，我能扛住了。

兩人正說著，忽然，黃黃和二郎一下子站了起來，都伸長脖子往西北方向看，嘴裏發出嗚嗚呼呼的聲音，顯得很著急。兩人急忙側頭望去，西北方向約二十多米遠的地方，從地下冒出一縷淡藍色的煙。

陳陣呼地站起來，大喊：不好，那邊還有一個洞口，你守著這兒，我先過去看著……陳陣一邊說，一邊拿著鐵鍬向冒煙處跑去，兩條狗緊隨其後。

這時，只見從冒煙的地下，忽地躥出一條大狼，就像隱蔽的地下發射場發出的一枚地對地導彈，颼地射出，以拼命的跳躍速度朝西邊山下葦地奔去，眨眼間，就衝進葦地，消失在密密的枯葦叢林裏。二郎緊追不捨，也衝進葦地，葦梢一溜晃動，向北一直延伸。

陳陣害怕有詐，急得大喊：回來回來！二郎肯定聽到喊聲，但牠仍是窮追不捨。黃黃衝到葦地旁邊，沒敢進去，象徵性地叫了幾聲就往回走。

楊克一邊穿著皮袍，一邊向剛才冒煙的地方走去，陳陣也走了過去。到了那個洞口，兩人又吃一驚：雪下的這個洞是個新洞，碎石碎土都是新鮮的。顯然是狼剛剛刨開的一個虛掩的臨時緊急出口。這裏，平時像一塊平地，戰時就成了逃命的通道。

楊克氣得脖子上青筋綻出，大叫：這條該死的狼，把咱倆給耍了！

陳陣長歎一聲說：狡兔三窟雖然隱蔽，總還在明處。可狡猾的狼，就不知道牠有多少窟了。這個洞的位置大有講究，你看，洞外就是一個陡坡，陡坡下面又是葦地。只要狼一出洞，三步兩步就躥到安全的地方了。這個洞的選址智慧極高，比狡兔的十窟八窟還管用。上次包順貴說狼會打近戰、夜戰、奔襲戰、游擊戰、運動戰，一大堆的戰，下次我見到他，還得跟他說說，狼還會打地道戰和青紗帳戰，還能把地道和青紗帳連在一起用。「兵者，詭道也。」狼真是天下第一兵家。

楊克仍是氣呼呼的：電影裏把華北的地道戰、青紗帳吹得天花亂墜，好像是天下第一大發明似的。我現在算是明白了，實際上，狼在幾萬年前就發明出來了。

認輸了？陳陣問。他有點怕他的老搭檔退場，打狼可不是一個人能玩得了的事情。

哪能呢。草原上放羊太寂寞，跟狼鬥智鬥勇，又長見識又刺激，挺好玩的。我是羊倌，護羊打狼，也是我的本職。

兩人走到大洞口旁邊，洞裏還在往外冒煙，煙霧已弱，但火藥味仍然嗆鼻。

楊克探頭張望：小狼崽應該爬出來了啊，這麼大的爆炸聲，這麼嗆的火藥味，牠們能待得住嗎？是不是都熏死在裏面了？

陳陣說：我也這麼想。咱們再等等看，再等半個小時，要是還不出來，那就難辦了。這麼深的洞怎麼挖？我看比打一口深井的工程量還要大。就咱倆，挖上三天三夜也挖不到頭。狼的爪子也太厲害了，在這麼硬的沙石山地，居然能挖出這麼龐大的地下工事。再說，要是狼崽全死了，挖出來有什麼用？

楊克歎道：要是巴雅來了就好了，他準能鑽進去。

陳陣也歎了一口氣說，可我真不敢讓巴雅來，你敢保證裏面肯定沒有別的大狼？嘎斯邁就這麼一個寶貝兒子，她捨得讓巴雅抓狼尾、鑽狼洞，我可不敢。

楊克恨恨地說：草原狼真他媽厲害，繁殖能力比漢人還強，而且連下崽都要修築這麼深、這麼堅固複雜的產房工事，害咱倆白忙乎半天……算了，回頭再討伐牠，咱們還是先吃點東西吧，我真餓了。

陳陣走到馬旁，從鞍子上解下帆布書包，又走回洞口。黃黃一見這個滿是油跡的土黃色書包，立刻搖著尾巴，咧著嘴，哈哈、哈哈地跑過來。

這個書包是陳陣給狗們出獵時準備的食物袋。他打開包，拿出一小半手把肉遞給黃黃，剩下的給二郎留著，牠還沒回來，陳陣有些擔心。冬春的葦地是狼的地盤，如果二郎被那條狼誘入狼群，肯定凶多吉少。二郎是守圈護羊的主力，這次出師不利，假如又折一員大將，那就虧透了。

黃黃一邊吃肉，一邊頻頻搖尾。黃黃是個機靈鬼，牠遇到兔子、狐狸、黃羊，勇猛無比。遇到狼，牠會審時度勢，如果狗眾狼寡，牠會兇猛地去打頭陣；如果沒有強大的支援，牠絕不逞能，不單獨與大狼搏鬥。牠剛才臨陣脫逃，不去幫二郎追狼，是牠怕葦地裏藏著狼群。

黃黃很善於保護自己，這也是牠的生存本領。陳陣寵愛通人性的黃黃，不怪牠不仗義，但開春以來，他越來越喜歡二郎了。牠似乎不太通人性，身上的獸性顯得更強。在陳陣看來，殘酷競爭的世界，一個民族首先需要的是猛獸般的勇氣和性格。他站起來，用望遠鏡向西北邊的葦地望去，希望看到二郎的去向。

但二郎完全不見了蹤影。陳陣從懷裏掏出一個生羊皮口袋，這是嘎斯邁送給他的食物袋，防潮隔油，揣在懷裏既保溫又不髒衣服。他掏出烙餅、手把肉和幾塊奶豆腐，和楊克分食。兩人都不知道下一步該怎麼辦。一邊吃一邊苦想。

7 第一次鑽狼洞

楊克把烙餅撕下一大塊塞進嘴裏，說：這狼洞真真假假，虛虛實實，有狼崽的洞，總是在人最想不到的隱蔽地兒，這回咱倆好容易找準一個，可不能放過牠們。熏不死，咱就用水灌洞，拉上十輛八輛木桶水車，輪番往裏灌，準能把小狼崽淹死！

陳陣譏諷道：草原山地是沙石地，哪怕你能搬來水庫，水也一會兒就滲沒了。

楊克想了想，忽然說：對了，反正洞裏沒有大狼了，咱們是不是讓黃黃鑽進洞，把小狼崽一個一個地叼出來？

陳陣忍不住笑起來：狗早就通了人性，背叛了狼性。牠的鼻子那麼尖，一聞就聞著狼味兒了，狗要是能鑽進狼洞叼狼崽，那就趁母狼不在洞的時候敞開叼好了，那草原上的狼，早就讓人和狗消滅光了。你當牧民都是傻蛋？

楊克不服氣地說：咱們可以試試看嘛，這也費不了多大勁。說完，他就把黃黃叫到洞邊，洞裏的火藥味已散去大半。楊克用手指了指洞裏面，然後喊了一聲「啾」，黃黃馬上明白了楊克的意圖，立刻嚇得往後退。

楊克用兩腿夾住黃黃的身子，雙手握住牠的兩條前腿，使勁把黃黃往洞裏塞。黃黃嚇得夾緊尾巴嗚嗷直叫，拚命掙扎，斜著眼，可憐巴巴地望著陳陣，希望能免了牠這個差事。

陳陣說：看見了吧，別試了。進化難，退化更難。狗是退化不成狼了，狗只能退變成弱狗，懶狗，笨狗。人也一樣。

楊克放開了黃黃，說：可惜二郎不在，牠的狼性特強，沒準牠敢進洞。

陳陣說：牠要是敢進洞，準把小狼崽一個個全咬死了。可我想要活的。

楊克點頭：那倒是。這傢伙一見到狼就往死裏掐。

黃黃吃完了手把肉，獨自到不遠處遛躂去了，牠東聞聞，西嗅嗅，並時時抬後腿，對著地上的突出物撒幾滴尿做記號。

牠越走越遠，二郎還沒回來，陳陣和楊克坐在狼洞旁傻等傻看，一籌莫展。狼洞裏一點動靜也沒有。一窩狼崽七八隻，十幾隻，即使被炸被熏，也不可能全死掉，總該有一兩隻狼崽逃出來吧？就是憑本能，牠們也應該往洞外逃的。

又過了半小時，仍然不見狼崽出來，兩人嘀咕著猜測：要不狼崽已經全都熏死在洞裏；要不，這狼洞裏根本就沒有狼崽。

正當兩人收拾東西準備回撤的時候，突然隱隱聽見黃黃在北面山包後面不停地叫，像是發現了什麼獵物。陳陣和楊克立即上馬向黃黃那邊奔去。登上山包頂，只聽到黃黃叫，仍不見黃黃的身影。

兩人循聲策馬跑去，但沒跑多遠，馬蹄就絆上了雪下的亂石，兩人只好勒住馬。前面是一大片溝壑條條、雜草叢叢的破碎山地，雪面上有一行行大小不一、圖案各異的獸爪印，細細察看，可知有兔子、狐狸、沙狐、雪鼠、還有狼，曾從這裏走過。雪下全是石塊石片，石縫裏長的大多是半人多高的茅草，荊棘和地滾草，乾焦枯黃，一派荒涼，像關內荒山裏的一片亂墳崗。

兩人小心翼翼地控制著馬嚼子，馬蹄仍不時磕絆和打滑。這是一片沒有牧草、牛羊馬都不會來的地方，陳陣和楊克也從未來過此地。

黃黃的聲音越來越近了，但兩人還是看不見牠。陳陣說，這兒野物的腳印多，沒準黃黃抓著了一條狐狸，咱們快走。

楊克說：那咱們就算沒白來一趟。

兩人總算繞過荊棘叢，下到溝底，拐了個小彎，終於看到了黃黃。

這次陳陣和楊克更是嚇了一大跳：黃黃居然翹著尾巴，衝著一個更大更黑的狼洞狂叫。溝裏陰森恐怖，狼氣十足，冷風吹來，陳陣的頭皮一陣陣發麻。他感到像是誤入了狼群的埋伏圈，數不清的狼眼從看不見的地方向你瞪過來，嚇得他身上的汗毛像豪豬毛刺一樣地豎了起來。

兩人下了馬，上了馬絆，拿著傢伙，急忙走到洞前。

這個狼洞，坐北朝南，洞口高約一米，寬有六十釐米。陳陣從來沒有見過這麼大的狼洞，比他在中學時去河北平山學農，見到的抗戰時期的地道口還要大。它隱蔽地藏在大山溝的小溝褶裏，溝上針草叢生，溝下尖石突兀，不到近處，難以發現。

黃黃見到兩個主人，頓時興奮，圍著陳陣跳來蹦去，一副邀功請賞的樣子。陳陣對楊克說：這個洞肯定有戲，沒準黃黃剛才看見狼崽了，你瞧，牠直跟我表功呢。

楊克說：我看也像，這兒才像真正的狼巢，陰森可怕。

陳陣說：狼騷味真夠衝的，肯定有狼！

陳陣急忙低頭查看洞外平臺上的痕跡，狼洞外的平臺，是狼用掏洞掏出的土石堆出的，洞越大，平臺就越大。這個平臺有兩張課桌大小，平臺上沒有雪，有許多爪印，還有一些碎骨。

陳陣的心怦怦直跳，這正是他想看到的東西。他把黃黃請出平臺，讓牠站在一旁替他們放哨，然後和楊克跪在平臺旁邊，俯下身細細辨認。

黃黃已經把平臺原先的痕跡踩亂了，但是兩人還是找到不少確鑿的證據——兩三個大狼的腳印和五六個小狼崽的爪印。狼崽的爪印呈梅花狀，兩分鎳幣大小，小巧玲瓏，非常可愛。小爪印非常清晰，好像這窩小狼崽剛才還在平臺上玩耍過，聽見了陌生的狗叫才嚇回洞裏去。而這個平展無雪的平臺，好像是母狼專為小狼崽清掃出來的戶外遊戲場。

平臺上還有一些羊羔的碎骨渣和捲毛羔皮，羊羔嫩骨上面有小狼崽的舔痕和細細的牙痕。在平臺旁邊，還發現幾根小狼崽的新鮮糞便，筷子般粗細，約兩釐米長短，烏黑油亮，像是用中藥蜜丸搓成的小藥條。

陳陣用巴掌猛一拍自己的膝蓋說：我要找的小狼崽就在這個洞裏。咱們兩個大活人讓那條母狼給耍了。

楊克也突然猛醒，他用力拍了一下平臺說：沒錯，那條母狼原本就是往這個洞的方向跑的，牠在山包上看見了人影，突然臨時改變路線，把咱倆騙到那個空洞去了。牠還裝得跟真的似的，跟狗死掐，真好像在玩命護犢子。狼他媽的狼，我算是服了你了！

陳陣回憶說：牠改變路線的時候，我也有點懷疑，但是牠實在裝得太像了，我就沒有懷疑下去。牠可真能隨機應變。要不是你炸了牠三炮，牠絕對可以跟咱倆周旋到天黑，那就把咱們坑慘了。

楊克說：咱們也虧得有這兩條好狗，沒牠們，咱倆早就讓狼鬥得灰溜溜地敗下陣來了。

陳陣發愁地說：現在更難辦了，這條母狼又給咱倆出了難題，牠讓咱倆浪費了大半天時間，還浪費了三個「瓦斯彈」。這個洞在山的肚子裏，比剛才那個洞還深，還複雜。

楊克低頭朝洞裏看了半天，說：時間不多了，「瓦斯彈」也沒了，好像真是沒什麼招了。我看還是先找找這個洞有沒有別的出口，然後咱們再把所有的洞口出口全部堵死，明天咱們再多找些牧民一塊來想辦法，你也可以問問阿爸，他的主意最多最管用。

陳陣有點不甘心，心一橫，說：我有一招，可以試試。你看這個狼洞大，跟平山地道差不多，平山的地道咱們能鑽進去，這個狼洞怎麼就不能鑽進去呢？反正二郎正跟那條母狼死掐呢，這洞裏多半沒有大狼。你用腰帶拴住我的腳，慢慢把我順下去，沒準能搆著小狼崽呢。就算搆不著，我也得親眼看一看狼洞的內部構造。

楊克聽了連連搖頭說：你不要命啦，萬一裏面還有大狼呢。我已經讓狼給耍怕了，你敢說這個洞就是那條母狼的洞？如果是別的狼洞呢？

陳陣心中憋了兩年多的願望突然膨脹起來，壓倒了心虛和膽怯。他咬牙說道：連蒙古小孩都敢鑽狼洞，咱們不敢鑽，這不是太丟人了嗎？我非下去不可。你幫我一把，我拿著手電筒和鐵鍬子，要是真有大狼，也能抵擋一陣子。

楊克也來了勁：你要真想下，那就讓我先下，你比我瘦，我比你有勁兒！

陳陣說：這恰好是我的優勢，狼洞裏面窄，到時候準把你卡住。現在，別爭了，誰胖誰留在洞外。

陳陣脫掉皮袍，楊克勉強地把手電筒、鐵鍬和書包遞給他，並用陳陣那條近兩丈長的蒙袍腰帶拴住了他的雙腳，又把自己的長腰帶解下來，連接在陳陣的腰帶上。

陳陣在入洞前說：不入狼穴，焉得狼崽！楊克一再叮囑：如果真遇上狼，就大聲喊、用力勾腿、拽腰帶、發信號，我立即就會把你拉出來。

陳陣打開電筒，匍匐在地，順著向下近四十度的斜洞往下爬滑，洞裏有一股濃烈的狼騷味，嗆得他不敢大口呼吸。他一點一點地往下爬，洞壁還比較光滑，有些土石上剮著幾縷灰黃色的狼毛。在洞道的地面上，佈滿了小狼崽的腳爪印。

陳陣很興奮，心想：也可能再爬幾米就能摸到小狼崽了。他的身體已經完全進洞，楊克一點一點放腰帶，並不住地大聲問要不要出來。陳陣大聲喊：放帶放帶！然後用兩肘代手前後挪動，幾寸幾寸地往下蹭。

大約離洞口兩米多，狼洞開始緩緩拐彎，再往裏爬了一會兒，洞外的光線已經照不到洞裏了。陳陣把手電筒開關推到頭，洞裏的能見度全靠電筒光來維持。拐過彎去，洞的坡度突然開始平緩，但是洞道也突然變矮變窄，必須低頭縮肩才能勉強往裏挪。

陳陣一邊爬一邊觀察洞道洞壁，這兒的洞壁比洞口處更光滑，更堅固，不像是狼爪子掏出來的，倒像是用鋼鍬鑿出來的一樣。

他的肩膀蹭壁，也很少蹭下土石碎渣，用鐵鍬捅了捅洞頂，也沒有多少土渣落下，這使他消除了對洞內坍方的擔憂。他簡直難以相信狼用牠們的爪子在這麼堅硬的山地裏，能掏出如此深的洞來。

洞的側壁上的石頭片已被磨掉稜角，光滑如卵石。根據這種磨損程度，這個狼洞肯定是個百年老洞，不知有多少大狼小狼、公狼母狼，曾在這個洞裏進進出出。陳陣感到自己已完全進入狼的世界，狼氣逼人。

陳陣爬著爬著，越來越感到恐懼。他鼻子下面就有幾個被狼崽爪印踩過的大狼爪印，萬一這洞裏有大狼，靠這根鐵鍬能打得過嗎？洞窄，狼牙可能不容易搆得著人，但是狼的兩條長長的前腿和前爪，卻可以在這個窄洞裏遊刃有餘，那他還不被狼撕爛？怎麼就沒想到狼爪呢，他全身的汗毛又豎了起來。

陳陣停了下來，猶豫著，只要用腳勾一勾腰帶，楊克就可以迅速地把他拽出去。但他想到可能近在咫尺的八九隻、十幾隻小狼崽，實在捨不得退出去，便下意識地咬緊了牙，沒動腰帶，硬著頭皮繼續往裏蹭挪。

洞壁已幾乎把他的身體包裹起來，他覺得自己不像個獵人，倒很像個掘墓大盜。空氣越來越稀薄，狼騷味越來越濃重，他真怕自己憋死在洞裏。考古發掘經常發現盜墓者就是死在這樣的窄洞裏的。

一個更小的窄洞卡口終於擋在面前，這個卡口僅能通過一條匍匐行進的母狼，而恰恰能擋住一個成年人，顯然，這是狼專門爲牠在草原上唯一的天敵設置的。陳陣想，狼也一定是在這個卡口做好了堆土堵煙堵水的防備。這個卡口實際上是一個防禦工事，陳陣確實是被防住了。

他仍不甘心，就用鐵鍬鑿壁，企圖打通這個關口。但是狼選擇此地做關卡絕對有牠的道理，陳陣鑿了幾下就停了手。這個卡口的上下左右全是大石塊、大裂縫，看上去既堅固又懸乎。陳陣呼吸困難，再無力氣撬挖，即使有力氣也不敢撬，如果鑿坍了方，那他反倒成了狼的陷阱獵物了。

陳陣大口吸著狼騷氣，畢竟那裏面還有幾絲殘碎的氧分子。他洩了氣，知道已不可能抓到小狼崽了。但他還不能馬上撤離，還想看看卡口那邊的構造，萬一能看上一眼小狼崽呢。

陳陣把最後的一點力氣全用到最後的一個願望上。他把頭和右手伸進卡口，然後伸長了胳膊，照著手電筒。

眼前的情景使他徹底洩氣：在卡口那邊竟是一個緩緩向上的洞道，再往上就什麼也看不見了。上面一定更乾燥舒適、更適於母狼育崽，還可以預防老天或天敵往洞裏灌水。儘管他對狼洞的複雜結構早有心理準備，眼前這一道有效實用的防禦設施，仍使他驚歎不已。

陳陣側頭細聽，洞裏一點聲音也沒有，可能小狼崽全睡著了，也可能牠們天生就有隱蔽自己的本能，聽見陌生聲音進洞，便一聲不吭。要不是他已喘不過氣來，陳陣真想在離洞前，給牠們唱一首兒歌：「小狼兒乖乖，把門兒開開……」

可惜漢人的「人外公」，還是抱不走蒙古「狼外婆」的小狼崽。陳陣終於憋得頭暈眼花，他用了最後一點力氣向上勾了勾後腿，楊克又著急又興奮，因而特別用力，竟然像拔河一樣，把他快速地拔出了洞口。

陳陣灰頭土臉，癱坐在洞外大口大口地喘氣，一邊跟楊克說：沒戲唱了，像是個魔鬼洞，怎麼也到不了頭。楊克失望地把皮袍披在陳陣的身上。

歇過氣，兩人又在方圓一兩百米的範圍內找了半個小時，只發現了大狼洞的另外一個出口，便就地撬出了幾塊估計狼弄不動的大石頭，堵住副洞和主洞口，還用土把縫隙拍得嚴嚴實實。

臨走前，陳陣還不解氣，示威一般將鐵鍬插在大狼主洞的洞口，明確地告訴母狼：明天他們還要帶更多的人和更厲害的法子來的。

天近黃昏，二郎還沒有回來，那條母狼陰險狡猾，光靠二郎的驍勇兇猛可能還對付不了，兩人都為二郎捏一把汗。陳陣和楊克只好帶著黃黃回家。

快到營盤，天已漆黑，陳陣讓楊克帶上工具和黃黃先回家，給高建中報個平安。自己急忙撥轉馬頭，朝畢利格老人的大蒙古包跑去。

8 挨畢利格老人一頓好訓

老人抽著旱煙，不動聲色聽完陳陣的講述後，不客氣地把他一頓好訓。他最生氣的是兩個漢人學生用大爆竹炸狼窩，他還從來不知道用爆竹炸狼窩有這麼大的威力和效果。老人捏著的銀圓煙袋鍋蓋，在煙袋鍋上抖出一連串的金屬聲響。

他抖著鬍子對陳陣說：作孽啊，作孽啊……你們幾炮就把母狼炸了出來。你們漢人比蒙古人點火熏煙多多地厲害，母狼連刨土堵洞的工夫也沒有了，蒙古狼最怕火藥味。要是你們炸的是一個有狼崽的洞，那一窩狼崽就都會跑出洞，讓你們抓住。這樣殺狼崽，用不了多少時候，草原上的狼就通通沒有啦。狼是要打的，可是不能這樣打。這樣打，騰格里（天）會發火的，草原就完啦。以後再不能用炮炸狼窩，萬萬不能告訴小馬倌和別的人用炮炸洞。小馬倌都會讓你們帶壞了……

陳陣沒有想到老人會發這麼大的火，老人的話也使他感到炸狼窩掏狼崽的嚴重後果。此法一旦普及，狼洞內的防禦設施再嚴密，也很難擋住大爆竹的巨響和火藥的嗆味。

草原上一直沒有節日點爆竹放焰火的風俗，煙花爆竹是盲流和知青帶到草原的。草原上槍彈受到嚴格控制，但對爆竹還未設防，內地到草原沿途不查禁，很好帶。如果爆竹大量流入草原，再加大藥量，加上辣椒麵，催淚粉，用於掏狼殺狼，那麼稱霸草原幾萬年的狼就難逃厄運了，草原狼從此以後真有可能被斬盡殺絕。

火藥對於仍處在原始游牧階段的草原，絕對具有劃時代的殺傷力。狼是蒙古草原民族的圖騰，這個民族的圖騰如果被毀滅，那麼民族的精神可能也就被扼殺。而且，蒙古民族賴以生存的草原也可能隨之消亡……

陳陣也有些害怕了，擦了擦額頭上的汗說：阿爸，您別生氣，我向騰格里保證，以後一定不會再用炮來炸狼窩了，我們也保證不把這個法子教給別人。陳陣特別作了兩次保證。

在草原，信譽是蒙族牧民的立身之本，是大汗留下來的訓令之一。「保證」這個詞的分量極重，草原部落之間從來都相信保證。蒙古人有時在醉酒中許下某個諾言，事後失信，因而丟掉了好狗好馬、好刀好杆，甚至丟掉了自己的好朋友。

老人的臉部肌肉開始鬆弛，他望著陳陣說：我知道你打狼是爲了護羊護馬，可是護草原比護牛羊更重要。現在的小青年小馬倌，成天賽著殺狼，不懂事理啊……收音機裏淨捧那些打狼英雄。農區的人來管草原牧區，真是瞎管。再往後，草原上人該遭罪了……

嘎斯邁遞給陳陣一碗羊肉麵片，還特別把一小罐醃韭菜花放到他面前。她跪在爐子旁，又給老人添了一碗麵片，對陳陣說：你阿爸的話現在不大有人聽了，讓別人不打狼，可他自個兒也不少打狼，誰還信你阿爸的話？

老人無奈地苦笑著，接過兒媳的話問陳陣：那你信不信阿爸的話？

陳陣說：我信，我真的信。沒有狼，草原容易被破壞。在東南邊大海上很遠很遠的地方，有一個國家叫澳大利亞。那兒有很大的草原，那兒原來沒有狼，也沒有兔子，後來有人把兔子帶到這個國家，一些兔子逃到草原，因爲沒有草原狼，兔子越生越多，把草原挖得坑坑窪窪到處都是洞，還把牧草吃掉一大半，給澳大利亞的牧業造成巨大損失。澳大利亞政府急得什麼法子都用上了，都不管用。後來又做了大批鐵絲格子網鋪在草原上，草能長出來，可兔子就鑽不出來了。他們想把兔子全餓死在地底下。但是，這個法子還是失敗了，草原太大，政府拿不出那麼多的鐵絲來。我原來以爲內蒙草原草這麼好，兔子一定很多，可是到了額侖草原以後，才發現這兒的兔子不太多，我想這肯定是狼的功勞。我放羊的時候，好多次見到狼抓兔子，兩條狼抓兔子更是一抓一個準。

老人聽得很入迷，他目光漸漸柔和，不停地念叨：澳大利亞，澳大利亞，澳大利亞。然後說：明天，你把地圖給我帶來，我要看看澳大利亞。往後誰要是再說把狼殺光，我就跟他說說澳大利亞。兔子毀草場可不得了，兔子一年可以下好幾窩兔崽，一窩兔崽比一窩狼崽還多吶。到冬天，旱獺和老鼠都封洞不出來了，可兔子還出來找食吃，兔子是狼的過冬糧，狼吃兔子就能少吃不少羊。可就是這麼殺，兔子還是殺不完。要是沒有狼，在草原上走上三步就得踩著一個兔子洞了。

陳陣趕緊說：我明天就給您送地圖。我有很大的世界地圖，讓您看個夠。

老人想了想，又說：在蒙古草原，草和草原是大命，剩下的都是小命，小命要靠大命才能活命，連狼和人都是小命。吃草的東西，要比吃肉的東西更可惡。草雖是大命，可草的命最薄最苦，根這麼淺，土這麼薄，長在地上，跑，跑不了半尺；挪，挪不了三寸；誰都可以踩它、吃它、啃它、糟踐它。一泡馬尿就可以燒死一大片草。草要是長在沙裏和石頭縫裏，可憐得連花都開不開、草籽都打不出來啊。在草原上，要說可憐，就數草最可憐。蒙古人最可憐最心疼的就是草和草原。兔子殺起草來，比打草機還厲害，把草原的大命殺死了，草原上的小命全都沒命！狼吃的可都是禍害草場的活物啊。

陳陣聽得入神，但心裏仍在想著掏狼崽的事情。

好啦，你累了幾天了，早點回去休息吧。老人看陳陣還不想走，又說：你是不是想問你老阿爸怎麼把那窩狼崽掏出來？

陳陣猶豫了一下，還是點了點頭，說：這是我第一次掏狼崽，阿爸，您怎麼也得讓我成功一次啊。

老人說：教你可以，可往後不要多掏了。

那一定。陳陣又做了一次保證。

老人喝了一口奶茶，詭秘地一笑：你要是不問阿爸，你就別想再抓到那窩小狼崽了。我看，你最好饒了那條母狼吧，做事別做絕。

陳陣著急地追問：我怎麼就抓不到那些小狼崽了呢？

老人收了笑容說：那個狼洞讓你們炸了，後來那個洞又讓你們鑽過，洞裏有了人味，洞口還讓你們給堵了，母狼今晚準保搬家，牠會刨開別的洞口鑽進去，把小狼崽叼出洞，再到別處挖一個臨時的洞，把狼崽藏起來。過幾天牠還會搬家，一直搬到人再找不到的地方。

陳陣的心狂跳起來，他忙問：這個臨時的洞好找嗎？

老人說：人找不著，狗能找著。你的黃狗，還有兩條黑狗都成。看來，你真是鐵了心要跟這條母狼幹到底了？

陳陣說：阿爸，要不，明天您老還是帶我們去吧，楊克說他已經讓狼給騙怕了。

老人笑道：我明兒還要去北邊遛套。昨兒夜裏，我下的夾子夾了一條大狼，我沒動牠，估摸今兒夜裏還有狼上夾。北邊的狼群餓了，又回來了。這兩天你要睡足覺，準備打圍。這事兒最好等打過圍再說吧。

陳陣一時急得臉都白了。老人看看陳陣，口氣鬆了下來：要不，你們倆明兒先去看看，狼洞味重，帶著狗多轉幾圈，準能找著。新洞都不深，要是母狼把狼崽叼進另外一個大狼洞，那就不好挖了。掏狼崽還得靠運氣。要是掏不著我再去。我去了，才敢讓巴雅鑽狼洞。

小巴雅爾十分老練地說：你剛才說的那個洞卡子，我準能鑽過去。鑽狼洞非得快才成，要不就憋死啦。今天你要是帶我去，我肯定把狼崽全掏出來了。

回到蒙古包，楊克還在等他。陳陣將畢利格老人的判斷和主意給他講了兩遍，楊克仍是一副很不放心的樣子。

半夜，陳陣被一陣兇猛的狗叫聲驚醒，竟然是二郎回來了，看來牠沒被狼群圍住。陳陣聽到牠仍在包外健步奔跑，忙著看家護圈，真想起來去給牠餵食和包紮傷口，但是他已經睏得翻不了身。二郎叫聲一停，他又睡死過去。

9 一鍬挖出了小狼崽

早上陳陣醒來時，發現楊克、高建中正和道爾基在爐旁喝茶吃肉，商量掏狼崽的事。道爾基是三組的牛倌，二十四五歲，精明老成，初中畢業後回家放牧，還兼著隊會計，是牧業隊出了名的獵手。他的父親來自靠近東北的半農半牧區，在牧場組建不久帶全家遷來落戶，是大隊裏少數幾家東北蒙族外來戶中的一家。

在額侖草原，東北蒙族和本地蒙族的風俗習慣仍有很大的差異，很少相互通婚。半農區的東北蒙族都會講一口流利的東北口音的漢話，他們是北京學生最早的蒙語翻譯和老師。但畢利格等老牧民幾乎不與他們來往，知青也不想介入他們之間的矛盾。

楊克一大早就把道爾基請來，肯定是擔心再次上當或遇險，想讓道爾基來當顧問兼保鏢。道爾基是個不見兔子不撒鷹的獵手，他能來，掏到狼崽就多了幾分把握。

陳陣急忙起身穿衣招呼道爾基。道爾基衝陳陣笑了笑說：你小子敢鑽進狼洞去掏狼？往後可得留神了，母狼聞出了你的味，你走到哪兒，母狼就會跟到哪兒。

陳陣嚇了一跳，絨衣都穿亂了套，忙說：那咱們真得把那條母狼殺了，要不我還活不活了？

道爾基大笑：我嚇唬你呢！狼怕人，牠就是聞出了你的味兒也不敢碰你。要是狼有那麼大的本事，我早就讓狼吃了。我十三四歲的時候也鑽過狼洞，掏著過狼崽，我現在不是還活得好好的。

陳陣鬆了一口氣，問道：你可是咱們大隊的打狼模範，你這些年一共打死多少條狼？不算狼崽，一共有七八十條吧。要算小狼崽，還得加上六七窩。

七八窩至少也得有五六十條吧？那你打死的狼快有一百三四十條了，狼沒有報復過你？怎麼沒報復？十年了，我家的狗讓狼咬死七八條，羊就更多，數不清了。

你打死這麼多狼，狼要是殺沒了，蒙古人死後，還怎麼天葬啊？

我們從農區來的蒙族，跟你們漢人差不多，人死了不餵狼，打口棺材土葬。這兒的蒙族……太落後。

陳陣沉下臉說：額侖的牧民敬狼拜狼，人死了餵狼，讓狼把人的靈魂帶到騰格里去，是這兒的風俗；在西藏，人死了還餵鷹呢。要是你把這兒的狼打光了，額侖的人不恨你嗎？

道爾基滿不在乎地說：草原的狼太多了，哪能打得完？政府都號召牧民打狼，說打一條狼保百隻羊，掏十窩狼崽保十群羊。我打的狼還不算多。白音高畢公社有個打狼英雄，他前年一個春天就掏了五窩狼崽，跟我十年掏的差不多。白音高畢的外來戶多，東北蒙族多，打狼的人也多，所以他們那兒的狼就少。

陳陣問：他們那兒的牧業生產搞得怎麼樣？

道爾基回答說：不怎樣，比咱們牧場差遠了。他們那兒的草場不好，兔子和老鼠太多。

陳陣穿好皮袍，急忙出門去看二郎，牠正在圈旁吃一隻已被剝了羔皮的死羊羔。春天隔三差五總有一些傷病凍餓死的羊羔，是很好的狗食，草原上的狗們只吃剝了皮的死羔，從來不碰活羔。可是陳陣發現二郎一邊啃著死羔，一邊卻忍不住去看圈裏活蹦亂跳的活羔。

陳陣喊了牠一聲，牠不抬頭，趴在地上啃吃，只是輕輕搖了一下尾巴。而黃黃和伊勒早就衝過來，把爪子搭在陳陣的肩膀上了。楊克已經給二郎的傷口紮上了繃帶，但牠好像很討厭繃帶，老想把它咬下來，還用自己的舌頭舔傷口。看牠的那個精神，還可以再帶牠上山。

喝過早茶，吃過手把肉，陳陣又去請鄰居官布替他們放羊。高建中看陳陣和楊克好像就要掏著狼崽了，他也想過一次掏狼崽的癮，便也去請官布的兒子替他放一天牛。在額侖草原，掏到一窩狼崽，是一件很榮耀的事情。

🐾

一行四人，帶了工具武器和一整天的食物，還有兩條狗，向黑石山方向跑去。這年的春季寒流，來勢如雪崩，去時如抽絲。四五天過去，陽光還是攻不破厚厚的雲層，陰暗的草原也使牧民的臉上漸漸褪去了紫色，變得紅潤起來，而雪下的草芽卻慢慢變黃，像被子裏焐出來的韭黃一樣，一點葉綠素也沒有，連羊都不愛吃。

道爾基看了看破絮似的雲層，滿臉喜色地說：天凍了這老些天，狼肚裏沒食了。昨兒夜裏營盤的狗都叫得厲害，大狼群八成已經過來了。過兩天，隊裏就該組織打圍了。

四人順著前一天兩人留下的馬蹄印，急行了兩個多小時，來到荊棘叢生的山溝。狼洞口中間的那把鐵鍬還戳在那裏，洞口平臺上有幾個大狼的新鮮爪印，但是洞口封土和封石一點也沒有動，看來母狼到洞口看到了鐵鍬就嚇跑了。

兩條狗一到洞邊立即緊張興奮起來，低頭到處聞到處找，二郎更是焦燥，眼裏充滿了報復的慾火。陳陣伸長手，指了指附近山坡，喊了兩聲「啾，啾。」兩條狗立刻分兵兩路，各自嗅著狼足印搜索去了。

四人又走到狼洞的另一個出口，洞口旁邊也有新鮮的狼爪印，堵洞的土石也是原封不動。道爾基讓他們三人再分頭去找其他的出口，四人還沒轉上兩圈，就聽到北邊坡後傳來二郎和黃黃的吼叫聲。四人再也顧不上找洞了，陳陣連忙拔出鐵鍬，一起朝北坡跑去。

一過坡頂，四人就看到兩條狗在坡下的平地上狂叫，二郎一邊叫一邊刨土，黃黃也撅著屁股幫二郎刨土，刨得碎土四濺。

道爾基大叫：找著狼崽了！四人興奮得不顧亂石絆蹄，從坡頂一路衝到兩條狗的跟前。四人滾鞍下馬，兩條狗見主人來了也不讓開身，仍然拼命刨土，二郎還不時把大嘴伸進洞裏，恨不得把裏面的東西叼出來。陳陣走到二郎旁邊，抱住牠的後身，把牠從洞口拔出。

但是眼前的場景使他差點洩了氣：平平的地面上，只有一個直徑三十釐米左右的小洞，和他以前見到的大狼洞差得太遠了。洞口也沒有平臺，只有一長溜碎土，鬆鬆散散蓋在殘雪上，兩條狗已經將這堆土踩得稀爛。

高建中一看就撇嘴說：這哪是狼洞啊，頂多是個兔子洞，要不就是獺子洞。

道爾基不慌不忙地說：你看，這個洞是新洞，土全是剛挖出來的，準是母狼把小狼搬到這個洞來了。

陳陣表示懷疑：狼的新洞也不會這麼小吧，大狼怎麼鑽得進去？

道爾基說：這是臨時用的洞，母狼身子細，能鑽進去，牠先把狼崽放一放，過幾天，牠還會在別的地方給小狼崽挖一個大洞的。

楊克揮著鐵鍬說：管牠是狼還是兔子，今天只要抓著一個活物，咱們就算沒白來。你們躲開點，我來挖。

道爾基馬上攔住他說：讓我先看看這個洞有多深，有沒有東西。說完，就拿起套馬杆掉了一個頭，用杆子的粗頭往洞裏慢慢捅，捅進一米多，道爾基就樂了，抬頭衝陳陣說：嗨，有東西，軟軟的，你來試試。

陳陣接過杆子也慢慢捅，果然手上感到套馬杆捅到了軟軟有彈性的東西。陳陣樂得合不上嘴：有東西，有東西，要是狼崽就好了。楊克和高建中也接著試，異口同聲說裏面肯定有活物。但是誰也不敢相信那活物就是小狼崽。

道爾基把杆子輕輕地捅到頭，在洞口握住了杆子，然後把杆子慢慢抽出來，放在地上，順著洞道的方向，量出了準確的位置，然後站起身，用腳尖在量好的地方點了一下，肯定地說：就在這兒挖，小心點兒，別傷了狼崽。

陳陣搶過楊克手中的鐵鍬，問：能有多深？

道爾基用兩隻手比了一下說：一兩尺吧。一窩狼崽的熱氣能把凍土化軟了，可別太使勁兒。

陳陣用鐵鍬清了清殘雪，又把鐵鍬戳到地上，一腳輕輕踩下，緩緩加力，地面上的土突然嘩啦一下塌陷下去。兩條狗不約而同衝向坍方口，狂吼猛叫。

陳陣感到熱血衝頭，一陣陣地發懵。他覺得這比一鍬挖出一個西漢王墓更讓人激動，更有成就感。碎石砂礫中，一窩長著灰色茸毛和黑色狼毫的小狼崽，忽然顯露出來。

狼崽！狼崽！三個北京知青停了幾秒鐘以後，都狂喊了起來。陳陣和楊克都傻呆呆地愣在那裏，幾天幾夜的恐懼，緊張危險勞累的工程，原以爲最後一戰定是一場苦戰惡戰血戰，或是一場長時間的疲勞消耗戰，可萬萬沒有想到，最後一戰竟然是一鍬解決戰鬥。

兩人簡直不敢相信眼前的這堆小動物就是小狼崽。那些神出鬼沒、精通兵法詭道、稱霸草原的蒙古狼，竟然讓這幾個北京學生端了窩。這一結局讓他們欣喜若狂。

楊克說：我怎麼覺著像在做夢，這窩狼崽真讓咱們給矇著了。

高建中壞笑道：沒想到你們兩個北京瞎貓，居然碰到了蒙古活狼崽。我攢了幾天的武藝功夫全白瞎了，今天我本打算大打出手的呢。

陳陣蹲下身子，把蓋在狼崽身的一些土塊碎石小心地撿出來，仔細數了數這窩狼崽，一共七隻。小狼崽比巴掌稍大一點，黑黑的小腦袋一個緊挨著一個，七隻小狼崽縮成一團，一動不動。但每隻狼崽都睜著眼睛，眼珠上還蒙著一層薄薄的灰膜，藍汪汪的充滿水分，瞳孔處已見黑色。陳陣在心裏默默對狼崽說：我找了你們多久呵，你們終於出現了。

道爾基說：這窩小狼生出來有二十來天，眼睛快睜開了。

陳陣問：狼崽是不是睡著了，怎麼一動也不動？

道爾基說：狼這東西從小就鬼精鬼精的，剛才又是狗叫又是人喊，狼崽早就嚇醒了。牠們一動不動是在裝死，不信你抓一隻看看。

陳陣生平第一次用手抓活狼，有點兒猶豫，不敢直接抓狼崽的身子，只用姆指和食指小心地捏住一隻狼崽的圓直的耳朵，把牠從坑裏拎出來。小狼崽還是一動不動，四條小腿乖乖地垂著，沒有一點張牙舞爪拼命反抗的舉動，牠一點也不像狼崽，倒像是一隻死貓崽。

小狼崽被拎到三人的面前，陳陣看慣了小狗崽，再這麼近地看小狼崽，立即真切地感到了野狼與家狗的區別。

小狗崽生下來，皮毛就長得整齊光滑，給人的第一印象就非常可愛。而小狼崽則完全不同，牠是個野物，雖然貼身長著細密柔軟乾鬆的煙灰色絨毛，但是在絨毛裏又稀疏地冒出一些又長又硬又黑的狼毫，絨短毫長，參差不齊，一身野氣，像一個大毛栗子，拿著也扎手。狼崽的腦袋又黑又亮，像是被瀝青澆過一樣。牠的眼睛還沒完全睜開，可是牠細細的狼牙卻已長出，齜出唇外，露出兇相。

從土裏挖出來的狼崽，全身上下散發著土腥味和狼騷氣，與乾淨可愛的小狗崽簡直無法相比。但在陳陣看來，牠卻是蒙古草原上最高貴最珍稀的小生命。

陳陣一直拎著小狼崽不放，狼崽仍在裝死，沒有絲毫反抗，沒有一息聲音。可是他摸摸狼崽的前胸，裏面的心臟卻怦怦急跳，快得嚇人。

道爾基說：你把牠放到地上看看。陳陣剛把小狼崽放到地上，小狼崽突然就活了過來，拼命地往人少狗少的地方爬，那速度快得像上緊了發條的玩具汽車。黃黃三步兩步就追上了牠，剛要下口，被三人大聲喝住。

陳陣急忙跑過去把小狼崽抓住，裝進帆布書包裏。黃黃非常不滿地瞪著陳陣，看樣子，牠很想親口咬死幾隻狼崽，才能解牠心頭之恨。陳陣發現二郎卻衝著小狼崽發愣，還輕輕地搖尾巴。

陳陣打開書包，三個知青立刻興奮得像是三個頑童，到京城郊外掏了一窩鳥蛋，幾個人你一隻我一隻，搶著拎小狼崽的耳朵，一眨眼的工夫，就把洞裏的小狼崽全部拎到帆布包裏。

陳陣把書包扣好，掛在馬鞍上，準備回撤。

道爾基看了看四周說：母狼一定就在不遠的地方，咱們往回走，要繞個大圈，要不母狼會跟到營盤去的。

三人好像突然意識到危險，這才想起書包裏裝的不是鳥蛋，而是讓漢人聞之色變的狼！

10 陳陣決心養活這條小狼

他們三人匆匆跨上馬，跟著道爾基向西穿過葦地，再向南繞鹹灘，專走難留馬蹄足跡的地方往家急行。一路上，三個北京學生都有些緊張，不僅沒有勝利的感覺，相反還有作賊於豪門的心虛，生怕事後發了瘋的失主率兵追蹤，跟他們玩命。

但陳陣想到了被母狼叼走的羊羔，心裏稍稍感到一點平衡，他這個羊倌總算替被殺的羊羔報了仇。掏一窩狼就等於保一群羊，如果他們沒有掏到這七隻狼崽，那麼牠們和牠們的後代，日後還不知道要禍害多少牲畜。

掏狼窩絕對是蒙古草原人與草原狼進行生存戰爭的有效戰法。掏一窩狼崽，就等於消滅一小群狼，掏到這七隻狼崽雖然很難，但還是要比打七條大狼容易了許多。可是爲什麼蒙古人早已發明了這一快捷有效的滅狼戰法，卻仍然沒有減緩狼災呢？陳陣向道爾基提出了這個疑問。

道爾基說：狼太精了，牠下狼崽會挑時候。都說狼和狗一萬年前是一家，實際上，狼比狗賊得不能比。狗每年在春節剛過的時候就下崽，可狼下崽，偏偏挑在開春，那時雪剛剛化完，羊群開始下羔了。春天接羔，是蒙古人一年最忙最累最打緊的時候，一群羊分成了下羔羊群和帶羔羊群，全部勞力都上了羊群。人累得連飯都不想吃，哪還有力氣去掏狼。等接完羔，人閒下來了，可狼崽已經長大，不住在狼洞裏了。

狼平時不住狼洞，只有在母狼下崽的時候才用狼洞。小狼差不多一滿月就睜開眼，就能跟狼媽到處亂跑。這時候再去掏狼，狼洞早就空了。要是狼在夏天秋天冬天下崽，那時候人們有閒功夫，大家都去掏狼崽，那狼早就讓人給打完了。狼在開春下崽還有個好處，母狼可以偷羊羔，餵狼崽，教狼崽。嫩羔肉可是狼崽的好食，只要有羊羔肉，母狼就不怕奶不夠，就是下了十幾隻狼崽也能養活……

楊克一拍馬鞍說道：狼啊，狼，我真服了你了，下崽還要挑時候。可不嘛，春天接羔太累，我跟著那些下羔的羊群，天天揹著運羔的大氈袋，一次裝四五隻，一天來回跑十幾趟，人都累趴了。要不是咱們第一次掏狼，圖個新鮮，誰能費這麼大牛勁！以後我可再也不去掏狼窩了。今兒我回去就得睡覺。

楊克連連打哈欠。陳陣也突然感到睏得不行，也想回包倒頭就睡。但是狼的話題又使他捨不得丟掉，他強打起精神問下去：那，這兒的老牧民為什麼都不太願意掏狼崽？

道爾基說：本地的牧民都信喇嘛，從前差不多家家都得出一個人去當喇嘛。喇嘛行善，不讓亂殺生，多殺狼崽也會損壽。我不信喇嘛，不怕損壽。我們東北蒙族學會種地以後，就快跟你們漢人一樣了，也相信入土為安。

離被掏的狼洞越來越遠，但陳陣總感到背後有一種像幽靈一樣的陰風跟隨著他，弄得他一路上心神不寧，隱隱感覺到靈魂深處傳來的恐懼和不安。

在大都市長大、以前與狼毫無關係的他，竟然決定了七條蒙古狼的命運。這窩狼崽的媽，太兇猛狡猾了，這窩狼崽沒準就是那條狼王的後代，或者是一窩蒙古草原狼的優良純種。如果不是他鍥而不捨的癡迷，這七條狼崽肯定能夠躲過這一劫，健康長大，日後成爲叱吒草原的勇士。

然而，由於他們的到來，狼崽的命運徹底改變了，他從此與整個草原狼群結下了不解之緣，也因此結下了不解之仇。整個額侖草原的狼家族，會在那條聰慧頑強的母狼帶領下，在草原深夜的黑暗裏，來向他追魂索債，並不斷來咬噬他的靈魂。他開始意識到自己可能犯了一個大錯。

回到蒙古包，已是午後。陳陣把裝狼崽的書包掛在蒙古包的哈那牆上。四人圍坐爐旁，加火熱茶，吃烤肉，一邊討論怎樣處理這七隻小狼崽。

道爾基說：處理狼崽還用得著討論嗎，喝完茶，你們來看我的，兩分鐘也用不了。

陳陣知道自己馬上就要面臨那個最棘手的問題——養狼。在他一開始產生養狼崽的念頭時，就預知這個舉動將會遭到幾乎所有牧民、幹部和知青的反對。無論從政治、宗教、民族關係上來看，還是從心理、生產和安全上來看，養狼絕對是一件別有用心的大壞事。

文革初期，在北京的動物園，管理員僅僅只是將一隻缺奶的小老虎和一條把牠餵大的母狗養在一個籠子裏，就成了重大的政治問題，說這是宣揚反動的階級調合論，管理員因此被審查批鬥。那麼，他現在要把吃羊的狼養在羊群牛群狗群旁邊，這不是公然認敵爲友，敵我不分嗎？

在草原，狼既是牧民的仇敵，又是牧民，尤其是老人心目中敬畏的神靈和圖騰，是他們靈魂升天的載體，神靈或圖騰只能頂禮膜拜，哪能像家狗家奴似的被人豢養呢？養虎爲患，養狼爲禍；真把小狼養起來，畢利格阿爸會不會再也不認他這個漢人兒子了？

可是，陳陣沒有絲毫要褻瀆神靈、褻瀆蒙古民族宗教情感的動機，相反，正因爲他對蒙古民族狼圖騰的尊重，對深奧玄妙的狼課題的癡迷，他才一天比一天更迫切地想養一條小狼。

狼的行蹤如此神出鬼沒，如果他不親手養一條實實在在，看得見摸得著的活狼，他對狼的認識只能停留在虛無玄妙的民間故事、或一般人的普通認識水準、甚至是漢族仇恨狼的民族偏見之上。

從他們這一批知青在一九六七年最早離開北京之後，大批的內地人、內地的槍枝彈藥就不斷湧入蒙古草原。草原上的狼正在減少，再過若干年，人們就可能再也找不到一窩七隻狼崽的狼洞了。既然這次自己親手抓住了狼崽，就一定要養一條狼。但是，爲了不傷害牧民和尤其是老人的情感，陳陣還得找一些能讓牧民勉強接受的理由。

在掏狼前，他苦思多日，終於找到了一個看似合理的理由：養狼是科學實驗，是爲了配狼狗。

狼狗在額侖草原上極負盛名。原因是邊防站的邊防軍有五六條軍犬狼狗，高大威猛，奔速極快。獵狼獵狐總是快、準、狠、十拿九穩。一次趙站長騎著馬，帶著兩個戰士、兩條狼狗，到牧業隊檢查民兵工作，一路上，兩條狼狗一口氣抓了四條大狐狸，幾乎看到一條就能抓到一條。一路檢查工作，一路剝狐狸皮，把全隊的獵手都看呆了。後來牧民都想弄條狼狗來養。但是在當時，狼狗是稀缺的軍事物資，軍民關係再好，牧民也要不來一條狼狗崽。

陳陣想，狼狗不就是公狼和母狗雜交出來的後代嗎，如果養大一條公狼，再與母狗交配，就能得到狼狗崽了，然後把狼狗崽送給牧民，不就能爭取到養狼的可能性了嗎？而且，蒙古草原狼是世界上最優秀的狼，如果試驗成功，就可能培養出比德國蘇聯軍犬的品質更優的狼狗來。這樣，也許還能爲蒙古草原發展出一項嶄新的畜牧事業來呢。

陳陣放下茶碗對道爾基說：你可以把六條小狼崽處理掉，給我留一條最壯的公狼崽。我想養狼。

道爾基一愣，然後像看狼一樣地看著陳陣，足足有十秒鐘，才說：你想養狼？

陳陣說：我就是想養狼，等狼長大了，讓牠跟母狗配對，沒準能配出比邊防站的狼狗還要好的狼狗來呢。到時候，小狼狗一生出來，準保牧民家家都來要。

道爾基眼珠一轉，突然轉出獵犬看到獵物的光芒。他急急地喘著氣說：這個主意可真不賴！沒準能成！要是咱們有了狼狗，那打狐狸打狼就太容易了。說不定，將來咱們光賣狼狗崽，就能發大財。

陳陣說：我怕隊裏不讓養。

道爾基搖頭說：養狼是爲了打狼，保護集體財產，誰要是反對咱們養狼，往後下了狼狗崽子，就甭想跟咱們要了。

楊克笑道：噢，你也想養狼了？

道爾基堅決地說：只要你們養，我也養一條。

陳陣擊掌說：這太好了，兩家一起養，成功的把握就更大了！

陳陣想了想又說：不過，我有點兒沒把握，等小狼長大了，公狼會跟母狗配對嗎？

道爾基說：這倒不難，我有一個好法子。三年前，我弄來一條特別好的母狗種，我想用我家的一條最快最猛的公狗跟牠配對。可是我家有十條狗，八條是公狗，好狗賴狗都有，要是這條母狗先讓賴狗配上了，這不白瞎了嗎。後來，我想出了一個法子，到該配種的時候，我找了一個挖了半截的大乾井筒子，有蒙古包那麼大，兩人多深，我把那條好公狗和母狗放進去，再放進去一隻死羊，隔幾天給牠們添食添水。過了二十天，我再把兩條狗弄上來，嘿，母狗還真懷上了。不到開春，母狗就下了一窩好狗崽，一共八隻，我摔死四條母的，留下四條公的，全養著。現在我家的十幾條狗，就數這四條狗最大最快最厲害。一年下來，我家打的狼和狐狸，多一半是這四條狗的功勞。要是咱們用這個法子，也一定能得到狼狗崽，你可記住了，打小就得把狼崽和母狗崽放在一塊堆養。

陳陣和楊克連聲叫好。

11 七條小狼崽的命運

帆布書包動了動，小狼崽們可能被壓麻了，也可能是餓了，牠們終於不再裝死，開始掙扎，想從書包的縫隙鑽出來。這可是陳陣所尊重敬佩的七條高貴的小生命啊，但其中的五條即將被處死。陳陣的心一下子沉重起來。他眼前立即晃過北京動物園大門的那面浮雕牆，假如能把這五條狼崽送到那裏就好了，這是草原腹地最純種的蒙古狼啊。

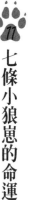

此刻，他深感人心貪婪和虛榮的可怕。他掏狼本是爲了養狼，而養狼只要抱回來一隻公狼崽就行了，即使在這七隻裏挑一隻最大最壯的也不算太過份。但他爲什麼竟然把一窩狼崽全端回來了呢？真不該讓道爾基和高建中倆人跟他一塊兒去。但如果他倆不去，他會不會只抱一隻小狼崽就回來呢？不會的。掏一窩狼崽意味著勝利、勇敢、利益、榮譽和人們的刮目相看，相比之下，這七條小生命，就是沙粒一樣輕的砝碼了。

此刻，陳陣的心一陣陣的疼痛。他發現自己實際上早已非常喜歡這些小狼崽了。他想狼崽想了一年多，都快想瘋了，他真想把牠們全留下來。但這是根本不可能的，七條小狼，他得弄多少食物才能把牠們餵大呀？他忽然閃過一個念頭：是不是再騎馬把其他的五隻狼崽送回狼洞去？可是，除了楊克，沒人會跟他去的，他自己一個人也不敢去，來回四個多小時，人力和馬力都吃不消。那條母狼此刻一定在破洞旁哭天搶地，怒吼瘋嚎。現在送回去，不是去找死嗎？

陳陣拎著書包，步履緩慢地出了門。他說：還是過幾天再處理吧，我想再好好地看看牠們。

道爾基說：你拿什麼來餵牠們？天這麼冷，狼崽一天不吃奶，全得餓死。

陳陣說：我擠牛奶餵牠們。

高建中沉下臉說：那可不行！那是我養的牛，奶是給人喝的，狼吃牛，你用牛奶餵狼，天下哪有這等道理？以後大隊該不讓我放牛了。

楊克打圓場說：還是讓道爾基處理吧，嘎斯邁正為小組沒法完成掏狼崽的任務發愁呢，咱們要是能交出五張狼崽皮，就能矇混過去了，也能偷偷地養狼崽了。要不，全隊的人都來看這窩活狼崽，你就連一隻也養不成了。快讓道爾基下手吧，反正我下不了手，你更下不了手，再請道爾基來一趟也不容易。

陳陣眼睛酸了酸，長歎一聲：只能這樣了……

🐾

陳陣返身進了包，拖出乾牛糞箱，倒空乾糞，將書包裏的狼崽全放進木箱裏。小狼崽四處亂爬，可爬到箱角又停下來裝死，小小的生命還想為躲避厄運做最後的掙扎。每隻狼崽都在發抖，細長硬挺的黑狼毫顫抖得像觸了電一樣。

道爾基用手指像撥拉兔崽一樣地撥拉狼崽，抬起頭對陳陣說：四隻公的，三隻母的。這條最大最壯的歸你了，這條歸我！說完便去抓其他五隻狼崽，一隻一隻地裝進書包。

道爾基拎著書包，走向蒙古包前的空地，從書包裏掏出一隻，看了看牠的小肚皮說：這是隻母的，讓牠先去見騰格里吧！說完，向後抬手，又蹲了一下右腿，向前掄圓了胳膊，把胖乎乎的小狼崽用力扔向騰格里，像草原牧民每年春節以後處理過剩的小狗崽一樣——拋上天的是牠們的靈魂，落下地的是牠們的軀殼。

陳陣和楊克多次見過這種古老的儀式，但是，他倆還是第一次親眼看見牧民以此方式來處理自己掏來的狼崽。陳陣和楊克臉色灰白，像蒙古包旁的髒雪一樣。

被拋上天的小狼崽，似乎不願意這麼早就去見騰格里。一直裝死求生、一動不動的母狼崽剛剛被拋上了天，就本能地知道自己要到哪裡去了，牠立即拼出所有的力氣，張開四條嫩嫩的小腿小爪在空中亂舞亂抓，似乎想抓到牠媽媽的身體或是爸爸的脖頸，哪怕是一根救命狼毫也行。

陳陣好像看到母狼崽灰藍的眼膜被劇烈的恐懼猛地撐破，露出充血的黑眼紅珠。可憐的小狼崽，竟然在空中提前睜開了眼，但是牠仍然未能見到藍色明亮的騰格里，藍天被烏雲所擋，被小狼眼中的血水所遮。小狼崽張了張嘴，從半空拋物線弧度的頂端往下落，下面就是營盤前的無雪硬地。

狼崽像一隻乳瓜一樣，噗地一聲摔砸在地上，稚嫩的身體來不及掙扎一下就不動了，口中鼻中眼中流出稀稀的粉紅色的血，像是還帶著奶色。陳陣的心像是從嗓子眼又摔回到胸腔，疼得似乎沒有知覺。

三條狗幾步衝到狼崽跟前，道爾基大吼一聲，又跨了幾大步擋住了狗，他生怕狼崽珍貴的皮被狗咬破。那一刻，陳陣意外地發現，二郎衝過去，是朝著兩位夥伴在吼，顯然是爲了攔住黃黃和伊勒咬狼崽。頗具大將風度的二郎，沒有鞭屍的惡習，甚至還好像有些喜歡狼崽。

道爾基又從書包裏掏出一隻狼崽，這條狼崽好像已經嗅到了牠姐妹的乳血氣味，剛被道爾基握到手裏就不再裝死，而是拼命掙扎，小小的嫩爪將道爾基的手背抓了一道又一道的白痕。他剛想拋，突然又停下對陳陣說：來，你也開開殺戒吧，親手殺條狼，練練膽子。草原上哪個羊倌沒殺過狼？

陳陣退後一步說：還是你來吧。

道爾基笑道：你們漢人膽子忒小，那麼恨狼，可連條狼崽都不敢殺，那還能打仗嗎？怪不得你們漢人費那老勁修了個一萬里的城牆。看我的……話音剛落，狼崽被拋上了天。一隻還未落地，另一隻又飛上了天。

道爾基越殺越興奮，一邊還念念有詞：上騰格里吧，上那兒去享福吧！

五條可憐的小狼崽從半空中飛過，五具血淋淋的軀殼全都落了地。陳陣覺得自己的膽氣非但沒被激發出來，反倒被嚇回去一大半。他默默把五隻死崽全都收到簸箕裏，然後久久仰望雲天，希望騰格里能收下牠們的靈魂。

道爾基似乎很過癮，他彎腰在自己的捲頭蒙靴上擦了擦手說：一天能殺五條狼的機會不多。人比狼差遠了，一條惡狼逮著一次機會，一次就可以殺一二百隻羊，我殺五隻狼崽算個啥。天不早了，我該回去圈牛了。說完，就想去拿自己的那條狼崽。

陳陣說：你先別走，幫我們把這些狼崽皮剝了吧。

道爾基說：這好辦，幫人幫到底，一會兒就完事。

二郎仍站在簸箕旁邊死死護著死狼崽，衝著道爾基猛吼兩聲，並收低重心準備撲擊，陳陣急忙抱住二郎的脖子。

道爾基像剝羔皮似的剝著狼崽皮，一邊說：狼崽皮太小，不能剝狼皮筒子。不一會兒，五張狼崽皮都剝了出來，他把皮子攤在蒙古包的圓坡頂上，撐平繃直。又說：這皮子都是上等貨，要是有四十張，就可以做一件狼崽小皮襖，又輕巧又暖和又好看，花多少錢也買不來。

道爾基抓了些殘雪洗手，又走到牛車旁拿了把鐵鍬說：你們幾個真是啥也不會，我還是幫你們都做了吧。狗從不吃狼崽肉，這會兒得快把死狼崽埋了，還得埋深一點。要不，讓母狼聞見了，那你們的羊群牛群就該遭殃了。

幾個人走到蒙古包西邊幾十米的地方，挖了個近一米深的坑，將五具小狼屍全埋了進去，填平踩實，還撒了一些藥粉，蓋住狼崽屍體的氣味。楊克問：要不要給這條活狼崽搭一個窩？

道爾基說：還是挖個土洞，讓牠住地洞吧。

陳陣和楊克就在蒙古包西南邊十幾步的地方，挖了個六十釐米深，半米見方的土坑，坑裏墊上幾片破羊皮，又留出一點泥地，然後把小公狼崽放進了坑裏。

小狼崽一接觸到泥土，立即就活潑起來。牠東聞聞，西看看，在洞裏轉了幾圈，好像又回到了自己原來的家。牠漸漸安靜下來，在墊著羊皮的角落縮起身趴下，但還在東聞西望，像是在尋找牠的兄弟姐妹。

陳陣突然想把另一條狼崽也留下，好給牠做個伴。但是，道爾基立即把歸了他的那條狼崽揣進懷裏，跨上馬，一溜煙地跑走了。高建中冷冷地看了狼崽一眼，也騎馬圈牛去了。

12 小狼崽吃狗奶

陳陣和楊克蹲在狼窩旁邊，心事重重地望著狼崽。

陳陣說：我真不知道咱們能不能把牠養活養大，以後的麻煩太大了。

楊克說：咱們收養小狼，好事不出門，壞事行千里。你等著吧，現在全國都在唱「打不盡豺狼決不下戰場」。咱們這倒好，居然認敵爲友，養起狼來了。

陳陣說：這兒天高皇帝遠，誰知道咱們養狼。我最怕的是畢利格阿爸不讓我養狼……

楊克說：小狼準餓壞了，我去擠點牛奶來餵牠吧？

陳陣擺擺手說：還是餵狗奶，讓伊勒餵，母狗能餵虎崽，肯定就能餵狼崽。說著，他把狼崽從狼窩裏拎出來，雙手捧在胸前。狼崽一天沒進食了，肚皮癟癟的，四個小爪子也冷得像雪下的小石子兒。此刻牠又冷又怕又餓，全身瑟瑟發抖，比牠剛被挖出狼洞的時候萎靡了許多。陳陣急忙把小狼崽揣進懷裏，讓牠先暖和暖和。

天近黃昏，已到伊勒回窩給狗崽餵奶的時候了，兩人朝狗窩走去。原先他倆在大雪堆裏掏挖出來的狗窩，早就讓寒流前的暖日化塌了，新雪又不厚，堆不出大雪堆。此時的狗窩已經挪到蒙古包右前方的乾牛糞堆，乾糞堆裏有一個人工掏出的小窯洞，洞底鋪著厚厚的破羊皮，還有一大塊用又硬又厚的生馬皮做的活動門，這就是伊勒和牠三個孩子溫暖的家。

楊克用肉湯小米粥餵過了伊勒，牠便跑到自己的窩前，用長嘴挑開馬皮門，鑽了進去，盤身靠洞壁小心臥下。三條小狗崽立即找到奶頭，使出了吃奶的勁。

陳陣悄悄走近伊勒，蹲下身，用手掌撫摸伊勒的腦袋，儘量擋住牠的視線。伊勒喜歡主人的愛撫，牠高興地猛舔陳陣的手掌。楊克扒開一隻狗崽，用一隻手捏著伊勒的奶頭擠狗奶，另一隻手握成碗狀接奶，接到半巴掌的時候，陳陣悄悄從懷裏掏出小狼崽，楊克立即把狗奶抹在狼崽的頭上背上和爪子上。

楊克使用的是草原牧民讓母羊認養羊羔孤兒的古老而有效的方法。楊克和陳陣也想用這個方法，讓伊勒認下這個狼崽兒子。

但是狗比綿羊聰明得多，嗅覺也更靈敏。假若伊勒的狗崽全部被人抱走或死掉，牠也許會很快認下這個狼子，但是牠現在已有自己的三個孩子，所以牠顯然不願意接收狼子。狼崽一進狗窩，伊勒就有反應，牠極力想抬頭看牠的孩子。陳陣和楊克只好採用軟硬兼施的辦法，不讓伊勒抬頭起身。

又冷又餓的小狼崽被放到伊勒的奶頭旁邊，一直蔫蔫裝死的小狼崽，一聞到奶香，突然像大狼聞到了血腥一樣，張牙舞爪，殺氣騰騰，一副有奶便是娘的嘴臉，原形畢露。

小狼崽比狗崽出生晚了一個半月，狼崽的個頭要比狗崽小一圈，身長也要短一頭。但是小狼崽的力氣卻遠遠超過狗崽，牠搶奶頭的技術和本事也狠過狗崽。母狗腹部有兩排奶頭，乳房有大有小，出奶量更是有多有少。讓陳陣和楊克吃驚的是，小狼崽並不急於吃奶，而是發瘋似的順著奶頭一路噌下去，把正在吃奶的狗崽一個一個擠開拱倒。

一時間，一向平靜的狗窩，像是闖進來一個暴徒劫匪，打得狗窩狗仰崽翻，亂作一團。

小狼崽蠻勁野性勃發，連拱帶頂，挑翻了一隻又一隻的狗崽，然後把兩排奶頭從上到下，從左到右，全部噌了個遍。牠噌一個，吐一個；噌一個，又吐一個，最後在伊勒的腹部中間，挑中了一個最大最鼓、出奶量最足的奶頭，叼住了就不撒嘴，猛嘬猛喝起來。

只見牠叼住一個奶頭，又用爪子按住了另一個大奶頭，一副吃在碗裏，霸住鍋裏，肥水不流外人田的惡霸架式。三隻溫順的胖狗崽，不一會兒全被狼崽轟趕到兩邊去了。

兩人看得目瞪口呆。楊克驚大了眼睛說：狼性真可怕，這小兔崽子連眼睛還沒睜開，就這樣霸道，怪不得七條狼崽就數牠個大，想必在狼窩裏，牠對牠的兄弟姐妹也六親不認。

陳陣卻看得興致勃勃，他說：你看到了吧，這個狗窩，就是世界歷史的縮影和概括。我忽然想起魯迅先生的一段話，他認爲，西方人獸性多一些，而中國人家畜性多一些。

陳陣指了指狼崽說：這就是獸性……又指了指狗崽說：這就是家畜性。溫順的家畜性當然就要受兇悍的獸性欺負了。在草原待了兩年多，我越來越覺得這裏面大有文章……

楊克笑道：看來，養狼的第一天就大有收穫，這條狼崽咱們養定了。

狗窩裏的騷動，小狗崽被狼崽欺負所發出的委屈的哼哼聲，使伊勒更加懷疑和警惕起來。牠極力想撐起前腿，擺脫陳陣的控制，看看窩裏到底發生了什麼事情。陳陣擔心牠認出狼崽，把牠咬死，便死死按住伊勒的頭，一邊輕輕叫牠的名字，哄牠撫摸牠，一直等到狼崽吃圓了肚皮才鬆開手。

伊勒扭過頭，立即發現窩裏多出了一個小崽，牠不安地挨個聞了聞，很快就聞出了狼崽，可能狼崽身上也有牠的奶味，牠稍稍猶豫了一下，但還是想用鼻子把狼崽頂走，並極力想站起來，到窩外光線亮一點的地方看個究竟。

陳陣馬上又把伊勒按住，他必須讓伊勒明白主人的意圖，希望伊勒能接受這個事實，只能服從，不准反抗。伊勒彆彆扭扭地哼叫起來，牠似乎已經知道窩裏多出來的一隻小崽，就是主人剛剛從山裏抓回來的狼崽，而且主人還強迫牠認養這個不共戴天的仇敵。

草原狗不同於內地狗，內地狗沒見過狼和虎，給牠一條虎崽，牠也會傻乎乎地餵奶認養。可這裏是狗和狼搏殺的戰場，母狗哪能認敵為友？伊勒幾次想站起來拒絕餵奶，都被陳陣按住。伊勒氣憤、煩躁、難受、噁心，但牠又不敢得罪主人，最後只好氣呼呼地躺倒不動了。

在草原上，人完全掌握著狗的生殺大權，人是靠強大的專制暴力和食物的誘惑，將野狗馴成家畜的。任何膽敢反抗主人的狗，不是被趕出家門，趕到草原上餓死凍死或被狼吃掉，就是被人直接殺死。狗早已喪失了獨立的獸性，而成為家畜性十足的走狗，成為一種離開人便無法生存的動物。陳陣替伊勒深深地感到難過。

狗窩漸漸平靜下來。伊勒是楊克陳陣餵養的第一條母狗，在牠的懷孕期、生產期和哺乳期，他們始終對牠關懷備至，好吃好喝好伺候，因此伊勒的奶水特足。在別人抱走了幾條狗崽後，牠的奶水更是綽綽有餘，此時多了一條小狼崽，伊勒的奶水供應也應該不成問題。

三條狗崽雖然被狼崽擠到瘦奶頭的地方，但狗崽們也慢慢吃飽了。小狗崽開始爬到狗媽的背上脖子上，互相咬尾巴叼耳朵玩耍起來。可是狼崽還在狠命地嘬奶。陳陣想，在狼窩裏，七隻狼崽個個都是小強盜，搶不到奶就可能餓死。即使這條個頭最大的狼崽，也未必能敞開肚皮吃個夠，這回牠來到狗窩，可算有了用武之地。

牠一邊吃，一邊快樂地哼哼著，像一條餓瘋了的大狼，撲在一頭大牲口上生吞活咽，胡吃海塞，根本不顧自己肚皮的容量。

陳陣看著看著，覺得不對頭，一轉眼，狼崽的肚皮大得快超過胖狗崽的肚皮了。他趕緊摸了摸狼崽的肚子，嚇了一跳：那肚皮撐得薄如一層紙。陳陣擔心狼崽真的會被撐破肚皮，便急忙握住狼崽的脖子，慢慢拽牠，可是小狼崽竟然毫無鬆口的意思，竟把奶頭拽長了兩寸還不撒口，疼得伊勒嗚嗚直叫。

楊克慌忙用兩個手指掐住狼崽的雙顎，才掐開了狼嘴。楊克倒吸一口冷氣說：牧民都說狼有一個橡皮肚子，這回我真信了。陳陣不禁喜形於色：你看牠胃口這麼好，生命力這麼旺盛，養活牠好像不難，以後就讓牠敞開吃，管夠！

陳陣從這條剛剛脫離了狼窩的小狼崽身上，親眼見識了一種可畏的競爭能力和兇狠頑強的性格，也由此隱隱地感覺到了小狼身上那種根深蒂固的狼性。

天色已暗。陳陣把小狼崽放回狼窩，並抓了一條母狗崽一同放進去，好讓小狼在退膜睜眼之前，與母狗崽混熟，培養牠倆的青梅竹馬之情。兩個小傢伙互相聞了聞，狗奶味調和了彼此的差異，牠倆便緊緊靠在一起睡下了。

陳陣一回頭，發現二郎一直站在他的身旁，觀察狼崽，也觀察著主人的一舉一動，還向陳陣輕輕搖了搖尾巴，幅度較以前大了一點，似乎牠對主人收養小狼表示歡迎。爲了保險起見，陳陣搬來一塊舊案板蓋在洞坑上，又找來一塊大石頭壓在案板上。

官布已將羊群關進羊圈，他聽說陳陣他們掏了一窩狼崽，馬上打著手電筒尋過來看個究竟，見到蒙古包頂上的小狼崽皮，他吃驚地說：漢人挖到小狼，從來沒有，從來沒有，我的，相信了。

三個人正圍著鐵桶火爐吃著羊肉掛麵，門外傳來一陣狗叫和急促的馬蹄聲。

張繼原挑開氈門簾，拉開木門進了包。他一隻手還牽著兩根馬籠頭韁繩，兩匹馬還在包外踩蹄。他蹲在低矮的門口說：場部下了命令，邊境線附近的大狼群已經分頭過來了，明天全場三個大隊在三個地點分別集中打圍。咱們大隊負責西北地段，場部還抽調一些其他大隊的獵手支援咱們隊，由畢利格全權指揮。隊裏通知你們，明天凌晨一點，你們到畢利格家集合。場部說，各個蒙古包除了留下老人小孩放牛放羊，其他所有人都必須參加打圍。全隊的馬倌馬上就要給各家沒馬的人送馬，馬倌必須提前繞到預定的埋伏地點。你們趕緊抓時間睡覺吧，我走了，你們可千萬千萬別睡過了頭！

張繼原出門，跨上馬急奔而去。

高建中放下飯碗，苦著臉說：剛來了隻小狼，大狼也來了，咱們快讓狼拖垮拖死了。

楊克說：在草原上再待幾年，保不準咱們也全都變成狼了！

三人跳起來分頭備戰。高建中跑到草甸將三人的馬牽到草圈牆下，又跑進草圈，用木叉給馬挑出三堆乾青草。楊克從柳條筐車裏拿出一些羊骨羊肉餵狗，再仔細檢查馬鞍馬肚帶和套馬杆，並和陳陣找出兩副牽狗出獵用的皮項圈。兩人都曾參加過小規模的打圍，知道打圍時狗的項圈和牽繩馬虎不得。

陳陣給二郎戴上一副皮項圈，然後把長繩像穿針鼻一樣地穿進項圈的銅環，再把長繩的兩端都攥在手裏。他牽著二郎走了幾步，指了指羊圈北面，喊了一聲「啾！」同時鬆開一股繩，二郎颼地衝了過去，兩股繩拉成了一股，又從銅環中脫出。

二郎只戴著皮項圈衝進黑暗，而長繩還捏在陳陣手裏。這種集體打圍時的牽狗方法，既可以使獵狗完全受獵手的控制，以避免狗們擅自行動，打亂圍獵的整體部署；又可以多人同時放狗，還避免長繩纏絆狗腿，影響速度。

楊克也給黃黃戴了項圈，穿了繩，也演習了一次。兩條獵狗都聽命令，兩人手上的動作也沒有毛病，沒有讓狗拖著長繩跑出去。

13 這兒不是北京動物園

晚霞已暗，早春草原的寒氣如網一般罩下來。又餓又乏又冷的人馬狗，垂頭喪氣往營盤撤，像一支丟盔卸甲的殘兵敗將。誰也不知道，白狼王帶領的那一大隊狼群，究竟是怎樣從獵圈和火海中逃脫的。

馬倌們急急奔向自己的馬群。陳陣和楊克都惦記家裏的小狼崽，他倆招呼了張繼原和高建中，四個人脫離了隊伍，抄近道加鞭急行，直奔自家的營盤。

楊克一邊跑一邊嘀咕說：半夜臨走前，只給小狼崽兩塊煮爛的羊肉，不知道牠會不會吃肉，道爾基說，狼崽還得一個多月才能斷奶呢。

陳陣說：那倒沒事，昨天小狼的肚皮吃得都快爆了，牠就是不會吃熟肉，也餓不死。我最擔心的是，咱們一整天不在家，後方空虛，要是母狼抄了咱們的老窩，那就糟了。

除了張繼原的馬，其他人的馬已跑不出速度，直到午夜前四人才回到家。二郎和黃黃已站在空空的狗食盆前等飯吃。陳陣滾鞍下馬，先給了兩條大狗幾大塊肉骨頭。張繼原和高建中進包洗臉、熱茶，準備吃完茶和肉就睡覺。

陳陣和楊克急忙跑到狼洞前。兩人搬開大案板，手電光下，小狼崽縮在洞角的羊皮上，睡得正香。小母狗卻餓得哼哼地叫，拚命想攀洞壁爬出來吃奶，伊勒也焦急地圍著洞直轉悠。陳陣急忙把小母狗抓出來遞給伊勒，伊勒便把狗崽叼回了狗窩。

陳陣和楊克仔細看看洞底，兩塊熟羊肉不見了，小狼崽的肚皮卻向兩邊鼓起，嘴邊鼻頭油光光。牠閉著眼睛，嘴角微翹，樂眯眯像是做著美夢的樣子。楊克樂了：這小兔崽子把肉給獨吞了！

陳陣長長鬆了口氣說：看來母狼目前是自顧不暇了。

🐾

第二天一早，下羔的羊群漸漸走遠。楊克揹上接羔氈袋，騎上馬去追下羔羊群。而帶羔羊群在草坡上漸漸攤開，仍在人和狗的視線裏。

陳陣對張繼原說：你成天就惦記打狼打狼，走，還是跟我去看小狼崽吧。

兩人朝狼窩走去，陳陣搬開石頭，揭開木板，窩中的小母狗還縮在羊皮上睡懶覺，一點也不惦記起床吃早奶，可是小狼崽卻早已蹲在洞底抬頭望天，焦急地等待開飯。

強烈的天光一照進洞，狼崽就精神抖擻地用兩條後腿站起來，小小的嫩前爪扒著洞壁往上爬。剛爬了幾寸，就一個後滾翻，摔到洞底。牠一骨碌站起身又繼續爬，使出了吃奶的勁，嫩爪死死地摳住洞壁，像隻大壁虎一樣地往上爬。壁土鬆了，狼崽像個鬆毛球似的跌滾到洞底，小狼生氣地衝著洞上的大黑影發出呼呼的聲音，好像責怪黑影為什麼不把牠弄上去。

張繼原也是第一次看到活狼崽，覺得很好奇，就想伸手把狼崽抓上來仔細看看。陳陣說：先別著急，你看牠能不能爬上來，要是能爬上來，我還得把洞再挖得深一點。

狼崽連摔兩次，不敢在原處爬了，牠開始在洞底轉圈，一邊轉，一邊聞，好像在想辦法。轉了幾圈，牠突然發現了母狗崽，立即爬上狗崽的脊背，然後蹬鼻子上臉，踩著狗崽，再扒著洞壁往上爬。小狼扒下的碎土撒了狗崽一身，狗崽被踩醒了，哼哼地叫著，站起來抖身上的土，小狼崽又被摔了下來。牠氣得轉過身來就朝狗崽皺鼻，齜牙，呼呼地咆哮。

張繼原笑道：這小兔崽子，從小狼性就不小啊，看樣兒還挺聰明。

陳陣發現，才兩天時間，小狼的眼膜薄了許多，眼球雖然仍是充滿液體，黑汪汪的像是害了眼病，但小狼崽好像已經能模模糊糊辨認眼前的東西，對他做的手勢也有所反應。他張開巴掌，手掌向東，狼崽的頭眼就朝東；手掌向西，狼崽的頭眼就向西。為了刺激狼崽的條件反射，陳陣一字一頓地叫牠，小……狼，小……狼。小……狼，開……飯……嘍。開……飯……嘍。小狼歪著頭，豎起貓一樣的短耳費力地聽著，有些害怕，又有些好奇。

張繼原說：我要看看牠對原來的狼家還有沒有印象。然後就用雙手做成蚌殼形扣在口鼻上，模仿大狼的嗥聲，嗚……歐，嗚嗚……歐……，小狼突然神經質地抖了一下，然後像發了瘋似地踩著狗崽的身體爬壁，摔了一次又一次，然後委屈地蹺起身子直往洞角裏鑽，像是在尋找狼媽媽的懷抱。兩人都覺得做了一件殘忍的事情，不該再讓小狼崽聽到狼世界的聲音。

張繼原說：我看你這條小狼不好養，這兒又不是北京動物園，狼可以與野狼世界完全隔離，慢慢減少一點野性。可這兒是原始游牧環境條件，一到夜裏，周圍都是狼嗥聲，狼性能改嗎？等小狼長大了，牠非傷人不可，你真得小心。

陳陣說：我倒是從來就沒打算把狼養成家畜，養掉野性反倒沒意思了。我就是想跟活狼直接接觸，能摸狼抱狼，天天近距離的看狼，摸透狼和狼性。不入狼穴，焉得狼子。得了狼子，就更不能怕狼咬了。我最怕的還是牧民不讓我養狼。

小狼還在奮力爬壁，陳陣伸手捏住狼崽後脖頸，把牠拎出洞，張繼原雙手捧住牠，放到眼前看了個仔細。又騰出一隻手，輕輕地撫摸小狼崽。稀疏的狼毫怎麼也擼不順，擼平了，手一鬆，狼毫又挺了起來。

張繼原說：真不好意思，我這個馬倌還得從羊倌那兒得到摸活狼的機會。我跟蘭木扎布去掏過兩次狼，一隻也沒掏著。在中國真正摸過蒙古草原活狼的漢人，可能連十萬分之一也沒有，漢人恨狼，結果把狼的本事也恨丟了，學到狼的真本事的，大多是游牧民族……

陳陣接過話說：在世界歷史上，能攻打到歐洲的東方人，都是游牧民族，而對西方震撼最強的，是三個崇拜狼圖騰的草原游牧民族——匈奴、突厥和蒙古。而曾經攻打到東方來的西方人，也是游牧民族的後代。古羅馬城的建城者就是兩個狼孩，母狼和狼孩至今還鐫刻在羅馬城徽上呢。沒有狼，世界歷史就寫不成現在這個樣子。

張繼原說：我真的很理解你為什麼要養狼了，我也幫你做做牧民的工作。

陳陣把小狼崽揣在懷裏，向狗窩走去。當伊勒發現狼崽在吃牠的奶時，趁陳陣不備，立即呼地站起來，想回頭咬狼崽。可狼崽仍緊緊叼咬住奶頭不鬆口，像隻大螞蟥，又像隻大奶瓶一樣地吊掛在伊勒的腹下。伊勒轉了好幾圈，狼崽也懸空地跟著轉，伊勒費了好大勁也沒咬到狼崽。兩人看得又好笑又好氣，陳陣急忙掐開狼崽嘴巴，把牠從奶頭上摘下來。

張繼原笑道：好一個吸血鬼。

陳陣按住伊勒，哄著牠餵飽狼崽以後，站起來說：該讓狼崽和狗崽一塊玩了。

兩人抱著四隻胖乎乎小崽子向一塊乾草地走去。

陳陣把狼崽放進狗崽中間，狼崽剛一接觸到地面，立即以牠最快的速度向沒有人沒有狗的地方逃跑。小狼崽的四條小腿還沒有長直，羅圈形的小嫩腿還支撐不起身體，跑起來肚皮貼地，四爪像在划水，活像一隻長了毛的大烏龜。一條小公狗崽追著牠一塊跑的時候，狼崽側頭向牠齜牙，發出威脅性的呼呼聲。

陳陣心裏一驚，說：牠餓的時候有奶便是娘，可一吃飽了就不認娘了。雖然牠眼睛還沒睜開，可牠的鼻子嗅覺已經有了辨別力，我可知道狼鼻子的厲害。

張繼原說：我看出來，小狼崽已經斷定這裏不是牠真正的家，狗媽不是牠的親媽，狗崽也不是牠的親兄弟姐妹。

兩人跟在小狼崽的身後七八步遠的地方，繼續觀察狼崽的行為。

小狼崽在殘雪和枯草地上快速逃爬，爬了幾十米後，就開始聞周圍的東西，聞馬糞蛋，聞牛糞，聞牛羊的白骨，聞草地上所有的突出物。可能牠聞到的都是狗留下的尿記號，於是牠一聞就走，繼續再聞。

兩人跟了牠走了一百多米，發現牠並不是無方向、漫無目的地亂走。牠的目標很明確，就是朝著離蒙古包、羊圈、人氣、狗氣、煙氣、牲畜氣更遠的地方逃。

陳陣感到這條尚未開眼的小狼崽，已經具有頑強的天性與本能，牠有著比其他動物更可怕可敬的性格。在動物中，陳陣一直很敬佩麻雀，麻雀以無法家養著稱於世。陳陣小時候抓過許多麻雀，也先後養過大大小小十幾隻麻雀。可麻雀被抓住後，就閉上眼睛，以絕食絕水相拼，絕不就範。不自由，毋寧死，直至氣絕。陳陣從來沒有養活過一隻麻雀。

而狼卻不是，牠珍視自由也珍愛生命。狼被俘之後照吃照睡，不僅不絕食，反而沒命地吃、敞開肚皮吃，吃飽睡足以後，便伺機逃跑，以爭取新的生命和自由。

這種性格，對狼來說是普遍的、與生俱來、世代相傳，無一例外。草原民族將具有此種性格的狼，作為自己民族的圖騰、獸祖、戰神和宗師來膜拜，可以想見牠對這個民族產生了何等難以估量的影響。都說榜樣的力量是無窮的，而圖騰的精神力量遠高於榜樣，牠處在神的位置上。

陳陣感激這條小狼崽，牠稚嫩的身體竟然能帶他穿過千年的謎霧，逕直來到了謎團的中心。

14 小狼小狼，開飯嘍

小狼崽一天天地追著小狗崽長身體，陳陣覺得也該給狼崽增加營養了。陳陣不停地攪著稠稠的奶肉粥，粥盆裏冒出濃濃的奶香肉香和小米的香氣，饞得所有的大狗小狗圍在門外哼哼地叫。陳陣這盆粥是專門爲小狼熬的，這也是他從嘎斯邁那裏學來的餵養小狗的專門技術。

在草原上，狗崽快斷奶以前和斷奶以後，必須馬上跟上奶肉粥。嘎斯邁說，這是幫小狗長個頭的竅門，小狗能不能長高長壯，就看斷奶以後的三四個月吃什麼東西。這段時間是小狗長骨架的時候，錯過了這三四個月，以後餵得再好，狗也長不大了。餵得特別好的小狗，要比隨便餵的小狗，個頭能大出一倍多，餵得不好的小狗長大後，就打不過狼了。

一次小組集體拉石頭壘圈的時候，嘎斯邁指著一條別家的又瘦又矮、亂毛乾枯的狗，悄悄對陳陣說，這條狗是她家裏那條大狗巴勒的親兄弟，是一個狗媽生出來的，你看個頭差多少。

陳陣真不敢相信，狗裏面也有武松和武大郎這樣體格懸殊的親兄弟。在野狼成群的草原，有了好狗種還不行，還得在餵養上狠下功夫。因此，他一開始餵養小狼就不敢大意，把嘎斯邁餵狗崽的那一整套經驗，全盤挪用到狼崽身上來了。

他還記得嘎斯邁說過，狗崽斷奶以後的這段時間，草原上的女人和狼媽媽在比賽呢。狼媽拼命抓黃鼠、獺子和羊羔餵小狼，還一個勁地教小狼抓大鼠。狼媽媽都是好媽媽，牠沒有爐子，沒有火，也沒有鍋，不能給小狼煮肉粥，可是狼媽媽的嘴，就是比人的鐵鍋還要好的「鍋」。牠用自己的牙、胃和口水，把黃鼠旱獺羊羔的肉，化成一鍋爛乎乎溫乎乎的肉粥，再餵給小狼。小狼最喜歡吃這種東西了，小狼吃了這樣的肉粥，長得像春天的草一樣快。

草原上的女人要靠狗來下夜掙工分，女人們就要比狼媽媽更盡心、更勤快才成。草原上懶女人養賴狗，好女人養大狗。到了草原，只要看這家的狗，就知道這家的女人是好是懶。後來，陳陣就經常猛誇巴勒，誇得嘎斯邁笑彎了腰。陳陣一直想餵養出像巴勒一樣的大狗，此時，他更想餵養出一條比狼媽餵養的更大更壯的狼。

自從有了小狼，陳陣一下子改變了自己的許多生活習慣。張繼原挖苦說，陳陣怎麼忽然變得勤快起來，變得婆婆媽媽的，心比針尖還細了。

陳陣覺得自己確實已經比可敬可佩的狼媽和嘎斯邁還要精心。他以多做家務的條件，換得高建中允許他擠牛奶。他每天還要爲小狼剁肉餡，既然是長骨架，光餵牛奶還不夠，還得再補鈣。他小時候曾被媽媽餵過幾年的鈣片，略有這方面的知識，就在剁肉餡的時候，剁進去一些牛羊的軟骨。

有一次，他還到場部衛生院弄來小半瓶鈣片，每天用擀麵杖擀碎一片，拌在肉粥裏，這可是狼媽媽和嘎斯邁都想不到的。陳陣又嫌肉粥的營養不全，還在粥裏加了少許的黃油和一丁點鹽，粥香得連陳陣自己都想盛一碗吃了，可是還有三條小狗呢，他只好把口水咽下去。

小狼的身子骨催起來了，牠總是吃得肚皮溜溜圓，像個眉開眼笑的小彌勒，真比秋季的口蘑長勢還旺，身長已超過小狗們半個鼻子了。

陳陣第一次給小狼餵奶肉粥的時候，還擔心純肉食猛獸不肯吃糧食。肉粥肉粥，但還是以小米為主。結果大出意外，當他把溫溫的肉粥盆放到小狼面前的時候，剛開口喊了一聲「小狼、小狼、開飯嘍」，小狼就已經一頭扎進食盆，狼吞虎咽地吃起來。興奮得呼呼喘氣，一邊吃一邊哼哼，直到把滿盆粥吃光舔淨才抬起頭。

陳陣萬萬沒有想到狼也能吃糧食，不過他很快發現，小狼決不吃沒有摻肉糜和牛奶的小米粥。

小狼的肉奶八寶粥已經不燙了。陳陣將粥盆放在門內側旁的鍋碗架上，然後輕輕地開了一道門縫，再貼身擠出了門，又趕緊把門關上。除了二郎，一群狗和小狼全都撲了過來。黃黃和伊勒都將前爪搭到陳陣的胸前，黃黃又用舌頭舔陳陣的下巴，張大嘴哈哈地表示親熱。三條小胖狗把前爪搭在陳陣的小腿上，一個勁地叼他的褲子。小狼卻直奔門縫，伸長鼻子順著門縫，上上下下貪婪地聞著蒙古包裏的粥香，還用小爪子摳門縫急著想鑽進去。

陳陣感到自己像一個多子女的單身爸爸，面對一大堆自己寵愛的又嗷嗷待哺的愛子愛女們，真不知道怎樣才能顧了這個，又不讓另一個受冷落。他偏愛小狼，但對自己親手撫養的這些寶貝狗們，哪一個受了委屈，他也心疼。他不能立即給小狼餵食，先得把狗們安撫夠了才成。

陳陣把黃黃和伊勒挨個攔腰抱起來，就地懸空轉了幾個圈，這是陳陣給兩條大狗最親熱的情感犒賞。牠們高興得把陳陣下巴舔得水光光黏乎乎。接著，他又挨個抱起小狗們，雙手托著小狗的胳肢窩，把牠們一個個地舉到半空。放回到地上後，還要一個一個地摸頭拍背撫毛，哪個都不能落下。

這項對狗們的安撫工作，是養小狼以後新增加的，小狼沒來以前，就不必這樣過分。以前陳陣只在自己特別想親熱狗的時候，才去和狗們親熱，可小狼來了以後，就必須時時對狗們表示加倍的喜愛，否則，狗們一旦發現主人的愛已經轉移到小狼身上，狗們的嫉妒心很可能把小狼咬死。

陳陣真沒想到在游牧條件下，養一條活蹦亂跳的小狼，就像守著一個火藥桶，每天都得戰戰兢兢過日子。這些天還是在接羔管羔的大忙季節，牧民很少串門，大部分牧民還不知道他養了一條小狼，就是聽說了也沒人來看過。可以後怎麼辦？騎虎難下，騎狼更難下。

天氣越來越暖和，過冬的肉食早在化凍以後割成肉條，被風吹成肉乾了。沒吃完的骨頭，被剔下了肉，風乾了。剩下的肉骨頭，表面的肉也已乾硬，雖然帶有像霉花生米的怪臭味，仍是晚春時節僅存的狗食。

陳陣朝肉筐車走去，身後跟著一群狗。這回二郎走在最前面，陳陣把牠的大腦袋夾摟在自己的腰胯部。二郎通點人性了，牠知道這是要給牠餵食，已經會用頭蹭蹭陳陣的胯，表示感謝。陳陣從肉筐車裏拿出一大筐籠肉骨頭，按每條狗的食量分配好了，就趕緊向蒙古包快步走去。

小狼在不停地撓門，還用牙咬門。養了一個月的小狼，已經長到了一尺多長，四條小腿已經伸直，有點真正的狼的模樣了。最明顯的是，小狼眼睛上的藍膜完全褪掉了，露出了灰黃色的眼球和針尖一樣的黑瞳孔。狼嘴狼吻已變長，兩隻狼耳再不像貓耳了，也開始變長，像兩隻三角小勺豎在頭頂上。腦門還是圓圓的，像半個皮球那樣圓。

小狼在小狗群裏自由放養了十幾天，牠已經能和小狗們玩到一塊去了。但在沒人看管的時候，陳陣還得把牠關進狼洞裏，以防牠逃跑。黃黃和伊勒也勉強接受了這條野種，但對牠避而遠之，只要小狼一接近伊勒，用後腿站起來叼奶頭，伊勒就用長鼻把牠挑到一邊去，讓小狼連摔幾個滾。

只有二郎對小狼最友好，任憑小狼爬上牠的肚皮，在牠側背和腦袋上亂蹦亂跳，咬毛拽耳，拉屎撒尿也毫不在意。二郎還會經常舔小狼，有時則用自己的大鼻子，把小狼拱翻在地，不斷地舔小狼少毛的肚皮，儼然一副狗爹狼爸的模樣。

小狼快活得跟小狗沒有什麼兩樣。但陳陣發現，其實小狼早已在睜開眼睛以前，就嗅出了這裏不是牠真正的家，狼的嗅覺要比牠的視覺醒得更早。

陳陣一把抱起小狼，但在小狼急於進食的時候，是萬萬不能和牠親近的。陳陣拉開門，進了包，把小狼放在鐵桶爐前面的地上。小狼很快就適應了蒙古包天窗的光線，立刻把目光盯準了碗架上的鋁盆。

陳陣用手指試了試肉粥的溫度，已低於自己的體溫，這正是小狼最能接受的溫度。野狼是很怕燙的動物，有一次，小狼被熱粥燙了一下，嚇得夾起尾巴，渾身亂顫，跑出去張嘴舔殘雪。牠一連幾天都害怕那個盆，後來陳陣給牠換了一個新鋁盆，牠才肯重新進食。

爲了加強小狼的反射動作，陳陣又一字一頓地大聲說：小、狼，小、狼，開、飯、嘍。話音未落，小狼颼地向空中躥起，牠對「開飯嘍」的反應，已經比獵狗聽口令的反應還要激烈。陳陣急忙把食盆放在地上，蹲在兩步遠的地方，伸長手用爐鏟壓住鋁盆邊，以防小狼踩翻食盆。小狼便一頭扎進食盆狼吞起來。

世界上，狼才真正是以食爲天的動物。與狼相比，人以食爲天，實在是太誇大其辭了。人只有在大饑荒時候，才出現像狼一樣兇猛的吃相，可是這條小飽狼，吃食天天頓頓都充足保障，仍然像餓狼一樣兇猛，好像再不沒命地吃，天就要塌下來一樣。

狼吃食的時候，絕對六親不認。小狼對於天天耐心伺候牠吃食的陳陣也沒有一點點好感，反而把他當作要跟牠搶食、要牠命的敵人。

15 狼以食爲天

一個月來，陳陣親近小狼，在各方面都有進展。可以摸牠抱牠親牠捏牠拎牠撓牠，可以把小狼頂在頭上，架在肩膀上，甚至可以跟牠鼻子碰鼻子，還可把手指放進狼嘴裏。可就是在牠吃食的時候，陳陣絕對不能碰牠一下，只能遠遠地一動不敢動地蹲在一旁。只要他稍稍一動，小狼便兇相畢露，豎起挺挺的黑狼毫，發出低低沙啞的威脅咆哮聲，還作出後蹲撲擊的動作，一副亡命之徒跟人拼命的架勢。

陳陣爲了慢慢改變小狼的這一習性，曾試著將一把漢式高粱穗掃帚伸過去，想輕輕撫摸牠的毛。但是掃帚剛伸出一點，小狼就瘋了似地撲擊過來，一口咬住，拼命後拽，硬是從陳陣手裏搶了過去，嚇得陳陣連退好幾步。小狼像撲住了一隻羊羔一樣，撲在掃帚上腦袋急晃、瘋狂撕啃，一會兒就從掃帚上撕咬下好幾縷穗條。

陳陣不甘心，又試了幾次，每次都一樣。小狼簡直把掃帚當作不共戴天的仇敵，幾次下來，那把掃帚就完全散了花。高建中剛買來不久的這把新掃帚，最後只剩下禿禿的掃帚把，氣得高建中用掃帚把將小狼抽了幾個滾。此後，陳陣只好把在小狼吃食的時候摸牠腦袋的願望，暫時放棄了。

這次的奶粥量比平時幾乎多了一倍，陳陣希望小狼能剩下一些，他就能再加點奶水和碎肉，拌成稍稀一些的肉粥餵小狗們。但是他看小狼狂暴的進食速度，估計剩不下多少了。從牠的這副吃相中，陳陣覺得小狼完全繼承了草原狼的千古習性。狼具有戰爭時期的軍人風格，吃飯像打仗。或者，真正的軍人具有狼的風格，假如吃飯時不狂吞急咽，軍情突至，下一口飯可能就再也吃不上了。

陳陣看著看著，生出一陣心酸。他像是看到了一個蓬頭垢面、狼吞虎咽的流浪兒。牠的吃相就告訴了你，那曾經的淒慘身世和遭遇。若不是如此以命爭食，在這虎熊都難以生存的高寒嚴酷的蒙古草原，狼如何能頑強地生存下來呢。

陳陣由此看到了狼艱難生存的另一面。繁殖能力很高的草原狼，真正能存活下來的，可能連十分之一都不到。畢利格老人說，騰格里有時懲罰狼，也是六親不認的，一場急降的沒膝深的大雪，就能把草原上大部分的狼凍死餓死。一場鋪天蓋地的狂風猛火，也會燒死熏死成群的狼。從災區逃荒過來的餓瘋了的大狼群，也會把本地的狼群殺掉一大半。加上牧人早春掏窩、秋天下夾、初冬打圍、嚴冬獵殺，能僥倖活下來的狼便是其中的少數了。

老人還說，草原狼都是餓狼的後代，原先那些豐衣足食的狼，後來都讓逃荒來的饑狼打敗了。蒙古草原從來都是戰場，只有那些最強壯、最聰明、最能吃能打、吃飽的時候記得住饑餓滋味的狼，才能頑強地活下來。

小狼在食盆裏急衝鋒，陳陣越看越能體會食物對狼的意義。蒙古草原狼有許多神聖的生存信條，而以命拼食，就是其中的根本一條。陳陣餵養小狼，完全沒有在餵狗的時候，那種高高在上救世濟民的感覺。小狼根本不領情，小狼絕沒有被人豢養的意識，牠不會像狗一樣，一見到主人端來食盆，就搖頭擺尾感激涕零。

小狼絲毫不感謝陳陣對牠的養育之恩，也完全不認爲這盆食是人賜給牠的，而認爲這是牠自己爭來的奪來的。牠要拼命護衛牠自己爭奪來的的食物，甚至不惜以死相拼。在陳陣和小狼的關係中，養育一詞是不存在的，小狼只是被暫時囚禁了，而不是被豢養。小狼在以死拼食的性格中，似乎有一種更爲特立獨行、桀驁不馴的精神在支撐著牠。

陳陣最後還是打消了在小狼吃食時撫摸牠的願望，決定尊重小狼的這一高貴的天性。以後他每次給小狼餵食的時候，都會一動不動地跪蹲在小狼兩步遠的地方，讓小狼不受任何干擾地吞食。自己也在一旁靜靜地看小狼進食，虔誠地接受狼性的教誨。

轉眼間，小狼的肚皮又脹得快要爆裂，吞食的速度大大下降，但仍在埋頭拼命地吃。陳陣發現，小狼在吃撐以後就開始挑食了，先是挑粥裏的碎肉吃，再挑星星點點的肉丁吃，牠銳利的舌尖像一把小鑷子，能把每一粒肉丁都鑷進嘴裏。不一會兒，雜色的八寶肉粥變成了黃白一色的小米粥了。

陳陣睜大眼睛看，小狼還在用舌尖鑷吃著東西。陳陣仔細一看，他樂了，小狼居然在鑷吃黃白色粥裏的白色肥肉丁和軟骨丁。小狼一邊挑食，一邊用鼻子像豬拱食一樣，把小半盆粥拱了個遍，把裏面所有葷腥的瘦肉丁、肥肉丁和軟骨丁，丁丁不落地挑到嘴裏。小狼又不甘心地翻了幾遍，直到一星肉丁也找不到的時候仍不抬頭。

陳陣伸長脖子再仔細看牠還想幹什麼，他又樂了。小狼居然在用舌頭擠壓剩粥，把擠壓出來的奶湯舔到嘴裏面，奶也是狼的美食啊。當小狼終於抬起頭來的時候，一大盆香噴噴的奶肉八寶粥，竟被小狼榨成了小半盆沒有一點油水、乾巴巴的小米飯渣，色香味全無。陳陣氣得大笑，他沒想到這條小狼這麼貪婪和精明。

陳陣沒有辦法，只好在食盆裏加上一把碎肉，加了剩留的牛奶，再加上一點溫水，希望還能對出大半盆稀肉粥來，可是他怎麼攪，也只能攪出肉水稀飯來。陳陣把食盆端到包外，把稀湯飯倒進狗的食盆裏，小狗們一擁而上，但馬上就不滿地哼哼叫起來了。陳陣感到了牧業的艱辛，餵養狗也是牧業份內的一件苦差事，再加上一條狼，他就更辛苦了。而這份苦，完全是他甘心情願自找的。

小狼撐得走不動道了，趴在地上遠遠地看小狗們吃剩湯。小狼吃飽了什麼都好說。陳陣走近小狼，親熱地叫牠的名字：小狼，小狼。小狼一骨碌翻了個身，四爪彎曲，肚皮朝天，頭皮貼地，頑皮淘氣地倒看著陳陣。

陳陣上前一把抱起小狼，雙手托著小狼的胳肢窩，把牠高高地舉上天，一連舉了五六次，小狼又怕又喜，嘴高興地咧著，可後腿緊緊夾著尾巴，還輕輕發抖。但小狼已經比較習慣陳陣的這個舉動了，牠好像知道這是一種友好的行爲。陳陣又把小狼頂在腦袋上，架在肩膀上，牠有點害怕，用爪子死死摳住陳陣的衣領。

回到地上，陳陣盤腿坐下，把小狼朝天放在了自己腿上，給牠做例行的肚皮按摩。這是母狗和母狼幫助小崽們食後消化的工作，現在輪到他來做了。陳陣覺得這件事很好玩，用巴掌慢慢揉著一條小狼的肚皮，一邊聽著小狼舒服快樂的哼哼聲，和小狼打嗝放屁的聲音。

吃食時狂暴的小狼，這時候變成了一條聽話的小狗，牠用兩隻前爪抱住陳陣的一根手指頭，不斷地舔，還用尖尖的小狼牙輕輕地啃咬。小狼的目光也很溫柔，揉到特別舒服的時候，小狼的眼裏會充滿盈盈的笑意，似乎把陳陣當作了一個還算稱職的後媽。

辛苦之餘，小狼還給了他加倍的歡樂。此時陳陣忽然想起在遙遠的古代，或者不知什麼地方的現在，一條溫柔的母狼，在用舌頭給剛吃飽奶的「狼孩」舔肚皮，光溜溜的小孩兒高興得啃著自己的腳趾頭，格格地笑。一群大小野狼圍在這團小胖肉旁邊相安無事，甚至還會叼肉來給他吃。

天下的母狼曾經收養了多少人孩？多少年來關於狼的奇特傳說，如今陳陣能夠身臨其境了，他正在親身感受、親手觸摸到狼性溫柔的一面。

陳陣低下頭，用自己的鼻子碰了碰小狼的濕鼻頭，小狼竟像小狗一樣舔了一下他的下巴，這使他興奮而激動。這是小狼第一次對他表示信任，他和小狼的感情又進了一步。他慢慢地享受品味著這種純淨的友誼，覺得自己的生命向遠古延伸得很遠很遠。有一刻，他忽然覺得自己好像很老很老了，卻還保持著人類幼年時代的野蠻童心。

唯獨使他隱隱不安的是：這條小狼不是在野外撿來的，也不是病死戰死的母狼的棄兒或遺孤。那種收留和收養，充滿了自然原始的愛。可他的這種強盜似的收養，卻充滿了人爲的刻意。他爲了滿足自己的獵奇和研究，把天下流傳至今的美好的人狼故事，強制性地倒行逆施了。他時時都在擔心那條被抄了窩的母狼來報復，這也許是科學和文明進程中的冷酷與無奈？

二郎已經把牠那份食物吃完了，向陳陣慢慢走來。二郎每次看到陳陣抱著小狼給牠揉肚皮的時候，總會走得很近，好奇地望著他倆，有時還會走到小狼的身旁給牠舔肚皮。陳陣伸手摸摸二郎的腦袋，牠衝他輕輕咧嘴一笑。

自從陳陣收養了小狼以後，二郎與他的距離忽然縮短了。難道他自己身上也有野性和狼性？如是那樣，倒有意思了：一個有野性狼性的人，一個有野性狼性的狗，再加上一條純粹的野狼，共同生活在充滿野性狼性的草原。

陳陣覺得自從對草原狼著了迷以後，他身上萎靡軟弱無聊的血液好像正在減弱，而血管裏開始流動起使他感到陌生的狼性血液。生命變得茁壯了，以往蒼白乏味的生活變得充實飽滿了。他覺得自己重新認識了生命和生活，開始珍惜和熱愛生命和生活。

小狼開始在陳陣的腿上亂扭，陳陣知道小狼要撒尿拉屎了。牠也看到了二郎，想跟牠一塊玩了。陳陣鬆開手，小狼一骨碌跳下地，撒了一泡尿就去撲鬧二郎，又爬到了二郎背上玩耍。小狗們也想爬上來玩，但都被小狼拱下去，小狼沙啞地咆哮發威，一副占山爲王的架勢。

兩條小公狗突然一起發動進攻，叼住小狼的耳朵和尾巴，然後一起滾下狗背。三條小狗一擁而上，把小狼壓在身下亂掐亂咬，小狼氣呼呼地踹腿掙扎，地面塵土飛揚，打得不可開交。可是不一會兒，陳陣就聽到一條小公狗一聲慘叫，小爪子上流出了血，小狼居然在玩鬧中動了真格。

陳陣決定主持公道，他揪著小狼的後脖頸把牠拎起來，走到小公狗面前，把小狼的頭按在小狗受傷的爪子前面，用小狼的鼻子撞小狗的爪子。但小狼毫無認錯之意，繼續皺鼻齜牙發狼威，嚇得小狗們都躲到伊勒的身後。伊勒火冒三丈，牠先給小狗舔了幾下傷，便衝到小狼面前猛吼了兩聲，張口就要咬。

陳陣急忙把小狼抱起來轉過身去，嚇得心通通亂跳，他不知道哪天兩條大狗真會把小狼咬死。在沒有籠子和圈養的情況下，養著這麼一個小霸王太讓他操心了。陳陣連忙摸頭拍背安撫伊勒，總算讓牠消了氣。陳陣再把小狼放在地下，伊勒不理牠，帶著三條小狗到一邊玩去了。小狼又去爬二郎的背，奇怪的是，兇狠的二郎對小狼總是寬容慈愛有加。

16 求求你了，阿爸

忙完了給小狼餵食，陳陣開始清理牛車，爲搬家遷場做準備，突然看見畢利格老人趕著一輛牛車，拉了一些木頭朝他的蒙古包走來。陳陣慌忙從牛車上跳下來，抓起小狼，將小狼放進狼窩，蓋好木板，壓上大石頭。他心跳得也希望有一塊大石頭來壓一壓。

黃黃和伊勒帶著小狗們搖著尾巴迎向老人。陳陣趕緊上前幫老人卸車拴牛，並接過老人沉重的木匠工具袋。每次長途遷場之前，老人總要給知青包修理牛車。

陳陣說：阿爸，我自個兒也能湊合修車了，以後您老就別再幫我們修了。

老人說：湊合可不成。這回搬家路太遠，又沒有現成的車道，要走兩三天吶。一家的車誤在半道，就要耽誤全隊全組的車隊。

陳陣提心吊膽地說：阿爸，您先到包裏喝口茶吧，我先把要修的車卸空。

老人說：你們做的茶黑乎乎，我可不愛喝。說完，突然朝壓著石頭的木板走去，沉著臉說道：我先看看你養的狼崽。

陳陣嚇慌了神，連忙攔住了老人說：您先喝茶吧，別看了。

老人瞪圓杏黃色的眼珠喝道：都快一個多月了，還不讓我看！

陳陣橫下一條心說：阿爸，我打算把狼崽養大了，配一窩狼狗崽……

老人滿臉怒氣，大聲訓道：胡鬧！瞎胡鬧！外國狼能配狼狗，蒙古狼才不會配呢。蒙古狼哪能看得上狗，狼配狗？做夢！你等著狼吃狗吧！

老人越說越生氣，每一根山羊鬍子都在抖動：你們幾個越來越不像話了。我在草原活了六十多歲，還從沒聽說有人敢養狼。那狼是人可以養的嗎？狗是啥東西？狗是吃人屎的，狼是吃人屍的。狗吃人屎，是人的奴才；狼吃人屍，是送蒙古人的靈魂上騰格里的神靈。狼和狗，一個天上，一個地下，能把牠們倆放到一塊堆兒養嗎？還想給狼和狗配對？要是我們蒙古人給你們漢人的龍王爺配一頭母豬，你們漢人幹嗎？冒犯神靈！冒犯蒙古祖宗！冒犯騰格里啊！你們要遭報應的啊，連我這個老頭子也要遭報應……

陳陣從沒見過老人發這麼大的火。小狼這個火藥桶終於爆炸了，陳陣的心頓時被炸成了碎片。老人這次像老狼一樣動了真格了。他生怕老人氣得一腳踢上石頭踢傷了腳，再氣得一石頭砸死小狼。

老人鐵嘴狼牙，越說越狠，毫無鬆口餘地：一開始聽說你們養了一條狼崽，我還當是你們漢人學生不懂草原規矩，不知道草原忌諱，只是圖個新鮮，玩幾天就算了。後來聽說道爾基也養了一條，還打算配狼狗，真打算要養下去了。這可不成！今兒你就得當著我的面，把這條狼崽給處理掉……

陳陣知道自己闖了大禍。草原養狼，千年未有。士可殺，不可辱。狼可殺可拜，但不可養。一個年輕的漢人深入草原腹地，在草原蒙古人的祖地，在草原蒙古人祭拜騰格里，祭拜蒙古民族的獸祖、宗師、戰神和草原保護神狼圖騰的聖地，像養狗似的養一條小狼，實屬大逆不道。如果這件事發生在古代草原，陳陣非得被視作罪惡的異教徒，五馬分屍、拋屍餵狗不可。就是在現代，這也是違反國家少數民族政策、傷害草原民族感情的行為。

但陳陣最怕的，是他深深地激怒和傷害了畢利格老阿爸，一位把他領入草原狼圖騰神秘精神領域的蒙古老人。而且就連他掏出的那窩狼崽，也是在老人一步步指點下挖到手的。他無法堅持，也不能做任何爭辯了。他哆哆嗦嗦地叫道：阿爸！

老人手一甩喊道：甭叫我阿爸！

陳陣苦苦央求：阿爸，阿爸，是我錯了，是我不懂草原規矩，冒犯了神靈，冒犯了您老……阿爸，您說吧，您說讓我怎麼處理這條可憐的小狼吧。陳陣的淚水猛然湧出眼眶，止也止不住，淚水灑在小狼和他剛才還快活地玩耍和親吻的草地上。

老人一愣，定定地望著陳陣，顯然一時也不知道該如何處理這條小狼。老人肯定知道陳陣養狼根本就不是為了配狼狗，而是被草原狼迷昏了頭。陳陣是他精心栽培的半個漢族兒子，他對草原狼的癡迷，已經超過了大部分蒙古年輕後生。然而，恰恰是這個陳陣，幹出了使老人最不能容忍的惡行。這是一件老人從未遇到過，也從未處理過的事情。

老人仰望騰格里長歎一聲，說道：我知道你們漢人學生不信神，不管自個兒的靈魂。雖說這兩年多，你是越來越喜歡草原和狼了，可是，阿爸的心你還是不明白。阿爸老了，身子骨一年不如一年了。草原又苦又冷，蒙古人像野人一樣在草原上打一輩子仗，蒙古老人都有一身病，都活不長。過不了多少年，你阿爸就要去騰格里了。你怎能要把阿爸的靈魂帶上騰格里的狼，養在狗窩裏呢？你這麼做，阿爸有罪啊，騰格里興許就不要你阿爸的靈魂了，把我打入戈壁下面又嗆又黑的地獄。草原上要是都像你對奴才一樣待狼，蒙古人的靈魂就沒著沒落了……

陳陣小聲辯解說：阿爸，我哪是像對奴才一樣對待小狼啊，我自己都快成了小狼的奴才了。我天天像伺候蒙古王爺少爺一樣地伺候小狼，擠奶餵奶，熬粥餵粥，煮肉餵肉。怕牠冷，怕牠病，怕牠被狗咬，怕牠被人打，怕老鷹把牠抓走，怕母狼把牠叼走，連睡覺都不安穩。連高建中都說我成了小狼的奴隸。騰格里全看得見，騰格里最公平，他是不會怪罪您老的。

老人又是微微一愣，他相信陳陣說的全是真的。如果陳陣像供神靈、供王爺一樣地供著小狼，這是冒犯神靈還是敬重神靈呢？老人似乎難以做出判斷，不管在方式上，陳陣如何不合蒙古草原的傳統和規矩，但陳陣的心是誠的。蒙古草原人最看重的就是人心，老人像狼一樣兇狠的目光漸漸收斂。

陳陣隱約看到了一線希望，心裏期待著這位睿智的老阿爸，能給他這個敬重狼圖騰的漢族年輕人一個破例，救下石頭下面那個才出生兩個月多的小生命。

他擦乾眼淚，喘了一口氣，壓了壓自己恐慌而又焦急的情緒說：阿爸，我養狼就是想實實在在地摸透草原狼的脾氣、習性和品行，想知道狼爲什麼那麼厲害，那麼聰明，爲什麼草原民族那樣敬拜狼。您不知道，我們漢族人是多麼恨狼，把最惡最毒的人說成是狼心狗肺，把欺負女人的人叫做大色狼，說最貪心的人是有狼子野心，把美帝國主義叫做野心狼，大人嚇唬孩子，就說是狼來了……

陳陣看老人的表情不像剛才那樣嚇人了，壯了壯膽子接著說下去：

在漢人的眼裏，狼是天下最壞最兇惡最殘忍的東西，可是蒙古人卻把狼當神一樣地供起來，活著的時候學狼，死了還把自己餵狼。一開始，我也不明白這是爲什麼。在草原兩年多了，要不是您經常開導我，給我講狼和草原的故事和道理，經常帶我去看狼打狼，我不會這麼迷狼的，也不會明白那麼多的事理。可是我覺著從遠處看狼琢磨狼，還是看不透也琢磨不透，最好的辦法就是養條小狼，近近地看，天天和牠打交道。

養了一個多月的小狼，我還真的看到了許多以前沒有看到的東西，我越來越覺得狼真是了不起的動物，真是值得人敬拜。可到現在爲止，咱們牧場還有一大半的知青沒有改變對狼的看法呢。知青到了草原還不明白狼，那沒到過草原的幾億漢人哪能明白呢。以後到草原上來的漢人越來越多，真要是把狼都打光了，草原可怎麼辦呢？蒙古人遭殃，漢人就更要遭大殃。我現在真是很著急，我不能眼看著這麼美的草原被毀掉……

老人掏出煙袋，盤腿坐到石頭前。陳陣連忙拿過火柴，給老人點煙。老人抽了幾口說：是阿爸把你帶壞了……可眼下怎辦？孩子啊，你養狼不替你阿爸想，也得替烏力吉想想，替大隊想想。老烏場長剛被罷了官，四個馬倌記了大過，這是爲的啥？就是上面說老烏盡護著狼了，從來不好好組織打狼，還說你阿爸是條老狼，大隊的頭狼，咱們二隊是狼窩。這倒好，在這個節骨眼上，咱隊的知青還真的養了一條小狼。別的三個大隊的學生怎就不養？這不明擺著說你是受二隊壞人的影響嗎？你這不是往人家手裏送把柄嗎？

老人憂鬱的目光，從一陣陣煙霧中傳遞出來，他的聲音越發低沉：再說，你養小狼，非把母狼招來不可，母狼還會帶一群狼過來。額侖草原的母狼最護崽，牠們的鼻子也最尖。我估摸母狼準能找到牠的崽子，找到你這塊營盤來報復。額侖的狼群什麼邪性的事都能幹得出來，咱們隊出的事故還少嗎？要是再出大事故，老烏和隊裏的幹部就翻不了身，狼群盯上了你的羊群，逮個空子毀掉你大半群羊，毀了集體財產，你沒理啊，那你非得坐牢不可……

陳陣的心剛剛暖了一半，這下又涼下去多半截。在少數民族地區養狼，本身就違反民族政策，而在羊群旁邊養狼，這不是有意招狼，故意破壞生產嗎？

陳陣的手不由得微微發抖，看來今天自己不得不親手把小狼拋上騰格里了。

老人的口氣緩和了些，說：包順貴上臺了，他是蒙族人，可早就把蒙古祖宗忘掉了。他比漢人還要恨狼，不打狼就保不住他的官。你想，他能讓你養狼嗎？

陳陣抱著最後一線希望說：您能不能跟包順貴說，養狼是爲了更好地對付狼，是科學實驗。

老人說：這事你自個兒找他去說吧，今天他就來我家住，明天你就找他去吧。老人站起身，回頭看了看那塊大石頭說：你養狼，就不怕狼長大了咬羊，咬你，再咬別人？狼牙有毒，咬上一口，沒準人就沒命了。我今天就不看狼崽了，看了我心裏難受。走，修車去吧。

老人修車的時候一句話也不說。陳陣還沒有做好處死小狼的心理準備，但他不能再給處境困難的老阿爸和烏力吉添亂了……

老人和陳陣修好了兩輛牛車，正要修第三輛車的時候，三條大狗猛吼起來，包順貴和烏力吉一前一後地騎馬跑了過來。陳陣急忙喝住了狗。

包順貴一下馬就對畢利格說：你老伴說你到這兒來了，我正好也打算看看小陳養的小狼崽。陳陣的心急跳不停，草原的消息比馬蹄還快。

包順貴說：我是爲新草場的事來的。聽說你們打算開闢新草場，這事兒都驚動了旗盟領導，他們很重視啊，指示我們要爭取當年成功。能增加這麼大的一片新牧場，載畜量就可以翻一倍，真是件大好事。這件事是你們倆挑頭幹的，這次我特地讓烏力吉住到你家，這樣你們研究工作就更方便了。

畢利格老人說：這件事是老烏一人帶頭幹的，不論啥時候，他的心都在草原上。

烏力吉淡淡一笑說：咱們商量一些具體的事吧。遷場路太遠，搬家困難不少，場部的汽車和兩台膠輪拖拉機應該調到二隊幫忙，還得抽調一些勞力把路修一修……

包順貴說：我已經派人通知今晚隊幹部開會，到時候再議吧。他扭頭對陳陣說：好吧，讓我見識見識你養的小狼。

陳陣看了看畢利格老人，老人仍不說話。陳陣趕緊說：我已經不打算養了，養狼違反牧民的風俗習慣，也太危險，要是招來狼群，我可負不起這個責任。他一邊說著，一邊搬開石頭，掀開了案板。洞裏，胖乎乎的小狼正要往上爬，一見洞上黑壓壓的人影，立即縮到壁角，皺鼻齜牙，可是全身的狼毫瑟瑟發抖。

包順貴眼裏放出光彩，大聲叫好：哈！這麼大的一條狼崽，才養了一個多月，就比你交上來的狼崽皮大兩倍多。早知道這樣，還不如讓你都養了，等大一點再殺，十幾張皮就能做一件小狼皮襖了。你們瞧，這身小狼皮的毛真好看，比沒斷奶的狼崽皮厚實多了……

陳陣苦著臉說：那我也養不起，狼崽特能吃，一天得吃一大盆肉粥，還要餵一碗牛奶。

包順貴說：你怎麼就算不過賬來呢，小米子換大皮子多划算啊。明年各隊如果再掏著了狼崽，一律不准殺，等養大兩三倍再殺。

老人冷笑道：哪那麼省事兒，斷奶前他是用狗奶餵狼崽的，要是養那麼多的狼崽，上哪兒找那麼多母狗去？

包順貴想了想說：哦，那倒也是。

陳陣伸手捏著小狼的後脖頸，將牠拎出洞。小狼拼命掙扎，在半空中亂蹬亂抓，渾身抖個不停。狼其實是天性怕人的動物，只有逼急了才會傷人。他把小狼放在地上，包順貴伸出大巴掌在小狼身上摸了幾下，笑道：我還是頭一回摸活狼呢，還挺胖啊，有意思，有意思。

烏力吉說：小陳啊，看得出來，這一個多月你沒少費心。野地裏的小狼都還沒長這麼大呢，你比母狼還會帶狼崽了。早就聽說你迷上了狼，碰到誰都要讓人講點狼的故事，真沒想到你還養上了狼，你是不是走火入魔了？

畢利格老人出神地看著小狼，他收起煙袋，說道：我活這麼大的歲數，這還是頭一回瞅見人養的小狼，養得還挺像樣兒。陳陣這孩子真是上了心啊，剛才求了我老半天。可是，在羊群旁邊養狼，不全亂套了嗎？要是問全隊的牧民，沒一個會同意他養狼的。今兒你們倆都在，我想，這孩子有股鑽勁，他想搞個科學試驗，你們說怎辦？

包順貴好像對養狼很感興趣，他想了想說：這條小狼現在殺了也可惜了，就這麼一張皮子，做啥也不好做。能把沒斷奶的狼崽養這麼大，不容易啊。我看這樣吧，既然養了，就先養著試試吧。養條狼做科學實驗，也說得過去。研究敵人是爲了更好的消滅敵人。往後，我也真得常來這兒看看小狼呢。聽說，你還打算把狼養大了配狼狗？

陳陣點點頭：是想過，可阿爸說根本成不了。

包順貴問烏力吉：這事兒草原上從前有人做過嗎？

烏力吉說：草原民族敬狼拜狼，哪能配狼狗？

包順貴說：那倒可以試一試嘛，這更是科學實驗了。要是能配出蒙古狼狗來，準比德國狼狗、蘇聯狼狗都厲害。蒙古狼是世界上最大最厲害的狼，配出的狼狗準錯不了。牧民要是有了蒙古狼狗看羊，狼沒準真的不敢來了。我看這樣吧，往後牧民反對，你們就說是在搞科學實驗。不過，小陳你記住了，千萬注意安全。

烏力吉說：老包說可以養，那你就養吧。不過我得提前告訴你，出了事還得你自己擔著，不要給老包添麻煩。我看你這麼養著太危險，最好弄條鐵鏈子拴著養，不讓狼咬著人咬著羊。

包順貴說：對，絕對不能讓狼傷著人，要是傷了人，我馬上就斃了牠。

陳陣緊張得心都快跳出來了，連聲說：一定一定！不過……我還有一件事得求你們，我知道牧民都反對養狼，你們能不能幫我做做工作？

烏力吉說：你阿爸說話比我管用，他說一句頂我一百句呢。

老人搖搖頭說：唉，我把這孩子教過了頭，是我的錯，我也擔待一點吧。

老人將木匠工具袋留給陳陣，便套好牛車回家。包順貴和烏力吉也上馬跟著牛車一塊走了。

陳陣像是大病初癒，興奮得沒有一點力氣，幾乎癱坐在狼窩旁邊。他緊緊摟抱著小狼，摟得小狼又開始皺鼻齜牙。陳陣急忙給牠撓耳朵根，一下就搔到了小狼的癢處，小狼立刻軟了下來，閉著一隻眼，歪著半張嘴，伸頭伸耳去迎陳陣的手，全身舒服得直打顫，像是得了半身不遂，失控地抖個不停。

17 小狼被拴上了鐵鏈

二大隊的人畜，經過兩天兩夜的跋涉，終於進入了牧場東北部那片新開闢的草場。

陳陣終於看清了這片邊境草原美麗的處女地，這可能是中國最後一片處女草原了，美得讓他幾乎窒息。

眼前是方圓幾十里的碧綠大盆地，盆地的東方是重重疊疊，一層一波的山浪，一直向大興安嶺的餘脈湧去。綠山青山、褐山赭山、藍山紫山，推著青綠褐赭藍紫色的彩波，向茫茫的遠山泛去，與粉紅色的天際雲海相匯。

盆地的北西南三面，是淺碟狀的寬廣大緩坡，從三面的山樑緩緩而下。草坡像是被騰格里修剪過的草毯，整齊的草毯上還有一條條一片片藍色、白色、黃色、粉色的山花圖案，色條之間散點著其他各色野花，將大片色塊色條，銜接過渡得自然天成。

一條標準的蒙古草原小河，從盆地東南山谷裏流出。小河一流到盆地底部的平地上，立即大幅度地扭捏起來。每一曲河彎河套，都彎成了馬蹄形的小半圓或大半圓，猶如一個個開口的銀圈。

整條閃著銀光的小河宛若一個個銀耳環、銀手鐲和銀項圈串起來的銀嫁妝；又像是遠嫁到草原的森林蒙古姑娘，在欣賞草原美景，她忘掉了自己新嫁娘的身份，變成了一個貪玩的小姑娘，在最短的距離內繞行出最長的觀光採花路線。

河彎河套越繞越圓，越繞越長，最後注入盆地中央的一汪藍湖。泉河清清，水面上流淌著朵朵白雲。

盆地中央竟是陳陣在夢中都沒有見過的天鵝湖。望遠鏡鏡頭裏，寬闊的湖面出現了十幾隻白得耀眼的天鵝，在茂密綠葦環繞的湖中幽幽滑行，享受著世外天國的寧靜和安樂。天鵝四周是成百上千的大雁、野鴨和各種不知名的水鳥。五六隻大天鵝忽地飛起來，帶起了大群水鳥，在湖與河的上空低低盤旋歡叫，好像隆重的迎親樂團。泉湖靜靜，湖面上漂著朵朵白羽。

在天鵝湖的西北邊還有一個天然出口，將湖中滿溢的泉水，輸引到遠處上萬畝密密的葦塘濕地裏去了。這也許是中國最後一個從未受人驚擾過的原始天鵝湖，也是中國北部草原邊境上，最後一處原始美景了。

高原初夏的陽光，將盆地上空浮島狀的雲朵照得又白又亮，晃得人睜不開眼睛。空氣中瀰漫著羊群羊羔嚼出的山蔥野蒜的氣味，濃郁而熱辣。人們不得不時時眨一下眼睛，滋潤一下自己的眼珠。

二大隊三十多個蒙古包，紮在盆地西北接近山腳的緩坡上。兩個蒙古包組成一個浩特，浩特與浩特相距不到一里，各個生產小組之間相距也很近。畢利格老人下令如此集中紮營，是爲了防止新區老區狼群的輪番或聯合攻擊，這樣密集的人群狗群防線，額侖的狼群無論如何也難以攻破，陳陣稍稍放下心來。

大隊幾十群牛羊馬都已開進了新草場，處女草地一天之間就變成了天然大牧場。四面八方傳來歌聲，馬嘶聲，羊咩聲和牛吼聲，開闊的大盆地充滿了喜氣洋洋的人氣，馬氣，羊氣和牛氣。

陳陣和楊克的羊群，散在蒙古包後面不遠的山坡上吃草。陳陣對楊克感慨說：這塊新草場與去年的夏季草場，真有天壤之別，我甚至產生了那種開疆闢土般的快感和自豪，有時覺得好像在夢遊，把羊放到了伊甸園來了。

楊克深深地吸了一口草香說道：我也有同感，這真是個世外草原，天鵝草原。在天鵝飛翔的藍天下牧羊，多浪漫啊，連伊甸園裏可能都沒有白天鵝……

兩人一邊說著，急著去看小狼。

小狼對視野寬廣的新環境，十分好奇和興奮。牠有時對排隊去小河飲水的牛群看個沒完，有時又對幾群亮得刺眼的白羊群歪著頭反覆琢磨；過了一會兒，又遠眺湖泊上空盤旋飛翔的大鳥水鳥群。

小狼看花了眼，牠從來沒有一下子看到過這麼多的東西。在搬家前的接羔草場，陳陣的浩特距最近的畢利格家都有四五里遠，那時小狼只能看到一群牛，一群羊，一個石圈，兩個蒙古包和六輛牛車。

在搬往新草場的路上，小狼被關在牛糞箱裏兩天一夜，什麼也沒看到。當牠再次見到陽光時，周圍竟然變成這個樣子了。小狼亢奮得上躥下跳，如果不是那條鐵鏈拴著牠，牠一定會跟著狗們到新草地上撒歡撒野，或者與過路的小狗們打架鬥毆。

陳陣不得不聽從烏力吉的意見，將小狼用鐵鏈拴養。小狼脖子上的牛皮項圈扣在鐵鏈上，鐵鏈的另一端扣連在一個大鐵環上，鐵環又鬆鬆地套在一根胳膊粗的山榆木的木樁上，木樁埋砸進地面兩尺深，露出地面部分有近一米高。木樁上又加了一個鐵扣，使鐵環脫不出木樁。這套囚具結實得足以拴一頭牛。它的結構又可以避免小狼跑圈時，將鐵鏈纏住木樁，越勒越短，最後勒死自己。

在搬家前的一個星期裏，小狼失去了自由，牠被一根長一米半的鐵鏈拴住，成了一個小囚犯。陳陣心疼地看著小狼怒氣沖沖地與鐵鏈戰鬥了一個星期，半段鐵鏈一直被咬得濕漉漉的。可是牠咬不斷鐵鏈，拔不動木樁，只能在直徑三米的圓形露天監獄裏度日。陳陣經常加長放風遛狼的時間，來彌補他對小狼的虐待。

小狼每天最快樂的時刻，就是偶爾有一條小狗走進狼圈陪牠玩，但牠每次又忍不住將小狗咬疼咬哭咬跑，最後重又落得個孤家寡人。只有二郎時常會走進狼圈，有時還故意在圈裏休息，讓小狼沒大沒小地在牠身上踩肚踩背踩頭，咬耳咬爪咬尾。

小狼一天中最重要的一項內容，就是眼巴巴地盯著蒙古包門旁屬於自己的食盆，苦苦等待食盆加滿再端到牠的面前。牠全然不能意識到自己成爲囚徒的真正原因。小狼眼裏總是充滿憤怒：爲什麼小狗們能自由自在，而牠就不能？故而常常向小狗發洩，直到把小狗咬出血。

在原始游牧條件下，在狗群羊群人群旁邊養狼，若不採取「非人的待遇」，稍一疏忽，小狼也許就會傷羊傷人，最後難逃被處死的結局。陳陣好幾次輕聲細語地對小狼說明了這一點，但小狼仍然冥頑不化。陳陣和楊克開始擔心這種極其不公平的待遇，會對小狼心理發展產生嚴重影響。

用鐵鏈拴養必然使小狼喪失個性自由發展的條件和機會，那麼，在這種條件下養大的狼，還能算是真正的狼嗎？牠與陳陣楊克想瞭解的野生草原狼，肯定會有巨大差別。他倆的科學研究，一開始就碰上了研究條件不科學的致命問題。如果能在某個定居點的大鐵籠或一個大石圈裏養狼，狼就能相對自由，也能避免對人畜的危害了。

陳陣和楊克隱隱感到他們有些「騎狼難下」了，也許這個科學實驗早已埋下了失敗的種子。楊克有一次偶爾露出了想放掉小狼的念頭，但被陳陣斷然拒絕。楊克的心裏也實在是捨不得放，此後對小狼越發疼愛了。

草原又到了牛群自由交配的季節。那幾頭雄壯的氓牛——草原自由神，居然在當夜就聞著母牛的氣味，轟轟隆隆地追到了新草場，找到了牠們的妻妾。

小狼對近在眼前的一頭大氓牛很害怕，趕緊把身子縮在草叢中。當氓牛狂暴地騎上一頭母牛後胯的時候，小狼嚇得向後猛地一躥，一下子被鐵鏈拽翻了一個大跟頭，勒得牠吐舌頭，翻白眼。小狼經常忘記自己脖子上的鎖鏈，等到氓牛又去追另一頭向牠示意的母牛的時候，小狼才算平靜下來。

小狼對這個新囚地似乎還算滿意，牠開始在狼圈裏打滾撒歡。新居的領地裏長滿了一尺高的青草，比原來的乾沙狼圈舒服多了。小狼仰面朝天躺在草上，又側著頭一根一根地咬草拽草，牠自己可以和青草玩上半小時。

生命力旺盛的小狼在這個小小的天地裏，爲自己找到了可以燃燒生命的運動，牠又開始每日數次的跑圈，牠沿著狼圈的外沿全速奔跑，一圈又一圈，不知疲倦。

小狼瘋跑了一陣以後，突然急刹車，掉頭逆時針地跑。跑累了便趴在草地上，像狗一樣地張大嘴，伸長舌頭，滴著口水，散熱喘氣。陳陣發現小狼這些日子跑的時間和圈數，超出平時幾倍，牠好像有意在爲自己脫毛換毛加大運動量。畢利格老人說，小狼第一次換毛，要比大狼晚得多。

草地最怕踩，狼圈新跑道上的青草，全被小狼踩得萎頓打蔫。

18 兒馬大戰

突然，東面響起一陣急促的馬蹄聲，張繼原騎馬奔來，額頭上紮著醒目的白繃帶。兩人吃了一驚，忙去迎接。張繼原大喊：別別！別過來！他騎的那匹小馬，一驚一乍，根本不容人接近。兩人才發現他騎的是一匹剛馴的生馬生個子。兩人急忙躲開，讓他自己找機會下馬。

在蒙古草原，蒙古馬馬性剛烈，尤其是烏珠穆沁馬，馬性更暴。馴生馬，只能在馬駒長到新三歲，也就是不到三歲的那個早春開始馴。

早春馬最瘦，而新三歲的小馬又剛能馱動一個人。如果錯過這個時段，當小馬長到新四歲的時候，就備不上鞍子，戴不上嚼子，根本馴不出來了。就算讓別人幫忙，揪住馬耳，把馬摁低了頭，強行備鞍戴嚼上馬，馬也絕不服人騎，不把人尥下馬決不罷休。哪怕用武則天的血腥馴馬法也無濟於事，這匹馬就可能成爲永遠無人能騎的野馬了。

每年春季，馬倌把馬群中野性不是最強的新三歲小馬分給牛倌羊倌們馴，誰馴出的馬，就歸誰白騎一年。如果騎了一年後，覺得這馬不如自己名下其他的馬好，可將新馬退回馬群。當然，這匹馴好的新馬從此就有了名字。

在額侖草原，給馬取名字的傳統方法是：馴馬人的名字加上馬的顏色，比如：畢利格紅、巴圖白、蘭木扎布黑、沙茨楞灰、桑傑青、楊克黃、陳陣栗等等。以馴馬人名字來給新馬命名，是草原對勇敢者的獎勵。擁有最多以自己名字命名的馬的騎手，在草原上受到普遍的尊敬。

如果馴馬人覺得自己馴出的是一匹好馬，他就可以要下這匹馬，但必須用自己原來名額中的一匹馬來換。一般羊倌牛倌會用自己名下的四五匹、五六匹馬中最老最賴的馬，去換一匹有潛力的小新馬。馬名一旦取好，將伴隨馬的一生，互相很少有重名的。

在草原上，馬是草原人的命。沒有好馬，沒有足夠的馬和馬力，就逃不出深雪、大火和敵兵的追擊，送不及救命的醫生和藥物，報不及突至的軍情和災情；並且套不住狼，追不上白毛風裏順風狂奔的馬群牛群和羊群，等等。畢利格老人說，草原人沒有馬，就像一條狼被夾斷兩條腿。

羊倌牛倌要想得好馬，只能靠自己馴馬。草原人以騎別人馴出的馬爲恥。在額侖草原，即便是普通的羊倌牛倌，騎的都是自己馴出來的馬。優秀的羊倌牛倌騎著一色兒的好馬，讓年輕的小馬倌看了都眼紅。

馬群中剩下的野性最強的新三歲馬，大多由馬倌自己馴。馬倌的馬技最好，馴出的馬最多，好馬倌就有騎不完的馬。但是遇到野性奇強的生馬，馬倌被摔得鼻青臉腫，肉傷骨折的事也時有發生。

但在額侖草原，往往野性越大的馬，就越是快馬和有長勁的上等馬。哪個馬倌好馬最多，哪個馬倌的地位就最高，榮譽就最多。蒙古草原鼓勵男兒鑽狼洞、馴烈馬、鬥惡狼、摔強漢、上戰場、出英雄。蒙古草原是戰鬥的草原，是勇敢者的天下。蒙古大汗是各部落聯盟推選出來，而不是世襲欽定的。

張繼原一邊撓著馬脖子，一邊悄悄脫出一隻腳的馬蹬，趁生個子分神兒的機會，他一抬腿俐索落地，生馬驚得連尥了十幾下，差點把馬鞍尥下馬背。張繼原急忙收短韁繩，把馬頭拽到面前，以避開後蹄。又費了半天勁，才把馬趕到牛車軲轆旁拴結實。生個子暴躁地猛掙韁繩，把牛車掙得匡匡響。

陳陣和楊克都長舒了一口氣。楊克說：你小子真夠玩命的，這麼野的馬你也敢壓？

張繼原摸了摸額頭說：早上我讓牠尥了下來，腦袋上還讓牠尥了一蹄子，正中腦門，把我踢昏過去了，幸虧巴圖就在旁邊。青草還沒長出來的時候，我就壓了牠兩次，根本壓不住，後來又壓了兩次才總算老實了。哪想到牠吃了一春天的青草，上了膘，又不肯就範了。幸虧是小馬，蹄子還沒長圓，沒踢斷我的鼻梁，要是大馬我就沒命了。這可是匹好馬胚子，再過一兩年準是匹名馬。在額侖，誰都想得到好馬，不玩命哪成！

陳陣說：你小子越來越讓人提心吊膽。什麼時候，你既能壓出好馬，又不用打繃帶，那才算出師了。

張繼原說：再有兩年差不多。今年春天我連壓了六匹生個子，個個都是好馬。往後你們倆打獵出遠門，馬不夠騎就找我。我還想把你們倆的馬全換成好馬。

楊克笑道：你小子膽子大了，口氣也跟著見長。別人嚼過的饃沒味道，我想換好馬，自個兒馴。

今年盡顧小狼了，沒時間壓生個子，等明年吧。

陳陣也笑著說：你們倆的狼性都見長。真是近朱者赤，近狼者勇。

🐾

馬群飲完了水，慢慢走到陳陣蒙古包正前方坡下的草甸上。張繼原說：這裏是一個特棒的觀戰台，居高臨下，一覽無遺，跟你們說十遍，不如讓你們親眼看一遍。從前大隊不讓馬群離營盤太近，你倆沒機會看，這回就讓你們倆開開眼，一會兒你倆就知道什麼叫蒙古馬了。

新草場地域寬廣，草多水足，進來的又只是一個大隊的牲畜，大隊破例允許馬群飲完水以後，可以在牛羊的草場上暫時停留一段時間。由於沒有人轟趕，馬群都停下來低頭吃草。

陳陣和楊克立即被高大雄壯剽悍的兒馬子（**雄種馬**）奪去了視線。兒馬子全都已經換完了新毛，油光閃閃，比蒙袍的緞面還要光滑。兒馬子的身子一動，緞皮下條條強健的肌肉，宛如肉滾滾的大鯉魚在游動。

兒馬子最與眾馬不同的，是牠們那雄獅般的長鬃，遮住眼睛，遮住整段脖子，遮住前胸前腿。脖子與肩膀相連處的鬃髮最長，鬃長過膝、及蹄、甚至拖地。

牠們低頭吃草的時候，長鬃傾洩，遮住半身，像個披頭散髮又無頭無臉的妖怪。牠們昂頭奔跑起來，整個長脖的馬鬃迎風飛揚，像一面草原精銳騎兵軍團的厚重軍旗，具有使敵人望旗膽戰的威懾力。

兒馬子性格兇猛暴躁，是草原上無人敢馴，無人敢套，無人敢騎的烈馬。兒馬子在草原的功能有二：交配繁殖和保護馬群家族。對於自己的後代，牠具有極強的家族責任心，敢於承擔風險，因而也更兇狠頑強。如果說氓牛是配完種就走的二流子，那麼，兒馬子就是蒙古草原上真正的偉丈夫。

沒過多久，激烈的馬戰突然開始。馬群裏所有的兒馬子都兇神惡煞地加入了廝殺。一年一度蒙古馬群中驅趕女兒、爭搶配偶的大戰，就在觀戰台下爆發了。

三個人坐在狼圈旁的草地上靜靜觀看，小狼也蹲坐在狼圈邊線，一動不動地注視著馬群大戰，狼鬃瑟瑟顫抖，如同雪地裏的餓狼。小狼對兇猛強悍的大兒馬子，有一種本能的恐懼，但牠看得全神貫注。

五百多匹馬的大馬群中，有十幾個馬家族，每個兒馬子統率一個家族。最大的家族有七八十匹馬，最小的家族只有不到十匹馬。家族成員由兒馬子的妻妾、兒女構成。在古老的蒙古馬群中，馬群在交配繁殖方面，進化得比某些人還要文明。為了在殘酷的草原上，在狼群包圍攻擊下能夠繼續生存，馬群必須無情地剷除近親交配，以提高自己種群的質量和戰鬥力。

每當夏季，三歲的小母馬接近性成熟的時候，兒馬子就會一改慈父的面孔，毫不留情地把自己的女兒趕出家族群，決不允許小母馬跟在牠們媽媽的身旁。發瘋發狂的長鬃生父，像趕狼咬狼一樣地追咬親生女兒。小母馬們被追咬得哭喊嘶鳴，馬群亂作一團。剛剛有機會逃到媽媽身邊的小母馬還未喘口氣，兇暴的兒馬子又快速追到，對小母馬又踢又刨又咬，絕不允許有絲毫頂抗。

小母馬被踢得東倒西歪，只好逃到家族群之外，發出淒慘的長嘶苦苦哀求，請父親開恩。但是兒馬子怒瞪馬眼，猛噴鼻孔，狠刨勁蹄，無情威脅，不許女兒重返家族。小母馬的媽媽們剛想護衛自己的女兒，立即會遭到丈夫的拳打腳踢。最後大母馬們只好無可奈何地保持中立，牠們也似乎理解丈夫的行爲。

各個家族驅趕女兒的大戰剛剛告一段落，馬群中更加殘酷的爭奪新配偶的惡戰接踵而來，這是蒙古草原上真正雄性野性的火山爆發。馬群中那些被趕出族們、無家可歸的小母馬們，立即成爲沒有血緣關係的其他兒馬子的爭奪對象。

所有的兒馬子都用兩隻後蹄高高地站立起來，捉對廝殺搏擊，整個馬群頃刻間就高出了一倍。牠們用沉重巨大的馬蹄當武器，只見馬蹄在半空中，像掄錘、像擊拳、像劈斧。馬蹄鏗鏘，馬牙碰響，弱馬被打得落荒而逃，強馬們殺得難分難解。前蹄不靈就用牙、大牙不行就轉身用後蹄，那可是能夠敲碎狼頭的超級重武器。有的馬被尥得頭破了、胸腫了、腿瘸了，但兒馬子們毫無收場之意。

當小母馬趁亂逃回家族的時候，又會遭到狂怒的父親和貪婪的搶親者共同追咬。兒馬子的對手又突然成了戰友，共同把小母馬趕到牠必須去的地方。

🐾

一匹最漂亮健壯的小白母馬，成了兩匹最兇猛的兒馬子爭搶的目標。小母馬全身雪白的新毛柔順光亮，一對馬鹿似的大眼睛嫵媚動人。牠高挑苗條，跑起來像白鹿一樣輕盈快捷。

楊克連聲讚道：真是太漂亮了，我要是匹兒馬子，也得玩兒命去搶。搶婚比求婚更刺激。媽的，草原上連馬群的婚姻制度都是狼給定的，狼是馬群最大的天敵與剋星。如果沒有狼，兒馬子犯不上這麼兇猛無情，小母馬也不得不接受野蠻的搶婚制。

兩匹兒馬子激戰猶酣，打得像羅馬鬥獸場裏的兩頭雄獅，怒髮沖天，你死我活。張繼原下意識地跺著腳，搓著手說：爲了這匹小母馬，這兩匹大兒馬子已經打了好幾天了。這匹小白母馬人見人愛，我管牠叫白雪公主。這個公主真是可憐，今天在這個兒馬子的馬群待一天，明天就又被那匹兒馬子搶走了，然後兩匹馬再接著爭奪，後天小公主可能又被搶回去。等這兩匹兒馬子打得精疲力竭，還會突然殺出一匹更兇猛狡猾的第三號競爭者，小公主又得改換門庭了。

小公主哪裡是公主啊，完全是個女奴，任兒馬子爭來搶去，整天東奔西跑，連這麼好的草也吃不上幾口，你們看牠都餓瘦了。前幾天，牠還要漂亮呢。每年春天這麼打來打去，不少小母馬也學乖了，自己的家反正也回不去，牠就找最厲害的兒馬子的馬群，去投奔靠得住的靠山，省得讓人家搶個沒完，少受點皮肉之苦。小母馬們很聰明，都見過狼吃馬駒和小馬的血腥場面，都知道在草原上如果沒有家，沒有一個厲害的爸爸或丈夫的保護，弄不好就可能被狼吃掉。蒙古馬的野性，兒馬子的勇猛戰鬥精神，說到底，都是讓狼給逼出來的。

張繼原繼續說：兒馬子是草原一霸，除了怕狼群攻擊牠的妻兒之外，基本上是天不怕地不怕的，不怕狼更不怕人。以前我們常說什麼做牛做馬，其實跟兒馬子根本都不相干。蒙古馬群真跟野馬群差不多，馬群中除了多一些閹馬，其他幾乎沒太大區別。

我泡在馬群裏的日子也不短了，可我還是想像不出來，那原始人一開始是怎麼馴服野馬的？怎麼能發現把馬給騸了，就有可能騎上馬？騸馬這項技術也不是好掌握的，騸馬必須在小馬新二歲的早春時候騸，騸早了小馬受不了，騸晚了又騸不乾淨。到了新三歲，就該馴生個子了，如果把騸馬和馴馬放在同一個時候，非把小馬弄死不可。這項技術難度太高了，你們說，原始草原人是怎麼摸索出並掌握這項技術的呢？

陳陣和楊克互相看了一眼，茫然搖頭。張繼原便有些得意地說下去：

我琢磨了好長時間，我猜測，可能是原始草原人先想法子抓著被狼咬傷的小野馬駒，養好傷，再慢慢把牠養大。可是養大以後也不可能騎啊，就算在小馬的時候還勉強能騎，可小馬一長成，兒馬子誰還敢騎呢。然後想辦法再抓一匹讓狼咬傷的小野馬駒，再試。不知道要經過多少代，沒準原始人碰巧抓住了一匹被狼咬掉睾丸，僥倖活下來的新二歲小馬，後來長大了就能馴騎了……這才受到啓發。

反正原始草原人馴服野馬的這個過程，太複雜太漫長了。不知摔傷摔死了多少草原人，才終於馴服了野馬。這真是人類歷史發展的偉大一步，要比中國人的四大發明早得多，也重要得多。沒有馬，人類古代生活真不堪想像，比現在沒有汽車火車坦克還慘，所以，游牧民族對人類的貢獻真是不可估量。

陳陣激動地打斷他說：我同意你的觀點，生命是戰鬥出來的。草原人馴服野馬，可比遠古農民馴化野生稻難多了。至少野生稻不會跑，不會尥蹶子，不會把人踢破頭，不會把人踢死拖死。馴化野生植物基本上是和平勞動，可是馴服野馬野牛，是流血又流汗的戰鬥和勞動。沒有勇氣、智慧和頑強的性格是成功不了的，農耕民族至今還在享用游牧民族的這一偉大戰果呢。

楊克歎道：其實現在世界上最先進的民族，大多是游牧民族的後代。他們一直到現在還保留著喝牛奶、吃奶酪、吃牛排，養狗、賽馬、鋪草坪、競技體育，還有熱愛自由、民主選舉、尊重婦女等等的原始游牧民族遺風和習慣。西方的先進技術並不難學到手，中國的衛星不是也上天了嗎？但最難學的是西方民族血液裏的戰鬥進取、勇敢冒險的精神和性格。魯迅早就發現華夏民族在國民性格上存在大問題……

在草甸上，原始馬戰仍打得不可開交。打著打著，那匹美麗的「白雪公主」，終於被一匹得勝馬圈進牠的馬群。失敗者不服氣，狂衝過來，朝小母馬就是幾蹄，小公主被踢翻在地，不知道該向誰求救，臥在草地上哀哀地長嘶起來。小公主的媽媽焦急地上前援救，但被惡魔似的丈夫幾蹄子就打回了馬群。

楊克實在看不下去了，他推了推張繼原說：你們馬倌怎麼也不管管？

張繼原說：怎麼管？你一去，馬戰就停；你一走，大戰又起。牧民馬倌也不管，這是馬群的生存戰，千年萬年就這樣。整個夏季，兒馬子不把所有的女兒趕出家門、不把所有的小母馬爭搶瓜分完畢，這場馬戰就不會停止。每年一直要到夏末秋初才能休戰。到那時候，最兇猛的兒馬子能搶到最多的小母馬，而最弱最膽小的兒馬子，只能撈到人家不要的小母馬。最慘的兒馬子甚至連一個小妾也撈不著。夏季這場殘酷的馬戰中，會湧現出最勇猛的兒馬子，牠配出的後代也最厲害，速度快，腦子靈，性格強悍。戰鬥競爭出好馬，通過一年一度的馬戰，兒馬子的膽量戰技也越強越精，牠的家族也就越來越興旺。這也是兒馬子鍛煉鬥狼殺狼、看家護群本領的演習場。沒有一年一度的馬戰演習，蒙古馬群根本無法在草原生存。

陳陣說：看來能打善戰、震驚世界的蒙古馬，真是讓草原狼給逼出來的。

張繼原說：那當然。草原狼不光培養了蒙古武士，也培育了蒙古戰馬。中國古代漢人政權也有龐大的騎兵，可是漢人的馬，大多是在馬場馬圈裏餵養出來的。馬放在圈裏養，有人餵水添料，晚上再加夜草。內地馬哪見過狼啊，也從來沒有馬戰。馬配種不用打得你死我活，全由人來包辦。這種馬的後代哪還有個性和戰鬥力？

張繼原又說：戰鬥性格還真比和平勞動性格更重要。世界上勞動量最大的工程——長城，仍是抗不過世界上最小民族的騎兵。光會勞動不會戰鬥是什麼？就是那些騸馬，任勞任怨任人騎，一遇到狼，掉頭就逃，哪敢像兒馬子那樣猛咬狠踢。

楊克贊同地說：唉，長城萬里是死勞動，可人家草原騎兵是活的戰鬥。

陳陣說：我覺得咱們過去受的教育，把勞動捧得太極端。勞動創造了人，勞動創造了一切。勤勞的中國人民最愛聽這個道理。實際上，光靠勞動創造不了人。如果猿猴光會勞動不會戰鬥，牠們早就被猛獸吃光了，哪還輪得上勞動創造以後的「一切」。猿人發明的石斧，你說這是勞動工具還是武器？或者二者兼而有之？

楊克說：石斧當然首先是武器，不過用石斧也可以砸核桃吃。

陳陣思索著說：勞動之中還有無效勞動、破壞性勞動和毀滅性勞動。只有把戰鬥和勞動完美結合的民族，才能生存、發展，才有廣闊的前途……

楊克和張繼原都連連點頭。

兒馬子終於暫時休戰，都去往肚子裏塡草了。小母馬們趁機又逃回媽媽身邊，大母馬心疼地用厚厚的嘴唇給女兒擼毛揉傷。但小母馬只要一看到父親瞪眼噴鼻向牠怒吼，就嚇得乖乖跑回自己的新家，遠遠地與媽媽相望，四目淒涼。

楊克由衷地說：看來，以後我還眞得多到馬群去上上課。

19 小狼吃羊油攤野鴨蛋

高建中趕了一輛牛車興沖沖地回來。他大喊：咱們賺了！我搶了大半桶野鴨蛋！

三人跑過去，從車上拎下沉甸甸的大木桶，裏面大約有七八十個長圓形野鴨蛋，其中有一些破了，裂了口子，金黃色的汁液從蛋殼的縫隙裏滲出來。

楊克說：你可是一下子就消滅了一大群野鴨啊。

高建中說：同學們都在那兒搶呢，西南的泡子邊，小河邊的草裏沙窩裏，走不了十幾步，就能找到一窩野鴨蛋，一窩就有十幾個。先去的人都搶了好幾桶了。跟誰搶？跟馬群搶唄。馬群去飲水，一踩一大片，河邊泡子邊儘是蛋黃碎蛋殼，看著真心疼啊。

陳陣問：還有沒有？咱們再去搶點回來，吃不了就醃鹹鴨蛋。

高建中說：這邊沒了，四群馬一過還能剩下多少，泡子東邊可能還有。

楊克衝著張繼原吼道：馬群真夠渾的，你們馬倌也不長點眼睛。

張繼原說：誰知道河邊草裏有野鴨蛋啊。

高建中看到了家門口下面不遠的馬群，立即對張繼原說：哪有把馬群放在自己家門口的，把草吃光了，我的牛吃什麼？你快把馬群趕走，再回來吃攤鴨蛋。

陳陣說：他騎的可是生個子，上馬下馬不容易，還是讓他吃了再走吧。他剛才給我們倆上了一課，也得犒賞犒賞他。又對張繼原說：別走別走，這麼多的破蛋我們仨吃不了。

高建中吩咐說：你們都過來，把破蛋好蛋分開挑出來。我兩年沒吃到攤雞蛋了，這次咱們吃個夠。正好包裏還有不少山蔥，野蔥攤野蛋，是真正的野味，一定特香。楊克你去剝蔥，陳陣你去打蛋，繼原去撮一大簸箕乾牛糞來，我掌勺。

挑撿的結果，一半好蛋，一半破蛋。每人可以先吃上八九個破蛋，四人樂得像過節。不一會兒，羊油、山蔥和野鴨蛋，濃烈的混合油香溢出蒙古包，在草原上隨風飄散。狗們全都流著口水，搖著尾巴擠在門口，小狼把鐵鏈掙得嘩嘩響，也饞得蹦高，兇相畢露。陳陣準備留出一份餵狼，想看看小狼吃不吃羊油攤野鴨蛋。

四人在蒙古包裏狼吞虎咽地吃了一碗又一碗。正吃在興頭上，忽然聽到嘎斯邁在包外大聲高叫：好啊，吃這麼香的東西，也不叫我。

嘎斯邁帶著巴雅爾，扒拉開狗進了包。陳陣和楊克立刻讓坐，請兩人坐在北面地氈主座的位置上。陳陣一邊給兩人盛鴨蛋，一邊說：我以爲牧民不吃這種東西呢，來，你們先嚐嚐。

嘎斯邁說：我在家裏就聞到香味了，太香了，隔著一里地都能聞見，饞得我像狗一樣流口水了，連我家的狗都跟來了。我怎麼不敢吃？我吃我吃！說完就拿筷子夾了一大塊，放到嘴裏，嚼了幾口，連說好吃好吃。

巴雅爾更是吃得像小狼一樣貪婪。吃在碗裏望著鍋裏，擔心鍋底朝天。草原牧民早上一頓奶食、肉和茶，晚上一頓主餐，不吃中飯。這時母子倆都確實餓了。嘎斯邁說：這東西太好吃了，我的「館子」的吃啦，不用進城了，今天一定得讓我吃個飽。

額侖草原的牧民把漢家菜叫作「館子」，都喜歡吃「館子」。近年來，牧民的飲食中也開始出現漢菜的佐料。牧民喜歡花椒、醬油和大蔥，有的牧民也喜歡辣椒，但所有的牧民都不喜歡醋、蒜、生薑和八角大料，說大料「臭臭的」。

陳陣趕緊說：往後我們做「館子」，一定請你們來吃。

高建中經常吃嘎斯邁送來的黃油、奶豆腐，奶皮子，也經常去她家喝奶茶，吃手把肉。他最喜歡吃嘎斯邁做的蒙古奶食肉食，這次終於得到回報的機會了。他笑著說：我這兒有一大桶呢，破的不夠就吃好的，保你們吃夠。他連忙把破蛋放在一邊，一連敲了五六個好蛋，專門爲嘎斯邁母子攤一鍋。

嘎斯邁說：可阿爸不吃這東西，他說這是騰格里的東西不能動，我只好到你們這兒來吃啦。

陳陣說：去年我見到阿爸向場部幹部家屬要了十幾個雞蛋，那是怎麼回事？

嘎斯邁說：那是因爲馬得了病，上了火。他捏住馬鼻子，讓馬抬起頭，再在馬牙上把這東西打破，灌下去。灌幾次，馬病就好啦。

楊克小聲跟張繼原嘀咕：這事壞了，咱們來了，牧民也開始跟著咱們吃他們原來不吃的東西了。再過幾年，這兒不要說天鵝，連野鴨子也見不著了。

巴雅爾越吃越來勁，他滿嘴流油地對高建中說：我知道哪兒還有這東西，你再給我們做一碗，明天我帶你去撿。土坡上廢獺洞的口子裏面準有，早上我找羊羔的時候，就在草場的小河旁邊見到過。

高建中高興地說：太好了，小河邊是有一個土包，還真有不少沙洞呢，馬群肯定踩不著。他一邊攤著蛋，一邊讓陳陣再敲出一些蛋來。又是一大張油汪汪厚嫩嫩的攤鴨蛋出了鍋。這回高建中把蛋餅用鍋鏟一切兩半，盛到嘎斯邁母子的碗裏，母子倆吃得滿頭冒汗。油鍋裏油煙一冒，一大盆打好的蛋汁又刺啦啦地下了鍋。

等攤蛋出了鍋以後，陳陣接過鍋鏟說：我再讓你們倆吃新花樣。他往鍋裏放了一點羊油，開始煎荷包蛋，不一會兒，鍋裏就出現了兩個焦黃白嫩的荷包形的標準煎蛋。嘎斯邁母子倆跪起身來看鍋，看得眼睛都直了。陳陣給他們倆一人盛了一個，並澆了一點化開的醬油膏。

嘎斯邁一邊吃一邊說：這個新東西更好吃啦，你再給我們做兩個。

楊克笑嘻嘻地說：待會兒我給妳做一碗韭菜炒鴨蛋，你們吃飽以後，再讓張繼原給你們做一鍋鴨蛋蔥花湯。我們四個的手藝一個也不落下了。

蒙古包裏油煙和菜香瀰漫，六個人吃撐得有點噁心了，才放下碗筷。這頓野鴨蛋宴，消滅了桶裏的一多半鴨蛋。

嘎斯邁急著要走，剛搬家，裏裏外外的活兒多。她打著飽嗝回頭笑了笑說：你們可別跟阿爸說啊。過幾天，你們幾個都上我那兒去吃奶皮子拌炒米。

高建中對巴雅爾說：明天一定帶我去找野鴨蛋啊。

陳陣追上嘎斯邁家的大狗巴勒，悄悄地給牠的嘴裏塞了一大塊攤蛋。巴勒馬上把蛋吐在草地上看了看，又聞了聞、舔了舔，確信這是主人剛才吃的好東西時，才眉開眼笑地吃到嘴裏，咂著滋味慢慢咽下，還不忘向陳陣搖尾答謝。

人都散了，陳陣心裏惦著自己的小狼，趕緊跑到蒙古包一側去。一眼看去，小狼竟然沒了。陳陣冒出一頭冷汗，慌忙跑近一看，卻見小狼原來是放扁了身子，下巴貼地，趴躲在高高的草叢裏。一定是剛才的兩個陌生人和一大群陌生狗，把牠嚇成這樣。

看來小狼天生具有隱蔽的才能，陳陣這才鬆了一口氣。小狼探頭看了看，陌生人和狗都不在了，才跳起來，上下左右聞著陳陣身上濃重的煎蛋油煙香氣，還不斷地舔陳陣的油手。

陳陣轉身進包，向高建中要了六七個破鴨蛋，又加大量羊油，爲小狼和狗們做最後一鍋攤鴨蛋。雖然不可能讓牠們吃飽，但他決定必須要讓牠們嚐一嚐，草原狗對零食點心的喜愛有時超過主餐，餵零食也是人親近狗的好法子。

陳陣攤好了蛋，把它分成四大塊三小塊，四塊大的給三條大狗和小狼，三塊小的給三條小狗。

狗們還擠在門口不肯走，陳陣先把小狼的那塊藏好。然後蹲在門口，用爐鏟像敲木魚那樣，輕輕敲了敲每條狗的腦門，讓牠們不准搶，必須排隊領食。再用手拿了最大的一塊蛋遞給二郎，二郎把蛋塊叼住，尾巴搖得有點擺度了。

陳陣等狗們滿意地到草地上玩去了，又等到攤蛋完全放涼了，才把小狼的那份蛋放到食盆裏，向小狼走去。楊克、張繼原和高建中都跟著走過來，想看看小狼吃不吃攤鴨蛋，這可是草原狼從來沒見過吃過的東西。

陳陣高喊：小狼，小狼，開飯嘍。食盆一放進狼圈，小狼像餓狼撲羔一樣，把羊油味十足的攤鴨蛋一口咬到嘴裏，囫圇吞下，連一秒鐘都沒有。

四人大失所望。

張繼原說：狼也真是可憐，把東西吞到肚子裏就算幸福了。狼的字典裏沒有「品嚐」這個字眼。

高建中心疼地說：真是白白糟蹋了那麼好的鴨蛋。

陳陣只好解嘲地說：沒準狼的味蕾都長在胃裏了。

三人大笑。

陳陣留在蒙古包裏收拾剛搬來的亂家，其他三人準備去馬群、牛群和羊群。陳陣對張繼原說：噯，要不要讓我揪住馬耳朵幫你上馬？

張繼原說：那倒不用，生個子很聰明，牠一看我要回馬群，準不給我搗亂。

陳陣又問：你騎這匹小馬，怎麼換馬？牠能追上你的大馬嗎？

張繼原說：馬倌都有一兩匹老實馬，你喊牠一聲，或者用套馬杆敲敲牠的屁股，牠就停，不用追，也不用套。馬倌要是沒這種馬，萬一一個人在馬群裏被烈馬摔下來，沒馬騎了，馬群又跑了，那就慘啦。要在冬天，非凍死在深山裏不可。

張繼原拿了一些換洗的衣服，又換了一本書，出了包。

張繼原果然輕鬆上馬，又在馬群裏順利換馬，然後趕著馬群，向西南大山方向跑去。

20 狼糞和狼煙

又輪到陳陣放羊了，他將羊群攏了攏，朝湖邊慢慢趕。羊群已經走起來，他便先騎馬跑到湖邊。湖西北邊的一溜蘆葦已經被砍伐乾淨，又出現了一大片用沙土填出的人造沙灘，以便畜群進湖飲水。

一群已經飲飽了水的馬，還站在水裏閉目養神，不肯上岸。野鴨和各種水鳥仍在湖面上戲水，幾隻美麗的小水鳥甚至游到馬腿邊，從馬肚子下面大搖大擺地鑽了過去。馬們友好地望著水鳥，連尾巴也不掃一下。只有天鵝不願與馬爲伍，牠們遠離被馬淌混的湖水，在湖心，湖對岸的蘆葦叢和葦巷裏慢慢游弋。

羊群飲飽了水，翻過了西北的一道山樑，走出了盆地草場。羊群散成半月形的隊伍，向對面山坡慢慢移動。

陽光下，千隻羊羔白亮得像大片盛開的白菊花，在綠草坡上分外奪目。羊羔的捲毛已經開始蓬鬆，羊羔又吃奶又吃嫩草，牠們的肥尾長得最快，有的快趕上母羊被餵奶耗瘦的尾巴了。滿坡的野生黃花剛剛開放，陳陣坐在草地上，眼前一片金黃。成千上萬棵半米多高的黃花花株，頭頂一朵碩大的喇叭形黃花，枝杈上斜插著沉甸甸的筆形花蕾，含苞欲放。陳陣坐在野生的黃花菜花叢裏，如同坐在江南的油菜花田裏。

陳陣站起來騎上馬，跑到羊群前面花叢更密的地方淌花採蕾。這些日子，鮮嫩可口的黃花菜已經成爲北京學生的時令蔬菜：鮮黃花炒羊肉，黃花羊肉包子餃子，涼拌山蔥黃花，黃花肉絲湯等等。一冬缺菜的知青，個個都像牛羊一樣狂吃起草原的野菜野花。

早上出門前，高建中已經爲陳陣準備了兩隻空書包。這幾天，高建中不讓陳陣在放羊的時候看書了，要他和楊克抓緊花季儘量採摘，回家以後用開水焯過，再曬製成金針菜，留到冬季再吃。這幾天，他們已經曬製出半面口袋了。

羊群在身後遠處的花叢中低頭吃草，陳陣大把大把地採摘花蕾，不一會兒就採滿了一書包。採著採著，他發現腳下有幾段狼糞，立即蹲下身，撿起一段仔細端詳。狼糞呈灰白色，香蕉一般粗長，雖然已經乾透，但還能看得出是狼在前幾天新留下的。陳陣盤腿坐下，細細地琢磨起來，也想多積累一些有關狼糞的知識。

陳陣認識狼糞，但還沒有機會細細研究。他掰開一段狼糞，發現狼糞裏面幾乎全是黃羊毛和綿羊毛，竟沒有一點點羊骨渣，只有幾顆草原鼠的細牙齒，還有黏合羊毛的石灰粉似的骨鈣。陳陣又捏鬆了狼糞仔細辨認，還是找不到其他任何的硬東西。狼竟然把吞下肚的羊肉鼠肉，羊皮鼠皮，羊骨鼠骨，羊筋鼠筋全部消化了，消化得幾乎沒有一點殘餘，只剩下不能消化的羊毛纖維和鼠齒。再仔細看，即便是羊毛也只是粗毛纖維，而細羊毛和羊絨也被消化掉了。

陳陣越看越吃驚，草原狼確實是草原的清潔工，牠們把草原上的牛羊馬、旱獺黃羊、野兔野鼠、甚至人的屍體統統處理乾淨。經過狼嘴、狼胃和狼腸吸光了所有的養分，最後只剩下一點毛髮牙齒，吝嗇得甚至不給細菌留下一點點可食的東西。萬年草原如此純淨，草原狼功莫大焉。

微風輕拂，黃花搖曳。陳陣用手指撚著狼糞，糞中的羊毛經過狼胃酸的強腐蝕，狼小腸的強榨取，已經變得像剛出土的木乃伊。羊毛纖維早已失去任何韌性，稍稍一撚，鬆酥的纖維就立刻化爲齏粉，化得比火葬的骨灰還要輕細，像塵埃一樣從指縫漏下，隨風飄到草地上，零落成泥，化爲草地的一部分，連最後一點殘餘也沒有浪費。狼糞竟把草原生靈那最後的一點殘餘，又歸還給了草原。

牛角梳形的羊群緩緩梳過花叢，漫上山坡。陳陣捨不得扔掉剩下幾段狼糞，就把狼糞裝進另一個空書包裏，跨上馬，向羊群前行的方向跑去。

🐾

不遠處的山頭上有幾塊淺黑色巨石，遠遠望去，很像古長城上的烽火臺。在更遠的山頭上也有幾塊巨石，陳陣瞇著眼看過去，這片山地草原彷彿殘存著一段古長城的遺跡，使他忽然想起了「烽火戲諸侯」和「狼煙四起」那些成語典故。陳陣曾查過辭典，「狼煙」——被解釋成是「用狼糞燒出來的煙」。

可他剛剛撚碎過一段狼糞，很難想像這種主要由動物毛髮構成的狼糞，怎能燒出報警的沖天濃煙來呢？難道狼糞中含有特殊成分？他的心突突地跳起來，眼前這現成的烽火臺，現成的狼糞，何不親手燒一燒，何不戲戲諸侯？親眼見識見識兩千年來讓華夏人民望煙喪膽的「狼煙」呢？看看狼煙到底有多麼猙獰可怕。

陳陣的好奇心越來越大，他決定再多收集一些狼糞，今天就在「烽火臺」上製造出一股狼煙來。羊群緩緩而動，陳陣在羊群前面來回繞行，仔細尋找，找了一個多小時，才找到四撮狼糞，加起來只有小半書包。

陳陣的疑心越來越大。即便燒狼糞可以冒出濃煙，但狼不是羊，狼是疾行猛獸，狼糞不可能像羊糞那樣集中。狼群神出鬼沒，狼糞極分散，要搜集足夠燃煙的狼糞，決非易事。即使在這片狼群不久前圍獵打黃羊大規模活動過的地方，都很難找到狼糞，更何況是在牛羊很少的長城附近了。

再說，在沙漠長城的烽火臺上，又到哪兒去找狼糞呢？萬里長城，無數個烽火臺，那得搜集多少狼糞？狼是消化力強，排糞少的肉食猛獸，得需要多麼龐大的狼群，才能排出夠長城燒狼煙的狼糞？陳陣又跑了幾個來回，再也找不到一堆狼糞了。他把羊群往一面大坡圈了圈，便直奔山頭巨石。

陳陣跑到石下，抬頭望去，巨石有兩人多高，旁邊有幾塊矮石可以當石梯。他在山溝裏找了一大抱枯枝，用馬籠頭拴緊，拖到石下，再斜挎書包，踏著石梯，攀上巨石，並把枯柴拽上石頂。石頂平展，有兩張辦公桌大，上面佈滿白色鷹糞。

時近正午，羊群已臥在草地上休息。陳陣站在「烽火臺」上，用望遠鏡仔細觀察周圍形勢，沒有發現一條狼。他的羊群與其他的羊群相距五六里遠，最近的一群羊也在三里之外，不怕羊群混群。

陳陣放心地架好柴堆，把所有的狼糞放到柴堆上。此時是初夏，不是防火季節，草原上到處都是多汁的青草，又在高高的巨石上，在此點火冒煙不會受人指責，遠處的人只會認爲是某個羊倌在烤東西吃。

陳陣定了定心，從上衣口袋裏掏出袖珍語錄本大小的羊皮袋，裏面有兩片火柴磷片和十幾根紅頭火柴。這是額侖草原不抽煙的牧人身上必備的東西，防身，烤火，燒食，報信都用得上。

陳陣劃著了火，乾透了的枯枝很快就燒得劈啪作響。他的心怦怦直跳，如果狼糞冒出濃煙，那可是有史以來，漢族人在蒙古草原腹地點燃的第一股狼煙。可能全隊所有人都能看到這股煙，大部分的知青看到這座「烽火臺」上的濃煙，一定會聯想到狼煙。畢竟狼煙在漢人的記憶中，太讓人毛骨聳然了。

「狼煙」在中國歷史文化中是一個特級警語，意味著警報、恐怖、爆發戰爭和外族入侵。「狼來了」能嚇住漢人的大人和小孩，而「狼煙」能嚇住整個漢民族。華夏中原多少個漢族王朝，就是亡在狼煙之中的。

陳陣有些害怕，如果他真把狼煙點起來，不知全隊的知青會對他怎樣批判批鬥，口誅筆伐呢。養了一條小狼還不夠，竟然還點出一股狼煙來，此人定是狼心叵測。這裏又是戰備緊張的邊境，他竟敢烽火戲諸侯，這不是冒煙報信通敵嗎？陳陣額上冒出了冷汗，抬起一隻腳，隨時準備用馬靴踩滅火堆，撲滅狼煙。

可是一直到柴火燒旺了，狼糞還沒有太大的動靜。灰白的狼糞變成了黑色，既沒有冒出多少煙，也沒有躥出火苗。火堆越燒越旺，狼糞終於燒著了，一股狼騷氣和羊毛的焦糊味直沖鼻子。但是狼糞堆還是沒有冒出濃黑的煙，燒狼糞就像是燒羊毛氈，冒出的煙是淺棕色的，比乾柴堆冒出的煙還要淡。

乾柴燒成了大火，狼糞也終於全部燒了起來，最後與乾柴一起燒成了明火，連煙都幾乎看不見了。哪有沖天的黑煙？就是連沖天的白煙也沒有。哪有令人膽寒的報警狼煙？哪有妖魔龍捲風狀的煙柱？完全是一堆乾柴加上一些羊毛氈片燒出的最平常的輕煙。

陳陣早已放下腳，他擦了擦額上虛驚的冷汗，輕輕地舒了一口氣。這堆煙火實在不值得大驚小怪，與羊倌們在冬天雪地裏燒火取暖的柴火沒什麼區別。他一直看著這堆柴糞燒光燒盡，期盼中的狼煙仍未出現。他站在高高的巨石上，周圍是一派和平景象：牛車悠悠地走著，馬群依然在湖裏閉目養神，女人們低頭剪著羊毛，民工們挖著石頭……

這堆煙火沒引起人們的任何反應，最近的一位羊倌只是探身朝他這裏看了看。遠處蒙古包的煙筒冒出的白煙，倒是直直地升上天空。這堆用真材實料燒出的狼煙，還不如蒙古包的和平炊煙更引人注目。

陳陣大失所望，他想：所謂的狼煙，真是徒有虛名，看來「狼煙」一定是望文生義的誤傳了。剛才的試驗多少印證了他的猜測：古代烽火臺上的所謂狼煙，絕不可能是用狼糞燒出來的煙。那種沖天的濃煙，完全可以用乾柴加濕柴再加油脂燒出來的。就是燒半濕的牛糞羊糞也能燒出濃煙來。而濕柴油脂、半濕的牛羊糞要遠比狼糞容易得到。他現在可以斷定，狼煙是用狼糞燒出來的流行說法，純屬胡說八道、欺人之談，是膽小的華夏居民嚇唬自己的鬼話。

柴灰和狼糞灰被微風吹下了「烽火臺」。陳陣沒有被自己燒出的狼煙嚇著，而對中國權威辭典中關於狼煙的解釋十分生氣。華夏農耕文明對北方草原文明的認識太膚淺，對草原狼的認識也太無知。狼煙是不是用狼糞燒出來的這麼簡單的一件事，只要弄點狼糞燒一燒不就知道了嗎？可是爲什麼從古至今的億萬漢人，竟沒有人去試一試？

陳陣轉念一想，又覺得這個簡單的事情，實際上並不簡單。幾千年中原農耕文明的擴張，把華夏狼斬盡殺絕，漢人上哪兒去找狼糞？拾糞的老頭拾的，都是牛羊豬馬狗糞或者是人糞，就是偶然碰到一段狼糞也不會認得。

陳陣坐在高高的「烽火臺」上凝神細想，思路繼續往縱深延伸。既然狼煙肯定不是狼糞燒出來的，那麼古代烽火臺上燃起的沖天濃煙爲什麼叫作狼煙呢？狼煙這兩個字，確實具有比狼群更可怕的威嚇力和警報作用，而狼煙肯定與狼有關。狼煙難道就是警報「狼來了」的濃煙？長城絕對擋得住草原狼群，而「狼來了」這三個字中的「狼」，實際上不是草原狼群，而是打著狼頭軍旗的突厥騎兵；

是崇拜狼圖騰、具有狼的戰略戰術的匈奴、鮮卑、突厥、蒙古等等的草原狼性騎兵。

草原人從古至今一直崇拜狼圖騰，一直喜歡以狼自比，把自己比作狼，把漢人比作羊；一直以以一擋百的豪氣藐視農耕民族的羊性格。而古代華夏農耕民族也一直將草原騎兵視爲最可怕的「狼」。「狼煙」的最初本義，應該是「在烽火臺點燃的、警報那些崇拜狼圖騰的草原民族騎兵進犯邊境的煙火信號」。「狼煙」與狼糞壓根兒就沒有直接的關係。

他忽然想到，也許世界上只有漢語中有「狼煙」這一辭彙。如今狼煙雖已漸漸消散，但是草原文明與農耕文明的深刻矛盾並沒有解決。農耕民族墾荒燒荒的濃煙，正在朝著草原燃燒蔓延過去。這是一種比狼煙更可怕的戰爭硝煙，是比自毀長城更愚蠢的自殺戰爭。

陳陣想起烏力吉的話，如果長城北邊的草原變成了沙地，與蒙古大漠接上了頭，連成了片，那北京怎麼辦？

陳陣望著腳下已經化爲灰燼的狼糞，頹然而沮喪。

27 毒日下的小狼

很多天過去了，輪到了陳陣給羊群下夜。有二郎守著羊群，他可以一邊下夜，一邊在包裏的油燈下看書作筆記。三條大狗一夜未叫，他也沒有出過一次包喊夜，看書一直看到凌晨才睡下。第二天上午睡醒了覺，陳陣出門後的第一件事，就是給小狼餵食。

小狼從天一亮，就像蹲守伏擊獵物一樣，盯著蒙古包的木門，瞪著牠的食盆。在小狼的眼裏，這個盆就是活動的「獵物」。牠像大狼那樣耐心地等待戰機，等「獵物」走到牠跟前，然後突然地襲擊「獵物」。陳陣經常忍不住樂出聲來。

內蒙古高原在夏天雨季到來之前，常常有一段乾旱酷熱的天氣，這年的熱度似乎比往年更高。陳陣覺得蒙古的太陽不僅出得早，而且還比關內的太陽離地面低，才是上午十點多鐘，氣溫已經升到關內盛夏的正午了。強烈的陽光把蒙古包附近的青草曬捲，每根草葉被曬成了空心的綠針。

蚊子還未出來，但草原上由肉蛆變出來的大頭蒼蠅，卻像野蜂群似地湧來，圍著人畜全面進攻。蒼蠅專攻人畜的腦袋，叮吸眼睛、鼻孔、嘴角和傷口的分泌物，還有那些掛在包內帶血的羊肉條。人、狗、狼都得一刻不停地晃頭揮手揮爪，不勝其煩。機警的黃黃經常能用閃電般的動作，將眼前飛舞的大蒼蠅一口咬進嘴裏，嚼碎以後再吐出來。不一會兒，牠身旁的地面上，就落了不少像西瓜子殼般的死蠅。

陽光越來越毒，地面熱霧蒸騰，整個草場盆地熱得像一口烘炒綠茶的巨大鐵鍋，滿地青草都快炒成乾綠新茶了。狗們都趴在蒙古包北面的陰影裏，張大了嘴，伸長舌頭大口喘氣，肚皮急速起伏。

陳陣發現二郎不在陰影裏，他叫了兩聲，二郎也沒露面，牠又不知上哪兒遛躂，也可能到河裏涼快去了。二郎在牠下夜上班時候盡責盡心，全隊的人已經不叫牠野狗了。但一到天亮，牠「下班」以後，人就管不著了，牠想上哪兒去就上哪兒去。

此時此刻，小狼的處境最慘。毒日之下，小狼被一根滾燙的鐵鏈拴著，無遮無掩，活活地曝曬著。狼圈中的青草早已被小狼踩死踩枯，狼圈已變成了圓形的黃沙地，像一個火上的平底鍋，裏面全是熱燙的黃沙。而小狼則像一個大個兒的糖炒毛栗子，幾乎被烤焦烤糊了，眼看就像要開裂炸殼。可憐的小狼不僅是個囚徒，而且還是個上曬下烤，天天受毒刑的重號犯。

小狼一見門開，呼地用兩條後腿站起來，鐵鏈和項圈勒出了牠的舌頭，兩條前腿拼命在空中敲鼓。小狼此時最想要的好像不是蔭涼，也不是水，仍然是食物。幾天來，陳陣發現小狼從來沒有熱得吃不下飯的時候，天氣越熱，狼的胃口似乎更大。小狼拼命敲鼓招手，要陳陣把牠的食盆放進牠的圈裏。

陳陣犯愁了。

草原進入夏季，按牧民的傳統習慣，夏季以奶食爲主，肉食大大減少，每日一茶一餐，手把肉不見了。主食變成了各種麵食，小米、炒米和各種奶製品：鮮奶豆腐、酸奶豆腐、黃油、奶皮子等等。

牧民喜食夏季新鮮奶食，可知青還沒有學會做奶食。一方面是不習慣以奶食代替肉食，更主要的是知青受不了做奶食的那份苦。誰也不願意在凌晨三點就爬起來，擠四五個小時的牛奶，然後幾乎一整天不間斷地搗酸奶桶裏的發酵酸奶，搗上幾千下才算完；更不願意到下午五六點鐘母牛回家以後，再擠上三四個小時的奶，以及後面一系列煮、壓、切、曬等麻煩的手工勞動。

知青寧肯吃小米撈飯，素麵條、素包子、素餃子、素餡餅，也不願去做奶製品。夏季牧民做奶食，而知青就去採野菜，採山蔥、野蒜、馬蓮韭、黃花、灰灰菜、蒲公英等等，等等。夏季斷肉，牧民和知青正好都改換口味，嚐個新鮮。然而，這樣一來，可苦了陳陣和小狼。

草原民族夏季很少殺羊，一則因爲殺一隻大羊，大部分的肉無法儲存。天太熱，蒼蠅又多，放兩天就發臭生蛆。牧民的辦法是將鮮羊肉割成拇指粗的肉條，沾上麵粉，防蠅下卵，再掛在繩上，放到包裏的陰涼處，晾成乾肉條。每天做飯的時候，切兩根乾肉條放在麵條裏，只是借點肉味而已。如果碰上連續陰天，肉條照樣發綠發臭，變質長蛆。

二則，因爲夏天是羊上水膘的季節，羊上足水膘以後，到秋季還得抓油膘。兩膘未上，夏羊只是肉架子，肉薄、油少、味差，牧民也不愛吃。而且夏季羊剛剪過羊毛，殺羊後羊皮不值錢，只能做春秋季穿的夾袍。畢利格老人說，夏天殺羊是糟踐東西。牧民夏季少殺羊吃，就像農民春天不會把麥苗割下來充饑一樣。

額侖草原雖然人口稀少，畜群龐大，但是政策仍不允許草原牧民敞開肚皮吃肉。對於當時油水稀缺，限量供肉的中國，每一隻羊都是珍稀動物。

但知飽吃了一秋一冬一春肉食的知青，一下子見不到肉，馬上就受不了了，不斷要求破例照顧。青向組裏申請殺羊，往往得不到批准。嘎斯邁一見陳陣上門，就笑呵呵地用香噴噴的奶皮子砂糖拌炒米，來堵他的嘴，還準備了一包新鮮奶食品送給他們包，弄得陳陣每次都只好把要求殺羊的話憋了回去。偶爾有一個小組的知青申請到一隻羊，立即就拿出一半羊肉分給其他小組的同學，讓大家都能隔上一段日子吃到鮮肉，但這樣一來，各家的肉條存貨就越發地少了。

人還好說，可小狼怎麼辦？

陳陣只好回到包裏想辦法。他坐下來吃早飯，望著鍋裏幾塊小小的羊肉乾，猶豫了一下，還是把肉乾揀出來，放到小狼的食盆裏。小狼跟狗不一樣，不吃沒有肉味的小米粥和小米飯，沒有肉骨頭，小狼就會坐立不安，發狠地啃鐵鏈子。

陳陣就著醃韭菜，吃了兩碗肉乾湯麵，就把半鍋剩麵倒在小狼的食盆裏，又用木棍攪了攪，把盆底的幾塊羊肉乾攪到表面，好讓小狼看到肉。陳陣端起盆聞了聞，還是覺得羊肉味不足，他打算往食盆裏放一些用來點燈的羊油。

夏天天熱，放在陶罐裏凝固的羊油已經開始變軟變味了，好在狼是喜食腐肉的動物，腐油對狼來說也算是好東西。包裏從冬天存下來的兩大罐羊油，是他和楊克每天晚上讀書的燈油，夠不夠堅持到深秋還難說。

但小狼正在長身子骨的關鍵階段，他只好忍痛割捨掉一些讀書時間了。不過他仍然改不掉天天讀書的習慣，看來以後只好厚著臉皮去向嘎斯邁要了。畢利格老人和嘎斯邁如果聽說他們讀書的燈油不夠了，一定會儘量供應給他的。夏季太忙太累，他給老人講歷史故事，並聽老人講故事的機會越來越少了。

陳陣從陶罐裏挖了一大勺軟羊油，添到熱熱的食盆裏，攪成了油旺旺的一盆。他又聞了聞，羊油味十足，應該算是小狼的一頓好飯了。他又把大半鋁鍋的小米粥倒進狗食盆裏，但沒捨得放羊油。夏季少肉，草原上的狗每年總要過上一段半饑半飽的日子。

推開門，狗們早已湧在門外。陳陣先餵狗，等狗們吃光舔淨食盆，退到了包後的陰影裏，才端著狼食盆向小狼走去。一邊走著，照例大喊：小狼，小狼，開飯嘍。小狼早已急紅了眼，亢奮雀躍幾乎把自己勒死。陳陣將食盆快速推進狼圈，跳後兩步，一動不動地看小狼搶吃肉油麵條。看上去，牠對這頓飯似乎還滿意。

給小狼餵食必須天天讀，頓頓喊。陳陣希望小狼能記住他的養育之恩，至少能把他當作一個真心愛牠的異類朋友。他相信狼有魔力，在饑餓的草原森林，母狼會奶養人類的棄嬰，狼群會照顧保護他（她），並把他（她）撫養成狼。如果沒有一種超人類、超狼類的魔力情感，是不可能出現這種「神話」的。

陳陣自從養狼以後，經常被神話般的夢想和幻想所纏繞。

他在上小學的時候，曾讀過一篇蘇聯小說，故事說，一個獵人救了一條狼，把牠養好傷以後放回森林。後來有一天早晨，獵人推開木屋的門，門口雪地上放著七隻大野兔，雪地上還有許多行大狼的腳印……

這是陳陣看到的第一篇人與狼的友誼故事，與當時他看過的所有有關狼的書和電影都不同。那些書裏寫的大多都是狼外婆、狼吃小羊，大灰狼掏吃小孩心肝一類的可怕殘忍的事情，所以他一直對那個蘇聯小說十分著迷，多年不忘。他常常夢想成爲那個獵人，踏著深雪到森林裏去和狼朋友們一起玩，抱著大狼在雪地上打滾，大狼馱著他在雪原上奔跑……

如今他竟然也有一條屬於自己的、可觸可摸的真狼了。只要他把小狼餵飽，也可以抱著牠在綠綠的草地上打滾，他已經和小狼滾過好幾次了。他的夢想差不多算是實現了一半。

但那另一半，他似乎不敢夢想下去了——小狼長大以後，給他留下一窩狼狗崽，然後重返草原和狼群。陳陣曾在夢中見到自己騎著馬，帶著一群狼狗來到草原深處，向荒野群山呼喊：小狼，小狼，開飯嘍。我來嘍，我來嘍。於是，在迷茫的暮色中，一條蒼色如鋼，健壯如虎的狼王，帶著一群狼，呼嘯著久別重逢的亢奮嗥聲，向他奔來……

可惜這裏是草原牧區，不是森林，營盤上有獵人獵狗步槍和套馬杆。即使長大後能夠重返自然的小狼，也不可能叼七隻大野兔作爲禮物，送到他蒙古包門口來的……

陳陣既然冒險地實現了一半的夢想，他還要用興趣和勇氣，去圓那個更困難的一半夢想。陳陣希望草原能更深地喚醒自己壓抑已久的夢想與冒險精神。

小狼終於把食盆舔淨了。小狼已經長到半米多長，吃飽了肚子，牠的個頭顯得更大更威風，身長已比小狗們長出大半個頭了。陳陣將食盆放回門旁，走進狼圈，現在到了他可以盤腿坐下來，和小狼耳鬢廝磨的時候了。他抱了一會兒小狼，然後把牠朝天放在自己的腿上，再輕輕地給小狼按摩肚皮。

在草原上，狗與狗、狗與狼在廝殺時，牠們的肚皮絕對是敵方攻擊的要害部位，一旦被撕開了肚皮，就必死無疑，所以狗和狼是決不會仰面朝天地把肚皮亮給牠所不信任的同類或異類的。

前幾天道爾基告訴他，他養的那條小狼，比陳陣的小狼個頭小，打小野性就不太大。他一直把牠放在小狗堆裏一塊養，沒用鏈子拴著。那條小狼養了一個多月，就跟小狗大狗混熟了，不知道的人還當牠是一條小狗呢。後來，小狼越長越胖，比小狗都長得快，真跟一條小狼狗一樣，全家人都挺喜歡牠。

小狼最喜歡跟他的小兒子玩，這孩子才四歲，也最喜歡小狼。可是沒想到，前幾天，小狼跟孩子玩著玩著，狠狠朝孩子的肚子上咬了一口，咬出了血，還撕下一塊皮來。孩子嚇傻了，疼得大哭。狼牙毒啊，比狗牙還毒，嚇得他一棒子就把小狼打死了。又趕緊抱孩子上小彭那兒打了兩針狂犬疫苗，這才沒出大事。

當時道爾基一再對他說，看來這狼確實養不得，野性太大，如要接著養，千萬得防著點。但陳陣還是願意把自己的手指讓小狼抱著舔，抱著咬。他相信，小狼是不會真咬他的。牠啃他的手指，就像咬牠的親兄弟姐妹一樣，都是點到爲止，不破皮不見血。既然小狼把自己的肚皮放心地亮給他，他爲什麼不可以把手指放進小狼的嘴裏呢？他在小狼的眼睛裏看到的完全是友誼和信任。

已近中午，高原的毒日把空心綠草針曬沒了鋒芒，青草大多打蔫倒伏。小狼又開始受刑了，牠張大嘴，不停地喘，舌尖上不斷地滴著口水。陳陣將蒙古包的圍氈，全部掀到包頂上去，蒙古包八面通風，像一個涼亭，又像一個碩大的鳥籠，在包裏，他可以一邊看書，時不時向外張望照看小狼，只是猶豫著不知道該不該幫幫牠。

草原狼從來不懼怕惡劣天氣，那些受不了嚴寒酷熱的狼，會被草原無情淘汰，能在草原生存下來的都是硬骨鐵漢。可是，如果天氣太熱，草原狼也會躲到陰涼的山岩後面的。陳陣聽畢利格老人說，夏天放羊遇到涼快的地方，別馬上讓羊群停下來乘涼，人先要過去看看，草叢裏有沒有狼「打埋伏」。

陳陣不知道該如何幫小狼降溫解暑，他打算先觀察狼的耐熱力究竟有多強。

吹進蒙古包裏的風也開始變熱。盆地草場裏的牛群全不吃草了，都臥在河邊的泥塘裏。遠處的羊群，大多臥在迎風山口處午睡。山頂上，出現了一頂頂的三角白「帳蓬」。羊倌們熱得受不了了，就把套馬杆斜插在旱獺洞裏，再脫下白單袍把領口拴在杆上，用石頭壓住兩邊拖地的衣角，就能搭出一頂臨時遮陽帳篷來。陳陣在裏面乘過涼，很管用。帳篷裏往往是兩個羊倌，一人午睡，一人照看兩群羊，三角白帳篷只有在草原最熱的時候才會出現。陳陣漸漸坐不住了。

小狼已被曬得焦躁不安，站也不是，臥也不是。沙地冒出水波似的熱氣，小狼的四個小爪子被燙得不停地倒換。牠東張西望到處尋找小狗們，看到一條小狗躲在牛車的陰影下，牠更是氣急敗壞地拼命掙著鐵鏈。

陳陣趕緊出了包，他擔心再這麼曝曬下去，小狼真成了糖炒栗子。萬一曬中暑了，場裏的獸醫決不會給狼治病的。怎麼辦？草原風大，只有雨衣，沒有傘，不可能給小狼打一把遮陽傘。那麼，推一輛牛車來讓小狼躺到牛車下？但牛車的結構太複雜，弄不好，小狼脖子上的鐵鏈會被軲轆纏住，把小狼勒死。

最好的辦法，是給小狼搭一個羊倌那樣的三角遮陽帳篷，可他又不敢。所有野外的人畜都乾曬著，有人竟爲狼搭涼棚，這是什麼「階級感情」？那樣，全隊反對養狼的牧民和知青就該有話說了。這一段大家都忙，幾乎都已忘掉了小狼，偷養小狼不可張揚，陳陣再不能做出提醒人們記起小狼的事情。

陳陣從水車木桶裏舀了半盆清水，端到小狼面前，小狼一頭扎進盆裏，一口氣把水舔喝光。然後竟然迅速鑽到陳陣身體的陰影裏來躲避毒日。牠像個可憐的孤兒，苦苦按住他的腳，不讓他走。

陳陣站了一會兒，馬上就感到脖子後面扎扎地疼，再不離開就要被曬脫皮，他只好退出狼圈，打了半桶水潑在狼圈裏，沙地冒出揭屜蒸籠般的蒸氣來。小狼立即發現地面溫度降了不少，馬上就躺下來休息，牠已經一連站了好幾個小時了。可是，不一會兒沙地就被曬乾，小狼又被烤得團團轉。陳陣再沒有辦法了，他不可能連連給牠潑水，就算能，那麼輪到他放羊外出時怎麼辦？

陳陣進了包，看不下書去，他開始擔心小狼曬病、曬瘦，甚至曬死。他沒想到，拴養小狼保證了人畜的安全，卻保證不了小狼的生命安全。要是在定居點，把小狼養在圈裏，至少還可以得到一面牆的陰影。難道在原始游牧的條件下，真不能養狼？連畢利格老人也不知道如何養狼，他沒有一點經驗可以借鑒啊。

陳陣始終盯著小狼，苦思苦想，卻仍是一籌莫展。

小狼繼續在狼圈裏轉著，牠的腦子好像也在不停地轉動。轉著轉著，牠似乎發現了狼圈外的草地要比圈內的沙地溫度低很多。小狼偏著身子，用後腿踩了幾腳草地，大概不怎麼燙，小狼馬上就把整個身體躺到圈外的草地上去了，只把頭和脖子留在圈內的燙沙上。鐵鏈被小狼拽得筆直，小狼終於可以伸長著脖子休息了。

雖然小狼還在曝曬之中，但卻大大地減少了身子下的烘烤，陳陣高興得真想親小狼一口。小狼這個絕頂聰明的行為，給了陳陣一線希望。他也總算想出了一個辦法，等到天更熱的時候，他就隔些日子，給小狼換一個有草的狼圈，只要狼圈裏又快被踩成了沙地，就馬上挪地方。

陳陣歎道，狼的生存能力總是超出人的想像，連這條沒娘撫養的小狼，天生都會自己解決困難，就更不要說那些集體行動的狼群了。

22 小狼給自己挖了一個地洞

蒙古包外響起了一陣急促的馬蹄聲，兩匹快馬捲著沙塵，順著門前二十多米遠的車道急奔。陳陣以為這只是過路人，卻沒想到兩匹馬跑近蒙古包的時候，突然急拐彎朝小狼衝去。小狼立即驚起後退，繃直了鐵鏈。

前面那個人，用套馬杆一杆子就套住了小狼的頭，又爆發性地狠命一拽，把小狼拽得飛了起來。這一杆力量之大，下手之狠，看來是想要小狼的命。他們恨不得藉著鐵鏈的拉勁，一下子就把小狼的脖子拽斷。

小狼剛剛噗地摔在地上，後面那個人又用套馬杆的套繩，狠狠地抽了小狼一鞭子，把小狼抽得一個溜滾。前面那人勒住馬，倒手換馬棒，準備下馬再擊。

陳陣嚇得大叫了一聲，抄起擀麵杖，瘋了似地衝出去。那兩人見到陳陣一副拼命的樣子，迅速騎馬捲沙揚長而去。只聽一人大聲罵道：狼在掏馬駒，他還養狼！我早晚得殺了這條狼！

黃黃和伊勒猛衝過去狂吼，也挨了一套馬杆子。兩匹馬向馬群方向狂奔而去。

陳陣沒有看清那兩人是誰，他猜想有一位可能是挨了畢利格老人批評的那個羊倌，另一個是四組的馬倌。這兩人來勢兇猛，打算好了要對小狼下死手，只不過沒能得逞罷了。這下子，陳陣可親身領教了蒙古騎兵閃擊戰的威力。

陳陣衝到小狼身邊，小狼夾著尾巴嚇得半死，四條腿已抖得站不穩了。小狼見到陳陣，就像一隻在貓爪下死裏逃生的小雞撲向老母雞那樣，跌跌撞撞地撲向陳陣。陳陣哆哆嗦嗦地抱起小狼，人與狼馬上就抖到了一起了。

他慌忙去摸小狼的脖子，幸好脖子還沒有斷，但是脖子上的一片毛被套繩勾掉，下面是一道深深的血印。小狼的心臟怦怦亂跳，陳陣連哄帶撫摸，好不容易才止住了小狼和自己的顫抖。他又進包拿出一小條肉乾安慰小狼。等小狼吃完了肉條，陳陣又抱起小狼，把牠臉貼臉地抱在胸前。他摸了摸小狼的胸口，狼心已漸漸恢復平穩。

小狼餘悸未消。牠盯著陳陣看，看著看著，突然舔了陳陣的下巴一下。陳陣受寵若驚，他這是第二次得到狼的舔吻，也是第一次得到了狼的感謝。看來狼給救命恩人叼去七隻野兔的故事，不是瞎編的。

但是陳陣的心卻沉得直往下墜，他一直擔憂的事終於發生了。養狼已得罪了絕大部分牧民，他感到了牧民的疏遠和冷落，連畢利格阿爸來他們包的次數也少多了。他已被牧民看作像包順貴和民工一樣的破壞草原規矩的外來戶了。

狼是草原民族精神上的圖騰，肉體上半個兇狠的敵人，無論從精神到肉體，草原牧民都不允許養狼。他養狼，在精神上是褻瀆，在肉體上是通敵，他確實觸犯了草原天條。

陳陣不知道自己還能不能保住小狼，還該不該養狼。但是他實在想記錄和探究狼的秘密和價值，不能眼睜睜地看著曾對世界和中國歷史產生過巨大影響的狼圖騰，隨著草原游牧生活的逐漸消亡而消亡；像草原人的肉體那樣，通過狼化爲粉齏，不留痕跡地消失得無影無蹤。這可能是最後的一次機會了，陳陣不得不固執己見，咬緊狼牙，堅持下去。

他到處去找二郎，可二郎還沒有回家。如果有牠看家，除了本組牧民以外，其他組的牧民還不敢輕易上門。二郎會把陌生人的馬追咬得破膽狂奔。

太陽還沒有發出它在這一天的最高溫，草原盆地卻已把所有的熱量全聚攏到了小狼的狼圈裏。小狼的身體下面雖然減少了烘烤，但牠的腦袋和脖子還留在沙盤裏。加上脖子受傷，小狼躺不住了，牠站起來在狼圈裏轉磨，轉幾圈，又躺到草地上去。

陳陣開始爲大家準備晚飯，他摘韭菜，打野鴨蛋，拌餡和麵，烙餡餅，一直埋頭幹了半小時。當他抬頭再看小狼的時候，他愣住了——小狼居然在沙圈裏撅著屁股和尾巴拼命刨土掏洞，沙土四濺，像禮花似的從地洞裏噴出地面。陳陣急忙擦了擦手跑出包去，走進狼圈，蹲下身子好奇地觀察起來。

小狼在圈中南半部用力刨洞，半個身子已經扎進洞裏，尾巴亂抖，沙土不斷從小狼的身底下噴射出來。過了一會兒，小狼退出洞，用兩隻前爪摟住沙堆往後扒拉。小狼渾身沾滿了土，牠看了陳陣一眼，狼眼裏充滿野性和激情，像是在挖金銀財寶，亢奮中還露出貪婪和焦急。

小狼到底想幹什麼？難道想刨倒木樁，逃到陰涼處？不對，位置不對。小狼並沒有對準木樁刨，而且木樁埋得很深，牠得刨多大一個坑？小狼是在狼圈的南半部，背對木樁，由北朝南，衝著陽光的方向刨。陳陣心中一陣驚喜，他立刻明白了小狼的意圖。

小狼又在洞裏刨鬆了許多沙土，牠半張著嘴哈哈地忙裏忙外，一會兒鑽進洞刨土，一會兒又往外倒騰土。小狼兩眼放光，賊亮賊亮，根本沒功夫搭理陳陣。陳陣看得終於忍不住，小聲叫牠：小狼小狼，慢點刨，小心把爪子刨斷。小狼瞟了陳陣一眼，眯著眼睛笑了笑，牠好像對自己的行爲很是得意。

洞裏刨出的沙土有些潮氣，遠比洞外的黃沙涼得多。陳陣抓了一把沙土，握了握，確實又潮又涼。陳陣想，小狼真是太聰明了，牠這是在爲自己刨一個避光避曬、避人避危險的涼洞和防身洞。一點沒錯，小狼準是這樣想的，洞裏有涼氣有黑暗，洞的朝向也對，洞口朝北，洞道朝南，陽光曬不進洞。小狼鑽進去刨土的時候，牠的大半個身子已經曬不到毒辣的陽光了。

小狼越往裏挖，裏面的光線就越弱。牠顯然嚐到了黑暗的快樂，也開始接近牠預期的目標。黑暗黑暗，黑暗是狼的至愛，黑暗意味著涼快、安全和幸福。牠以後再也不會受那些可惡的大牛大馬大人的威脅和攻擊了。

小狼越挖越瘋狂，牠簡直樂得快合不上嘴了。又過了二十多分鐘，洞外只剩下一條快樂抖動的毛茸茸的狼尾巴。而小狼的整個身體，全都鑽進了陰涼的土洞裏。

陳陣又一次被小狼非凡的生存能力和智慧所震驚。他想起了「龍生龍，鳳生鳳，耗子生兒會打洞。」老鼠會打洞，那小鼠至少見過大鼠和母鼠打洞吧？可這條小狼，眼睛還沒有睜開就離開了狼媽，牠哪裡見過大狼打洞？況且，後來牠周圍的狗也不可能教牠打洞，狗是不會打洞的家畜。

那麼，小狼打洞的本領是誰教給牠的？而且打洞的方位和朝向也絕對正確，打洞的距離更是恰到好處。如果離木樁的距離太遠，那麼鐵鏈的長度就會限制狼洞向縱深發展，可是小狼選的洞位，恰恰在木樁和圈邊之間，牠竟然打了一個可以帶半截鐵鏈進洞的狼洞，這又是誰教的？這個選址的本領，可能連草原上的大狼都不具備，牠自己又是怎樣計算出來的呢？

陳陣驚得心裏發毛。這條才三個多月大的小狼，居然在完全沒有父母言傳身教的情況下，獨自解決了生死攸關的居住問題。這確實要比狗，甚至比人還聰明。狼的先天遺傳竟然強大到這般地步？

陳陣從自己的觀察作出判斷：遺傳只是基礎，而小狼的智商更強大。他這個有知識的大活人，在毒日下轉悠了大半天，就是沒有想到就地給小狼挖一個遮陽防身洞。一個現代智慧人，竟眼睜睜傻乎乎地讓一條小狼，給他上了一堂高難度的生存能力課。

陳陣自歎不如，他應該心悅誠服地接受小狼對他的嘲笑。怪不得小狼在跟他玩耍的時候，他會感到一種莫明其妙的「平等」。此刻，陳陣更覺得小狼可能根本不把他放在眼裏。小狼桀驁不馴的眼神裏，總是有一種讓他感到恐懼的意味：你先別得意，等我長大了再說。陳陣越來越吃不準，小狼長大了會怎樣對待他。

但是陳陣心裏還是很高興。他跪在地上看了又看，覺得自己不是在豢養一個小動物，而是在供養一個可敬可佩的小導師。他相信小狼會教給他更多的東西：智慧、勇敢、頑強、忍耐、熱愛生活、熱愛生命、永不滿足、永不屈服、並藐視嚴酷惡劣的環境，建立起強大的自我。

他暗暗想，華夏民族除了龍圖騰以外，要是還有個狼圖騰就好了。那麼華夏民族還會遭受那麼多次的亡國屈辱嗎？還會發愁中華民族實現民主自由富強的偉大復興嗎？

小狼撅著尾巴幹得異常衝動。越往深裏挖，牠似乎越感到涼快和愜意，好像嗅到了牠出生時的黑暗環境和泥土氣息。

陳陣感到小狼不僅是想挖出個涼洞和防身洞，好像還想挖掘出牠幼年的美好記憶，挖掘出牠的親媽媽和牠同胞兄弟姐妹。他想像著小狼挖洞時的表情，也許極爲複雜，混合著亢奮、期盼、僥倖和悲傷……

陳陣的眼眶有些濕潤，心中湧出一陣劇烈的內疚。他越來越寵愛小狼，可他卻是毀了這窩自由快樂的狼家庭的兇手。如果不是他的緣故，那窩狼崽早已跟著牠們的狼爸狼媽東征西戰了。陳陣猜想，這條優秀的小狼，也許就是額侖草原那頭白狼王的兒子。如果在久經沙場的狼群的訓導下，在未來，牠甚至可能成長爲新一代的狼王。可惜牠們的錦繡前程，完全被一個千里之外的漢人給改變了。

小狼已經挖到了極限，鐵鏈的固定長度已不允許牠再往深裏挖。陳陣也不打算再加長鐵鏈。此地沙土鬆脆，狼洞頂只是一層盤結草根的草皮層，再往裏挖，萬一哪匹馬哪頭牛踩塌了洞頂，就可能把小狼活埋。

小狼挖洞的極度興奮被突然中斷，氣得發出咆哮，牠退出洞，拼命衝撞鐵鏈。項圈勒到了牠脖子上的傷口，疼得牠張嘴倒吸涼氣。牠不肯罷休，直到牠累得撞不動爲止。小狼趴在新土堆上大口喘氣，休息了一會兒，牠探頭朝洞裏張望，陳陣不知道牠還能琢磨出什麼新點子來。

小狼喘氣剛剛平穩，又一頭扎進洞。不一會兒，洞裏又開始噴出沙土。陳陣傻了眼，他急忙俯下身，湊到洞口往裏看。只見小狼在往洞的兩邊挖，牠竟然知道放棄深度，橫向擴大廣度。小狼挖掘不出牠的媽媽和兄弟姐妹，牠只好爲自己挖一個寬大的臥鋪，一個能將自己的整個身體囫圇個兒放在裏面的安樂窩。

陳陣愣愣地坐下來，他簡直不敢相信，小狼從開始選址、挖洞、一直到量體裁洞的整個過程，從設計到完工，都是一次成功，工程沒有反覆，沒有浪費。陳陣真是無法理解狼的這種才華，到底是從哪裡來的。可能正是這種人類太多的「無法理解」，從古到今，草原民族才會把狼放到「圖騰」的位置上去。

小狼的涼洞和防身洞終於挖成了。小狼舒舒服服地橫臥在洞裏，陳陣怎麼叫也叫不出牠來。他朝洞裏望進去，小狼圓圓的眼睛綠幽幽的，陰森可怕，完全像一條野狼。小狼此時顯然正在專心享受牠所喜歡的陰暗潮濕和土腥氣味。牠如同回到了自己的故土故洞，回到了媽媽的懷抱，回到了同胞兄弟姐妹的身旁。

此刻的小狼心平氣和，牠終於逃離了在人畜包圍中惶惶不可終日的地面，躲進了狼的掩蔽所，回到狼的世界裏去了。小狼也終於可以睡個安穩覺，做個狼的美夢了。陳陣把狼洞前的土堆鏟平，把沙土攤撒到狼圈裏。小狼總算有了安全的新家，這一意外的壯舉，使得陳陣也重新對小狼的生存恢復了信心。

傍晚，高建中和楊克回到家裏，兩人見到家門前不遠的狼洞，也都大吃一驚。楊克說：在山上放了一天羊，人都快曬乾了，渴死了，我真怕小狼活不過這個夏天。沒想到，小狼還有這麼大的本事，真是一條小神狼。

高建中說：往後還真得留點神，得防著牠，每天都要檢查鐵鏈，木樁，脖套。說不定在什麼節骨眼上，小狼給咱們捅個大漏子，牧民和同學們都等著看笑話呢。

三個人都省下自己份內的半張油汪汪的韭菜鴨蛋餡餅，要拿去餵小狼。楊克剛一叫開飯嘍，小狼就竄出洞，將餡餅颼地叼進洞裏。牠已經認定那是自己的領地，從此誰也別想冒犯牠了。

二郎在外面浪蕩了一天，也回到家。牠的肚皮脹鼓鼓的，嘴巴上油漬汪汪，不知道牠又在山裏獵著了什麼野物。黃黃，伊勒和三條小狗一湧而上，搶舔二郎嘴巴上的油水。多日不見油腥，狗們饞肉都饞瘋了。

小狼聽見二郎的聲音，颼地竄出洞。二郎走進狼圈，小狼又繼續去舔二郎的嘴巴。二郎發現小狼的洞，牠好奇地圍著洞轉了幾圈，然後笑呵呵地蹲在洞口，還把長鼻子伸進洞聞了又聞。小狼立即爬到二郎乾爸的背上，上躥下跳，打滾翻跟頭。牠開心得忘掉了脖子上的傷痛，精神勃勃地燃燒著自己野性的生命力。

草原上太陽一落，暑氣盡消，涼風颼颼。楊克立即套上一件厚上衣走向羊群，陳陣也去幫他攔羊。吃飽的羊群忌諱快趕，兩人像散步一樣，將羊群緩緩地圈到無遮無攔無圈欄的營盤。夏季的原始游牧，到了晚上，近兩千隻羊的大羊群，就臥在蒙古包外側後面的空地上過夜。夏季下夜是件最苦最擔風險的工作，他們兩人都不敢大意。

狼的一天是從夜晚開始的。小狼拖著鐵鏈快樂地跑步，並時不時地去欣賞自己的勞動成果。陳陣和楊克坐在狼圈旁邊，靜靜地欣賞黑暗中的小狼，和牠的綠寶石一樣的圓眼睛。兩人都不知道狼群是否已經嗅到了小狼的氣味，失去狼崽的母狼們，是否就潛伏在不遠的山溝裏。

陳陣給楊克講了這一天發生的事情，又說：得想辦法弄點肉食了，要不然，小狼長不壯，二郎也不安心看家，那就太危險了。

楊克說：今天我在山上吃到了烤獺子肉，是道爾基套的。要是他套得多，咱們就跟他要一隻，拿回來餵狗餵狼，可就是羊倌羊群干擾太多，獺子嚇得不上套。

陳陣憂心忡忡地說：我現在樣樣都擔心，最擔心的是狼群夜裏偷襲羊群。母狼是天下母性最強的猛獸，失掉孩子以後的報復心也最強最瘋狂。萬一要是母狼們帶著大狼群，半夜裏打咱們一次閃電戰，咬死小半群羊，那咱們就慘了。

楊克歎了口氣說：牧民都說母狼肯定會找上咱們來的。額侖草原今年至少被人掏了二十多窩狼崽，幾十條母狼都在尋機報仇呢。牧民一個勁地想殺這條小狼，其他組的同學也都反對養狼，咱們現在真是四面楚歌啊。我看咱們是不是悄悄地把小狼放掉算了，就說小狼掙斷鏈子逃跑了，那就沒事了。楊克抱起小狼，摸摸牠的頭說：不過，我也真捨不得小狼，我對我的小弟弟也沒這麼親。

陳陣狠了狠心說：中國人幹什麼事，都是前怕狼後怕虎的。咱們既然入了狼窩，得了狼子，就不能半途而廢，既然養了，就得養到底。

楊克忙說：我不是害怕擔責任，我是看小狼整天拴著鐵鏈，像個小囚徒，太可憐了。狼是最愛自由的動物，卻無時不在枷鎖中，你能忍心嗎？我可是已經在心裏真正拜過狼圖騰了，我能理解爲什麼阿爸反對你養狼。這真是褻瀆神靈啊。

陳陣的心裏十分矛盾，嘴上卻依然強硬，猛地上來一股執拗勁兒，衝著楊克發狠說：我何嘗不想放狼歸山啊，但現在不能放，我還有好多問題沒弄清楚呢。小狼的自由是一條狼的自由，可要是將來草原上連一條狼都沒有了，還有什麼狼的自由可言？到時候，你也會後悔的。

楊克想了想，終於還是妥協了。他猶豫著說：那……咱們就接著養。我想法子再多弄點「二踢腳」來。狼跟草原騎兵一樣，最怕火藥炸，火炮轟。只要咱們聽到二郎跟狼群一掐起來，我就先點一捆「炸彈」，你再一個一個地往狼群裏扔，準保能把狼群炸懵。

陳陣笑起來：這麼說，你的狼性和冒險勁，其實比我還大呢。

23 夜半狼嗥

內蒙古高原的夏夜，轉眼間就冷得像到了深秋。草原上可怕的蚊群，很快就將形成攻勢了，這是最後幾個寧靜之夜。剛剛剪光羊毛的羊群緊緊地靠臥在一起，悠悠反芻，發出一片咯吱咯吱磨牙碾草的聲音。二郎和黃黃不時抬頭仰鼻，警惕地嗅著空氣，並帶領著伊勒和三條小狗，在羊群的西北邊慢慢遛躂巡邏。

陳陣握著手電筒，拖了一塊單人褥子大小的氈子，走到羊群西北面，找了一塊平地，鋪好氈子，披上破舊的薄毛皮袍，盤腿而坐，不敢躺下。

進入新草場之後，放羊、下夜、剪羊毛、伺候小狼、讀書做筆記，天長夜短，睡眠嚴重不足。只要他一躺下，馬上就會睡死過去，無論大狗們怎樣狂叫，再也叫不醒他。本來他應該趁著蚊群爆起之前的平安夜，抓緊機會多睡覺，可是他仍然絲毫不敢懈怠，草原狼是擅長捕捉「僥倖」的大師。

前幾天，一小群狼成功偷襲了工地的病牛之後，他們三個人都繃緊了神經。狼群吃掉病牛，是給牧人的一個信號，報告狼群進攻的目標，已經從黃羊旱獺黃鼠轉到畜群身上來了。小黃羊早已奔躍如飛，旱獺也更加機警，饑餓的狼群已不滿足靠抓草原鼠充饑，轉而向畜群展開攻擊戰。

這新草場，人畜立足未穩，畢利格老人召集了幾次生產會議，再三提醒各組牧民和知青不得大意，要像狼那樣，睡覺的時候就是閉上眼睛，也得把兩隻耳朵豎起來。額侖草原又要進入新一輪人狼大戰了。

陳陣每天都要把小狼的地盤徹底打掃乾淨，清除狼糞狼騷味，還要蓋上一層薄薄的沙土。這不僅是爲了狼窩的衛生，保證小狼身體健康不得病，更重要的，是怕小狼的氣味會暴露目標。陳陣最近常常琢磨，當時從狼窩帶回小狼崽之後的各個細節，想得腦袋發疼。他覺得其實任何環節都可能出問題，都會被母狼發現。比如在舊營盤，母狼就可以嗅出小狼的尿味。那時，他夜夜都擔心狼群發動突然襲擊，血洗羊群，搶走小狼。

他惟一慶幸的是，這次開進新草場，長途跋涉的路途中，一直把小狼關在牛糞木箱裏，沒有讓小狼下過車，因此在路上就沒有留下小狼的氣味蹤跡。即使母狼嗅出舊營盤上小狼留下的氣味，牠也不可能知道小狼被轉移到哪裡去了。

空氣中似乎沒有狼的氣味，三條小胖狗跑到陳陣身邊，他挨個撫摸牠們。黃黃和伊勒也跑到陳陣身邊，享受主人的愛撫。只有二郎忠於職守，依然在羊群西北邊的不遠處巡視。牠比普通狗更知曉狼的本事，任何時候牠都像狼一樣警覺。

夜風越來越冷，羊擠得更緊，羊群的面積又縮小了四分之一。三隻小狗都鑽進了陳陣的破皮袍裏面。剛過午夜，天黑得陳陣看不見身旁的白羊群。後半夜風停了，但寒氣更重，陳陣把狗們趕到牠們應該去的崗位，自己也站起來裹緊皮袍，打著手電筒，圍著羊群轉了兩圈。

🐾

陳陣剛剛坐回氈子上，從不遠的山坡上，傳來了淒涼悠長的狼嗥聲，「嗚歐……歐……歐……」尾音拖得很長很長，還帶有顫音和間隙很短的頓音。狼嗥聲音質純淨，底氣充足，具有圓潤銳利的滲透力和穿透力。

顫慄的尾音尚未終止，東南北三面大山，就開始發出低低的回聲，在山谷，盆地，草灘和湖面慢慢地波動徘徊，又揉入了微風吹動葦梢的沙沙聲，變幻組合出一波又一波悠緩蒼涼的狼聲葦聲風聲的和紘曲。曲調越來越冷，把陳陣的思緒帶到了蠻荒的西伯利亞。

陳陣好久沒有在極為冷靜清醒的深夜，細細傾聽草原狼的夜半歌聲。他不由打了一個寒噤，裹緊了皮袍，但是仍感到那種似乎從冰縫裏滲出的寒冷聲音，穿透皮袍，穿透肌膚，從頭頂穿過脊背，一直灌到尾骨。陳陣伸出手把黃黃摟進皮袍，這才算有了點熱氣。

陰沉悠長的序曲剛剛退去，幾條大狼的雄性合唱又高聲嗥起。這次狼嗥，立即引來全大隊各個營盤一片洶湧的狗叫聲。陳陣周圍的大狗小狗也都衝向西北方向，站在羊群的周邊線急促猛吼。

二郎先是狂吼著向狼嗥的地方衝去，不一會兒，又怕狼抄後路，就又退到羊群迎著狼嗥方向不遠的地方停下，繼續吼叫。沿盆地的山坡排成長蛇陣的大隊營盤，都亮起了手電光，全大隊一百多條狗足足吼了半個小時，才漸漸停下來。

夜更黑，寒氣更重。狗叫聲一停，草原又靜得能聽到葦葉的沙沙聲。不一會兒，那條領唱的狼又開始第二遍嚎歌。緊接著，北、西、南三面大山傳來更多更密的狼嗥聲，像三面聲音巨牆向營盤圍過來，大有壓倒狗群叫聲的氣勢。全隊的狗叫得更加氣急敗壞、澎湃洶湧。各家各包下夜的女人全都打著手電筒，向狼的方向亂掃，並拼命高叫：「啊荷……烏荷……依荷……」尖利的聲音一波接一波，匯成更有氣勢的聲浪，向狼群壓去。

草原上人人是歌手，他們的嗓子，也許都是下夜驅狼練出來的。

狗仗人勢，各家好戰的大狗惡狗叫得更加囂張。狗的吠聲、吼聲、咆哮聲、挑釁聲、威脅聲、起哄聲，錯雜交會成一片分不請鼓點的戰鼓聲。轟轟烈烈，驚天動地，猶如又一次決戰在即，大狗獵狗惡狗，隨時就要衝出陣大殺一場。

陳陣也扯著脖子亂喊亂叫，但與草原女人和草原狗的高頻尖銳之聲相比，他覺得自己就像一隻牛犢，微弱的喊聲很快被夜空吞沒了。

草原許久沒有發生這樣大規模的聲光電的保衛戰了。新草場如此集中紮營，使牧人的聲光反擊戰比在舊營盤更集中更猛烈。也給寧靜的草原，單調的下夜，帶來緊張熱鬧的戰鬥氣氛。

群狼的嗥聲，很快被壓制下去。烏力吉和畢利格老人集中紮營的部署，顯示出巨大的實效，營盤牢不可破，狼群難以下手。

陳陣忽然聽見鐵鏈的嘩嘩聲響，他急忙跑到小狼身旁。只見白天在狼洞裏養足精神的小狼，此刻正張牙舞爪地上躥下跳，對這場人狼狗、聲光電大戰異常衝動亢奮。牠蹦來跳去，掙得鐵鏈響個不停，不斷地向牠的假想敵衝撲撕咬，恨不得衝斷鏈子，立即投入戰鬥。小狼急得呼呼哈哈地喘氣，生怕撈不到參戰的機會，簡直比搶不到肉還要難受。

酷愛黑暗的狼，到了黑夜，全身的生命活力必然迸發；

酷愛戰鬥的狼，到了黑夜，全身嗜殺的衝動必須發洩。

黑夜是草原狼打家劫舍，大塊吃肉，大口喝血，大把分獵物的大好時光。可是一條鐵鏈，將小狼鎖在了如此狹小的牢地裏，使牠好戰、更好夜戰的天性狼性憋得更加濃烈，就像一個被堵住出氣孔的高溫鍋爐，隨時都可能爆炸。

小狼衝不斷鐵鏈，開始發狂發怒。求戰不得的狂暴，將牠壓縮成一個毛球，然後突然炸出，衝入狼圈的跑道，以衝鋒陷陣的速度轉圈瘋跑。邊跑邊撲邊空咬，有時會突然一個急停，跟上就是一個猛撲，再來一個就地前滾翻，然後合嘴、咬牙、甩頭，好像真的撲住了一個巨大獵物，正咬住要害部位，致獵物於死命。

過了一會兒，牠又眼巴巴地站在狼圈北端，緊張地豎耳靜聽，一有動靜，牠馬上又會狂熱地廝殺一通。小狼的戰鬥本能，已被緊張恐怖的戰爭氣氛刺激得蓬蓬勃勃，牠似乎根本分不清敵我，只要能讓牠參戰就行，至於加入哪條戰線則無所謂，不管是殺一條小狗或是殺一條小狼，牠都高興。

小狼一見到陳陣，便激動地撲了上來，卻搆不著他，就故意退後幾步，讓陳陣走進狼圈。陳陣有些害怕，他向前走了一步，剛蹲下身，小狼一個餓虎撲食，抱住他的膝頭，張口就咬。幸虧陳陣早有防備，急忙拿手電筒擋住小狼的鼻子，強光刺得小狼張開了嘴。他心裏有些難受，看來小狼被憋抑得太苦了。

全隊的狗又狂吼起來。家中的幾條狗圍著羊群又跑又叫，有時還跑到小狼旁邊，但很快又衝到羊群北邊，根本忘記了小狼的存在。三條小狗儼然以正式參戰的身份，叫得奶聲奶氣，吼得煞有其事，使得近在咫尺的小狼氣得渾身發抖。牠的本性、自尊心、求戰心受到了莫大的輕視和傷害，那種痛苦只有陳陣能夠理解，他料想牠無論如何也不會甘於充當這場夜戰的局外者的。

小狼歪著頭，羨慕地聽著大狗具有雄性戰鬥性的吼聲，然後低頭沉思片刻。牠似乎發現了自己不會像狗們那樣狂叫，第一次感到了自卑。但小狼立即決定要改變目前的窘況，牠張了張嘴，顯然是想要向狗學狗叫了。

陳陣深感意外，他好奇地蹲下來仔細觀察。小狼不斷地憋氣張嘴，十分費力地吐出呼呼哈哈的怪聲，就是發不出「汪汪」或「喔喔」的狗叫聲。小狼十分惱火，牠不甘心，又吸氣憋氣，收腹放腹，極力模仿狗吼叫的動作，但是發出的仍然是狗不狗、狼不狼的憋啞聲，急得小狼原地直打轉。

陳陣看著小狼的怪樣直想樂。小狼還小，牠連狼嗥還不會，要發出狗叫聲太難爲牠了。雖然狗與狼有著共同的祖先，可是二者進化得越來越遠。大多數狗都會模仿狼嗥，可狼卻從來不學狗叫，可能大狼們根本不屑發出狗的聲音。然而此時小狼卻極想學狗叫，可憐的小狼還不知道自己的真實身份。

小狼在焦慮煎急之中，學習模仿的勁頭仍是絲毫不減。陳陣彎腰湊到牠耳旁，大聲學了一聲狗叫。小狼似乎明白「主人」想教牠，眼裏露出笨學生的難爲情，轉而又射出兇學生惱羞成怒的目光。二郎跑過來，站在小狼的身旁，慢慢地一聲接一聲高叫，像一個耐心的老師。

突然，陳陣聽到小狼發出了「慌……慌……」的聲音，節奏已像狗叫，但就是發不出「汪」音，小狼興奮得原地蹦高，去舔二郎的大嘴巴。以後小狼每隔六七分鐘，就能發出「慌慌」的聲音，讓陳陣笑得肚子疼。

這種不狼不狗的怪聲，惹得小狗們都跑來看熱鬧，並引起大狗小狗一片哼哼嘰嘰的嘲笑聲。陳陣笑得前仰後合，每當小狼發出「慌慌」的聲音，他就故意接著喊「張張」，營盤戰場出現了「慌慌、張張」極不和諧的怪聲。

小狼可能意識到人和狗都在嘲笑牠，於是牠叫得越發慌慌張張了。小狗們樂得圍著小狼直打滾，過了幾分鐘，全隊的狗叫聲都停了，小狼沒有狗們領唱，牠又發不出聲來了。

狗叫聲剛停，三面大山又傳來狼群的嗥聲。這場聲戰精神戰，來回鬥了四五個回合，人和狗終於都喊累了。狼群擅長悄聲突襲，此夜如此大張旗鼓，顯然是在虛張聲勢，並沒有強攻的意圖。

當三面大山再次傳來狼嗥聲，人的聲音已經停止，手電光也已熄滅，連狗的叫聲也敷衍起來，而狼群的嗥聲卻更加張狂。陳陣感到其中一定隱藏著更大的陰謀，可能狼群發現人狗的防線太集中太嚴密，所以採取了大規模的疲勞消耗戰術，等到把人狗的精神體力耗盡了，才採取偷襲或突襲戰。可能這場聲音麻痹戰將會持續幾夜。陳陣想起八路軍游擊隊「敵駐我擾」的戰術，還有，把點燃的鞭炮放在洋油桶裏，用來模仿機關槍嚇唬敵人的戰法。但是，這類「聲音疲勞擾敵戰」，草原狼卻在幾萬年前就已經掌握了。

陳陣躺在氈子上，讓黃黃趴下當他的枕頭。沒有人喊狗叫，他可以細細地傾聽狼嗥的音素音調，反覆琢磨狼的語言。

來到草原以後，陳陣一直對狼嗥十分著迷。狼嗥在華夏名聲極大，一直是中原居民聞之喪膽的聲音，以至中國人總是把「鬼哭」與「狼嗥」相提並論。到草原以後，陳陣對狼嗥已習以爲常，但是他始終不明白，爲什麼嗚歐嗚歐……的狼嗥聲，總是那麼悽惶蒼涼、如泣如訴、悠長哀傷呢？確實像是在「哭」。

陳陣從第一次聽到狼的哭腔就覺得奇怪，這麼兇猛不可一世的草原狼，牠的內心爲什麼卻有那麼多的痛苦憂傷？難道在草原生存太艱難，狼被餓死凍死打死得太多太多，狼是在爲自己淒慘的命運悲嚎麼？陳陣一度覺得，貌似兇狠頑強的狼，牠的內心其實柔軟而脆弱。

但是在跟狼打了兩年多的交道，尤其是這大半年，陳陣漸漸否定了這種看法。他感到骨硬心硬命更硬的草原狼，個個都是硬婆鐵漢，牠們總是血戰到底，死不低頭。狼的字典中根本沒有軟弱這個字眼，即便是母狼喪子，公狼受傷，斷腿斷爪，那暫時的痛苦只會使狼伺機尋機報復，變得愈加瘋狂。

陳陣養了幾個月的小狼，從未發現小狼有軟弱萎靡的時候，除了正常的睏倦以外，小狼始終雙目炯炯，精神抖擻，活潑好動。

陳陣又聽了一會兒狼嗥，分明聽出了一些狂妄威嚇的意思。可為什麼威嚇人畜也要用這種哭腔呢？最近一段時間，狼群沒有遭到天災人禍的打擊，好像沒有痛苦哀傷的理由。難道像有些牧民說的那樣，狼的哭腔，是專為把人畜哭毛哭慌，攪得人毛骨悚然，讓人不戰自敗？

草原狼莫非還懂得哀兵必勝、或是精神恐嚇的戰略思想？這種說法雖有一定的道理，但是為什麼狼群互相呼喚、尋偶尋友、組織戰役、向遠方親友通報獵情、招呼家族打圍或分享獵物的時候，也使用這種哭腔呢？這顯然與心理戰無關。

那麼，草原狼發出哭腔到底出於何種原因？陳陣的思考如同錐子一般往疑問的深處扎去。他想，剛毅強悍的狼，雖然也有哀傷的時候，但牠們決不會在任何時間、任何地點、任何喜怒哀樂的情緒下，都在那裏「哭」。「哭」決不會成為狼性格的基調。

聽了大半夜的狼嗥狗叫，陳陣的頭腦越來越清醒。在科學研究方面，比較和對比往往是解開秘密的鑰匙。他突然意識到在狼嗥與狗叫的差異中，可能隱藏著答案。

陳陣又反覆比較著狼嗥和狗叫的區別，他發現狗叫短促，而狼嗥悠長。這兩種叫聲的效果極為不同：狼的悠長嗥聲，要比狗的短促叫聲傳得更遠更廣。大隊最北端蒙古包傳來的狗叫聲，就明顯不如在那兒附近的狼嗥聲聽得真切。而且，陳陣隱隱還能聽到東邊大山深處的狼嗥聲，但狗叫聲決不能傳得那麼遠。

陳陣漸漸開竅。也許狼之所以採用淒涼哭腔作爲狼語言的主調，是因爲在千萬年的自然演化中，牠們漸漸發現了哭腔的悠長拖音，是能夠在草原上傳得最遠最廣最清晰的聲音。就像「近聽笛子遠聽簫」一樣，短促響亮的笛聲，確實不如嗚咽悠長的簫聲傳得遠。古代草原騎兵使用拖音低沉的牛角號傳令，寺廟的鐘聲也以悠長送遠而聞名天下。

草原狼擅於長途奔襲、分散偵查、集中襲擊。狼又是典型的集群作戰的猛獸，牠們戰鬥捕獵的活動範圍遼闊廣大。爲了便於長距離通訊聯絡，團隊作戰，狼群便選擇了這種草原上最先進的聯絡訊號聲。

殘酷的戰爭最看重實效，至於是哭還是笑，好聽不好聽，那不是狼所需要考慮的。強大的軍隊需要先進的通訊工具，先進的通訊手段又會增強軍隊的強大。古代狼群可能就是採用了這種草原上最先進的通訊嗥音，才大大地提高了狼群的戰鬥力，甚至將虎豹熊等體型更大的猛獸逐出草原。

陳陣又想：狗之所以被人馴服成家畜的重要原因之一，可能就是遠古狗群的通訊落後，因而被狼群打敗，最後只好投靠在人的門下，仰人鼻息。草原狼的自由獨立，勇猛頑強的性格，是有其超強本領作爲基礎的。人也是這樣，一個民族自己的本事不高，性格不強，再想獨立自由也只能是空想。

陳陣不禁在心裏長歎：藝高狼膽大，膽大藝愈高。草原狼對人的啓示真是無窮無盡。看來，曾經橫掃世界的草原騎兵，在通訊手段上也受到了狼的啓示。古戰場上悠長的牛角號，曾調集了多少草原騎兵，號令了多少場戰役啊。

24 小狼賴在舞臺上不肯謝幕

狼群的嗥聲漸漸稀落了。忽然一聲奶聲嫩氣的狼嗥，從羊群和蒙古包後面傳來。陳陣頓時嚇得一激愣：狼居然抄了羊群的後路？二郎帶著所有的狗，猛吼著衝了過去。陳陣一骨碌爬起來，抄起馬棒和手電筒也跟著衝了過去。衝到蒙古包前，只見二郎和大狗小狗圍在小狼的狼圈外，都驚奇地衝著小狼亂哼哼。

電筒光下，陳陣看見小狼蹲踞在木樁旁邊，鼻尖衝天，仰天長嗥——那一聲狼嗥，竟然是從小狼喉嚨裏發出來的。小狼居然會狼嗥了？

這是陳陣第一次聽到小狼長嗥，他原以爲小狼要完全長成標準的大狼才會嗥呢。沒想到這條不到四個月狼齡的小狼，這一夜突然就發出了嗚歐——嗚歐的狼嗥聲。那動作和聲音，嗥得和真正的野狼一模一樣。

陳陣興奮得真想把小狼緊緊抱在懷裏，再親牠一口。但他不願打斷牠初展歌喉的興致，也想最近距離地欣賞自己寶貝小狼的歌聲。陳陣比一個年輕的父親聽到自己寶貝孩子第一次叫他爸爸還要激動。他忍不住輕輕撫摸小狼的背毛，小狼高興地舔了一下他的手，又繼續引吭高歌。

狗們都糊塗了，不知道該咬死牠，還是制止牠。在同仇敵愾看羊狗的陣線裏，突然出現了仇敵的嗥聲，小組的狗隊陣營頓時大亂。鄰家的狗也突然停止了叫聲，有幾條狗甚至跑到陳陣的家門口來看個究竟，並隨時準備支援。只有二郎欣喜地走進狼圈，舔舔小狼的腦袋，然後趴在牠的身旁，傾聽牠的嗥聲。

黃黃和伊勒惡狠狠地瞪著小狼，這一刻，小狼稚嫩的嗥聲，把牠在狗群裏生活了幾個月，模糊曖昧的身份，不打自招了——牠不是一條狗，而是一條狼，一條與狗群嗥吠大戰的野狼，沒有任何區別的狼。但是黃黃和伊勒見主人笑瞇瞇地撫摸小狼，敢怒不敢言。鄰家的幾條大狗，看著人狗狼和平共處，一時也弄不清牠到底是狗還是狼。牠們歪著腦袋，懷疑地看了幾眼這條奇怪的東西，便悻悻地回家了。

陳陣蹲在小狼身邊聽牠的長嗥，仔細觀察狼嗥的動作。陳陣發現小狼開始嗥的時候，一下子就把鼻尖抬起，把牠的黑鼻頭直指中天。

陳陣欣賞著小狼輕柔綿長均勻的餘音。就像月光下，一頭小海豚正在水下用牠長長的鼻頭，輕輕點拱平靜的海面，海面上蕩起一圈一圈的波紋，向四面均勻擴散。

陳陣突然想到，狼鼻朝天的嗥叫姿態，也是爲了使聲音傳得更遠，傳向四面八方。只有鼻尖衝天，嗥叫聲才能均勻地擴散音波，才能使分散在草原四處的家族成員同時聽到牠的聲音。狼嗥哭腔的悠長拖音，狼嗥仰天的姿態，都是草原狼爲適應草原生存和野戰的實踐，而創造出來的。草原狼進化得如此完美，如此成功，不愧是騰格里的傑作。

而且，草原騎兵的牛角號的發音口，也是直指天空的。牛角號悠長的音調和指天的發聲，與草原狼嗥的音調和方向完全一樣，這難道是偶然的巧合嗎？看來古代草原人早已對草原狼嗥的音調和姿態的原因，做了深刻的研究。草原狼教會了草原人太多的本領。

陳陣渾身的熱血湧動起來。在原始游牧的條件下，在內蒙古草原的最深處，之前大概還沒有一個人能撫摸著狼背，傾聽狼的嗥歌。

緊貼著小狼傾聽狼嗥聲，真是太清晰了，小狼的嗥聲柔嫩圓潤純淨，雖然也是「嗚歐……歐……」那種標準的狼嗥哭腔，但聲音中卻沒有一點悲傷。相反，小狼顯得異常興奮，牠為自己終於能高聲長歌而激動無比，一聲比一聲悠長、高昂、激越。小狼像一個初登舞臺就大獲成功的歌手，亢奮得賴在臺上不肯謝幕了。

儘管幾個月來，小狼常常做出令陳陣吃驚的事情，但是此時，陳陣還是又一次感到了震驚。小狼學狗叫不成，轉而改學狼嗥，一學即成，一嗥成狼。那狼嗥聲雖然可以模仿狼群，但是長嗥的姿態呢？黑暗的草原，小狼根本看不見狼嗥的姿態，可牠竟然又一次無師自通。

小狼學狗叫勉為其難，可學狼嗥卻是心有靈犀一點通。真是狼性使然，小狼終於從學狗叫的歧途，回到了牠自己的狼世界。小狼不鳴則已，一鳴驚人！小狼長大了，從此將長成一條真正的草原狼。陳陣深感欣慰。

然而，隨著小狼的嗥聲一聲比一聲熟練、高亢、嘹亮，陳陣的心像被小狼爪抓了一下，立即揪緊了。偷來的鑼敲不得，可是偷來和偷養的小狼，卻自己大張旗鼓地「敲打」起來了，唯恐草原上的人狗狼不知道牠的存在。陳陣暗暗叫苦：我的小祖宗，你難道不知道有多少人和狗想打死你？你為了躲避人和狗挖了一個洞，把自己藏起來，你這一嗥不是前功盡棄了嗎？

陳陣轉念一想，突然意識到，小狼不顧生命危險冒死高嗥，肯定是牠想讓牠的媽媽爸爸來救牠。牠發出自己的聲音以後，立刻本能地意識到了自己的身份——牠不是一條「汪汪」叫的狗，而是野外遊蕩長嗥的那些「黑影」的其中一員。荒野的呼喚在呼喚荒野，小狼天性屬於荒野。陳陣出了一身冷汗，感到了來自人群和狼群兩方面的巨大壓力。

小狼突然運足了全身的力氣，發出了音量最大的一聲狼嗥。

對於小狼的長嗥，陳陣以及草原上的人群、狗群和遠處的狼群，最初都沒有反應過來，小狼給了大家一個措手不及。倉促中，仍是狼群的反應最快，當小狼發出第三聲第四聲嬌嫩悠長的嗥聲時，三面大山的狼群剎那間靜寂無聲，有的狼「歐……」的尾音還沒有拖足拖夠，就戛然而止，把剩下的嗥聲吞回狼肚。

陳陣猜想，在人的營盤傳出標準的狼嗥聲，這是所有草原上的狼王、老狼、頭狼和母狼聞所未聞的事情。陳陣可以想像狼們的吃驚程度，狼們可能想：難道是一條不聽命令的小狼，擅自闖進人的營盤了？那也不對啊，小狼誤入營盤，按常理，牠馬上會被惡狗猛犬撕碎。可是為什麼聽不到小狼的慘叫呢？而且小狼居然還安全愉快地嗥個沒完。

那麼，難道不是小狼，而是一條會學狼嗥的小狗？陳陣按著狼的邏輯進一步推測。可老狼頭狼們從來沒聽到過能發出如此精確、只有狼所獨有的嗥聲的狗叫。那麼，難道是人養了一條小狼？可草原上自古到今只有狼養人，而從沒有人養狼的事情。就算是人養了條小狼，這是誰家的狼崽呢？在春天，人和狗掏了不少狼窩的狼崽，可那時狼崽還不會嗥，母狼們也聽不出這條小狼是誰家的孩子。

狼群肯定是懵了慌了和糊塗了。陳陣估摸著，此刻狼們正大眼瞪小眼，誰也發不出聲音來。一個來自北京的知青，違反草原天條的莽撞行爲，使老狼頭狼們全傻了眼。但是，狼群遲早會聽出這是一條真的狼。那些春天喪子的母狼，也肯定會烈火般地燃起尋子奪子的一線希望。小狼突如其來的自我暴露，使陳陣最擔心的事情終於突現眼前。

草原上第二批對小狼的嗥聲做出反應的，是大隊的狗群。剛剛開始休息的狗群，聽到營盤內部傳出狼嗥聲，吃驚不小。狗們判斷準是狼群趁著人狗疲乏，突襲了一家的羊群，於是全隊的狗群突然集體狂吠起來。牠們好像有愧於自己的職責，全都以這一夜最兇猛瘋狂的勁頭吼叫，把接近凌晨的草原吼得個天翻地覆。狗群準備拼死一戰，並警報主人們，狼群正在發動全面進攻，趕快持槍應戰。

草原上反應最遲鈍的卻是人，絕大部分下夜的女人都累睏得睡著了，沒有聽到小狼的長嗥，她們是被極爲反常和猛烈的狗叫聲驚醒的。近處遠處各家女人尖厲的嗓音又響起來了，無數手電筒的光柱掃向天空和山坡。誰也沒想到在蚊群大規模出動之前，狼群竟提前進攻了。

陳陣被全隊狗群震天的聲浪嚇懵了頭，這都是他惹的禍。他不知道天亮以後，怎樣面對全大隊的指責。他真怕一群牧民衝到他家，把小狼拋上騰格里。可是小狼還在嗥個不停，牠快樂得像是在過成人節。小狼毫無收場的意思，喝了幾口水，潤潤嗓子，又興沖沖地長嗥起來。

天色已褪去深黑，不下夜的女人們就要起來擠奶了。陳陣急得一把摟住小狼，又用左手狠狠握住小狼的長嘴巴，強行制止牠發聲。小狼哪裡受過這等欺負，立即拼出全身力氣，狂暴掙扎。

小狼已是一條半大的狼了，陳陣沒想到小狼的力氣那麼大，他一隻胳膊根本就按不住牠，而握住狼嘴的手又不敢鬆開，此時放手，他非得被小狼咬傷不可。

小狼瘋狂反抗，牠翻臉不認人，兩眼凶光畢露，兩個小小的黑瞳孔像兩根鋼錐，直刺陳陣的眼睛。小狼的嘴甩不脫陳陣的手，牠就用兩個狼爪拼命地亂抓亂刨，陳陣的衣褲被撕破，右手手背手臂也被抓了幾道血口子。陳陣疼得大叫楊克楊克。

門開了，楊克光著腳衝了過來，兩人使足了勁，才把小狼牢牢地按在地上。小狼呼呼喘氣，兩個爪子在沙地上刨出兩個小坑。

陳陣手背上滲出了血，兩人只好齊聲喊，一、二、三，同時鬆手，然後跳出狼圈。小狼不肯罷休，瘋撲過來，但被鐵鏈死死勒住。楊克急忙跑進包，從藥箱拿出繃帶和雲南白藥，給陳陣上藥包紮。

高建中也被吵醒了，爬起來走出門外，氣得大罵：狼啊，個個都是白眼狼，你天天像侍候大爺似的侍候牠，牠竟敢咬你。你們下不了手，我下手，待會兒我就殺了牠！

陳陣急忙擺手：別、別，這次不怪小狼。我攥住了牠的嘴，牠能不急眼嗎？

天已微微發白，小狼的狂熱還沒有退燒。牠活蹦亂跳，喘個不停，一會兒又蹲坐在狼圈邊緣，眼巴巴地望著西北方向，抬頭仰鼻又要長嗥。卻沒想到，經過剛才那一番搏鬥，小狼竟把尚未熟練的狼嗥聲忘了，突然發不出聲來。憋了幾次，結果又發出「慌慌、嘩嘩」的怪聲。二郎樂得直搖尾巴，三個人也樂出了聲。小狼惱羞成怒，竟然衝二郎乾爹皺鼻齜牙。

陳陣發愁地說：小狼會嗥了，跟野狼嗥得一模一樣，全隊的人可能都聽到了，這下麻煩就大了，怎麼辦呢？

高建中堅持說：快把小狼殺了，要不以後狼群夜夜圍著羊群嗥，一百多條狗跟著叫，全隊不下夜的人還能睡著覺嗎？要是再掏了羊群，你就吃不了兜著走吧。

楊克說：可不能殺，咱們還是悄悄把小狼放了吧，就說牠掙斷鏈子逃跑了。

陳陣對楊克說：不能殺也不能放，堅持一天算一天。要放也不能現在放，營盤邊上到處都是別人家的狗，一放出去就得讓狗追上咬死。這些日子，你天天放羊吧，我天天下夜看羊群，白天守著小狼。

楊克說：只好這樣了。要是大隊下了死令，非殺小狼不可，那咱們就馬上把小狼放跑，把小狼送得遠遠的，到沒狗的地方再放。

高建中哼一聲說：你倆盡想美事，等著吧，待會兒牧民準保打上門來。

早茶未吃完，門外就響起馬蹄聲。陳陣楊克慌忙出門，烏力吉和畢利格老人已經來到門前。兩人並未下馬，正在圍著蒙古包轉圈找小狼，轉了兩圈，才看到一條鐵鏈通到地洞裏。

老人下了馬，探頭看了一眼說：怪不得找不到，藏這兒了。陳陣楊克急忙接過韁繩，把兩匹馬拴在牛車軲轆上。兩人一句話也不敢說，準備聽候發落。

烏力吉和畢利格蹲在狼圈外面，往洞裏看。小狼正側臥休息，非常討厭陌生人打擾，牠發出呼呼的威脅聲，目光兇狠。

老人說：哦，這小崽子長這麼大了，比野地裏的小狼還大。老人又回頭對陳陣說：你還真寵著牠，想著給牠挖個涼洞。這陣子我還想，你把小狼拴在毒日頭底下，不用人殺牠，曬也把牠曬死了。

陳陣小心地說：阿爸，這個洞不是我挖的，是小狼自個兒挖的。那天牠快曬死了，自個兒轉悠了半天，想出了這個法子。

老人露出驚訝的目光，盯著小狼看，停了一會兒，說：沒母狼教，牠自個兒也會掏洞？興許騰格里還不想讓牠死。

烏力吉說：狼腦子就是好使，比狗強多了，好些地方比人都聰明。

陳陣說：我也納悶，這麼小的狼怎麼就有這個本事呢？把牠抱來的時候，牠還沒開眼呢，連狼媽都沒見過。

老人說：狼有靈性。沒狼媽教，騰格里就不會教牠嗎？昨兒夜裏，你瞅見小狼衝天嗥了吧。草原上牛羊馬狗狐狸黃羊旱獺叫起來，全都不衝著天，只有狼衝著天嗥，這是為啥？我不是早就說了嘛，狼是騰格里的寶貝疙瘩，狼在草原上碰見麻煩，就衝天長嗥，求騰格里幫忙。狼那麼多的本事，都是從騰格里那兒求來的。草原人遇上大麻煩，也要抬頭懇求騰格里。草原萬物，只有狼和人敬騰格里。

老人看小狼的目光柔和了許多。又說：草原人敬拜騰格里還是跟狼學的。蒙古人還沒有來到草原的時候，狼早就天天夜夜抬頭對騰格里長嗥了。活在草原太苦，狼心裏更苦。夜裏，老人們聽著狼嗥，常常會傷心落淚。

陳陣心頭一震。在他的長期觀察中，茫茫草原上，確實只有狼和人對天長嗥或默禱。草原人和狼活在這片美麗而貧瘠的草原上太艱難了，他（牠）們無以排遣，不得不常常對天傾訴。從科學的角度看，狼對天長嗥，是為了使自己的聲音訊息傳得更遠更廣更均勻，但陳陣從情感上，卻更願意接受畢利格阿爸的解釋：人生若是沒有某些神性的支撐，生活就太無望了。陳陣的眼圈發紅。

老人轉身看著他說：別把手藏起來，是讓小狼抓的吧？昨兒晚上我全聽見了。孩子啊，你以為我是來殺小狼的吧……今兒早上，就有好幾撥馬倌羊倌上我家告你的狀，讓大隊處死小狼。我和老烏裔量過了，你還接著養吧，可得多加小心。唉，真沒見過像你這樣迷狼的漢人。

陳陣吃驚地問：真讓我接著養嗎？爲什麼？我也真的怕給隊裏造成損失，怕給您添麻煩，正打算給小狼做一個皮條嘴套，不讓牠嗥。

烏力吉說：晚了，母狼全都知道你家有一條小狼了。我估摸，今天夜裏狼群準來。不過，我們倆讓各組的營盤紮得這麼密，人多狗多槍多，狼群不好下手。我就怕以後回到秋草場，營盤一分散，那你們包就危險了。

陳陣說：到時候，我家的三條小狗長大了，有五條大狗，再加上二郎這條殺狼狗，我們下夜的時候再勤往外跑，還可以點大爆竹，我們就不怕狼了。

老人說：到時候再看看吧。

陳陣忍不住問：阿爸，那麼多的人讓您下令處死小狼，您怎麼跟他們說啊？

老人說：這些日子，狼群專掏馬駒子，馬群損失太大，要是小狼能把狼群招到這兒來，馬群就可以減少損失，馬倌的日子就能好過一些。馬群再不能出事了。

烏力吉對陳陣說：你養小狼倒是有這麼一個好處，能減輕馬群的壓力……你千萬別讓小狼咬了，那可不是鬧著玩的。前些日子，有一個民工夜裏去偷牧民的乾牛糞，讓牧民的狗咬傷了，差點得了狂犬病送了命。我已經叫小彭上場部再領一些藥。

老人和烏力吉騎上馬去了馬群，走得急匆匆。馬群一定又出事了。陳陣望著兩股黃塵，心裏不知是輕鬆還是緊張。

25 肉包子打狼

陳陣拿出家裏最後兩根肉條，再加了一些羊油，給小狼煮了一鍋稠肉粥。小狼的食量越來越大，滿滿一盆肉粥還不能把牠餵飽。陳陣歎了口氣，進包抓緊時間睡覺，爭取養足精神，準備應對更危險的夜戰。

到午後一點多鐘，他被一陣叫聲喊醒，急忙跑出了門。張繼原騎著一匹馱著東西的大馬，走到蒙古包門前空地。那匹馬前半身全是血，一驚一乍不肯靠近牛車。狗們一擁而上，把人馬圍住，猛搖尾巴。陳陣揉了揉還未睡醒的眼睛，嚇了一跳：張繼原的馬鞍上竟然馱著一匹受傷的馬駒子。他慌忙上前牽住馬籠頭，穩住大馬。馬駒子疼得抬頭掙扎，胸頸的幾個血洞仍在流血，染紅了馬鞍馬身。

大馬驚恐地瞪大了眼，鼻孔噴著粗氣，一條前腿不停地打顫，另一條腿不時刨地跺蹄。張繼原坐在鞍後馬屁股上，下馬很困難，又怕血淋淋的馬駒摔落到馬蹄下，驚炸了坐騎。陳陣連忙騰出一隻手，攥住了小馬駒的一條前腿，張繼原費力地把右腳退出馬蹬，小心下了馬，幾乎摔倒在地。

兩人在大馬的兩側，抬起馬駒，輕輕放到地上。大馬急轉身，瞪大眼，哀哀地看著小馬駒。小馬駒已經抬不起頭，睜大了美麗的黑眼睛，哀求地望著人，疼得嗷嗷地叫，前蹄撐地，但已經站不起來了。

陳陣忙問：還有救嗎？

張繼原說：巴圖已經看過傷口，他說肯定是沒救了。咱們好久沒吃肉了，趁牠還活著，趕緊殺吧。沙茨楞剛給畢利格家也送去了一匹咬傷的馬駒。

陳陣心裏格登一下。他給張繼原打了一盆水，讓他洗手，忙問：馬群又出事了？損失大不大？

張繼原喪氣地說：別提了。昨天一晚上，我和巴圖的馬群，就被狼吃了兩匹馬駒，咬傷一匹。沙茨楞那群馬更慘，這幾天，被狼一口氣掏了五六匹。別的馬群還不知道，損失肯定也不少。隊裏的頭頭都去了馬群。

陳陣說：昨天夜裏，狼群圍著大隊營盤嗥了一夜，狼群都集中在我們這兒，怎麼又跑到馬群那兒去了呢？

張繼原說：這就叫做群狼戰術，全面出擊，四面開花。聲東擊西，互相掩護，佯攻加主攻，能攻則攻，攻不動就牽制兵力，讓人顧頭顧不了尾，顧東顧不了西。狼群的這招，要比集中優勢兵力，各個擊破的戰術更厲害。張繼原洗完手又說：趕緊把馬駒殺了吧，等馬駒死了再殺，就放不出血，血淤在肉裏，肉就不好吃了。

陳陣說：都說馬倌狼性最足，一點也不假。你現在有馬倌的派頭了，口氣越來越大，有點兒古代草原武士的兇狠勁兒了。陳陣把銅柄蒙古刀遞給張繼原：還是你下刀吧，殺這麼漂亮的小馬駒，我下不了手。

張繼原說：這馬駒是狼殺的，又不是人殺的，跟人性善惡沒關係……算了，我殺就我殺。說好了，我只管殺，剩下剝皮開膛卸肉的活就全是你的了。陳陣一口答應。

張繼原接過刀，踩住馬駒側胸，按住馬駒腦袋，又按照草原的傳統，讓馬駒的眼睛直對騰格里，然後一刀戳進脖子，挑斷頸動脈。馬血已經噴不出來，但還能流淌。張繼原像看一隻被殺的羊一樣，看著馬駒掙扎斷氣。狗們都流著口水搖尾巴，小狗們擁上前去舔吃地上的馬血。小狼聞到了血腥味，也早已竄出洞，衝拽鐵鏈，饞得狼眼射出凶光。

張繼原說：前幾天我已經殺過一匹駒子，沒這匹個大肉足。我和幾個馬倌吃了兩頓馬駒肉餡包子，馬駒肉特嫩特香，夏天吃馬駒肉包子，草原牧民本是迫不得已。千百年下來，馬駒肉包子倒成了草原出名的美味佳肴了。

張繼原洗淨了手，坐在木桶水車的車轅上，看陳陣剝馬皮。

陳陣剝出了馬駒肥嫩的肉身，也樂了，說：這馬駒子個頭真不小，快頂上一隻大羯羊了。這一個月，我都快不知道肉味了。人還好說，小狼快讓我養成羊啦，再不給牠肉吃，牠就要學羊叫嘍。

張繼原說：這匹駒子是今年最早生下來的，爹媽個頭大，牠的個頭當然也就大了。你們要是覺著好吃，過幾天，我再給你們馱一匹回來。夏季是馬群的喪季，年年如此。這個季節，母馬正下駒子，狼群最容易得手的就是馬駒。每個馬群，隔三差五就得讓狼掏吃一兩匹駒子，真是防不勝防。這會兒，馬群的產期剛過，每群馬差不多都新添了一百四五十匹駒子。額侖草好，母馬奶水足，馬駒長得快，一個個又調皮好動，兒馬子和母馬真管不過來……

陳陣把馬駒的頭、胸、頸這些被狼咬過的部分，用斧子剁下來，又放到砧板上剁成小塊。六條狗早已把陳陣和馬駒圍得水泄不通，五條狗尾搖得像秋風中的蘆花，只有二郎的長尾像軍刀一樣伸得筆直，一動不動地看著陳陣怎樣分肉。多日不知肉味的小狼，聞到了血腥味，急得團團轉，急出了「慌慌、嘩嘩」的狗叫聲。

肉和骨頭分好了，仍是三大份三小份。陳陣將半個馬頭和半個脖子遞給二郎，牠搖搖尾巴，叼住肉食就跑到牛車底下的陰涼處享用去了。黃黃伊勒和三條小狗也分到了自己的那份。陳陣等狗們分散了，才把他挑出的馬駒胸肉和胸骨剁成小塊，放到小狼的食盆裏，足有大半盆，再把馬駒胸腔裏殘存的血澆在肉骨上，然後高喊：小狼，小狼，開飯嘍！向小狼走去。

小狼的脖子早已練得脖皮厚韌，一見到帶血的鮮肉，就把自己勒得像牛拉水車爬坡一樣，勒出了小溪似的口水。陳陣將食盆飛快地推進狼圈，小狼像大野狼撲活馬駒一樣，撲上馬駒肉，並向陳陣齜牙咆哮，趕他走。

陳陣回到馬駒皮旁繼續剔骨卸肉，一邊用眼角掃視著小狼。小狼正狂吞海塞，並不時警覺地瞟著狗和人，身體彎成弓狀，隨時準備把食盆裏的鮮肉叼進自己的洞裏。

馬駒肉餡包子在一陣瀰漫的熱氣中出了屜。陳陣倒著手，把包子倒換得稍稍涼了一點，便咬了一口，連聲讚道：好吃好吃，又香又嫩！以後你一碰到狼咬傷馬駒子，就往家馱。

張繼原說：其他三個知青包都跟我要呢，還是輪著送吧。

陳陣說：那你也得把被狼咬過的那些部位拿回來，我要餵小狼。

倆人一口氣吃了一屜包子，陳陣心滿意足地站起來說：我已經記不清這是第幾次吃狼食了。走，咱去玩「肉包子打狼」。

等肉包子涼了，陳陣和張繼原各抓起一個，興沖沖地出了蒙古包，朝小狼走去。

陳陣高喊：小狼，小狼，開飯嘍！兩個肉包子輕輕打在小狼的頭上和身上。小狼嚇得夾起尾巴「颼」地鑽進了洞，肉包子也被黃黃和伊勒搶走。兩人愣了一會兒才反應過來。

陳陣笑道：咱們真夠傻的，小狼從來沒見過和吃過肉包子，肉包子打狼，怎能有去無回呢？狼的疑心太重，連我都不相信。牠一定是把肉包子當成打牠的石頭了。這些日子，過路的蒙古孩子可沒少拿土塊打牠。

張繼原笑著走到狼洞旁，說：小狼太好玩了，我得抱抱牠，跟牠親熱親熱。

陳陣說：小狼認人，就認我和楊克，只讓我和楊克抱，連高建中都不敢碰牠一下，一碰牠就咬。你還是算了吧。

張繼原低下頭，湊近狼洞，連聲叫小狼，還說：小狼，別忘了，是我給你拿來馬駒肉的，吃飽了，就不認我啦？

張繼原又叫了幾聲，可是小狼齜牙瞪眼，就是不出來。他剛想拽鐵鏈把小狼拽出來，小狼「颼」地竄出洞，張口就咬，嚇得張繼原往後摔了一個大跟頭。陳陣一把抱住小狼的脖子，才把小狼攔住，又連連撫摸狼頭，直到小狼消了氣。

張繼原拍了拍身上的沙土站了起來，面露笑容說：還行，還跟野地裏的狼一樣兇，要是把小狼養成狗就沒意思了。下次回來，我再給牠帶點馬駒肉。

26 悲愴的狼歌

晚飯後，包順貴從畢利格家來到陳陣的蒙古包。他發給了陳陣和楊克一個可裝六節電池的大號電筒，以往這是馬倌才有資格用的武器和工具。包順貴特別交代了任務：如果狼群攻到羊群旁邊，就開大手電筒，不准點爆竹，讓你們家的狗纏住狼。我已經通知你們附近幾家，一見到電筒打亮，大夥都得帶狗過來圍狼。

包順貴笑著說：想不到你們養條小狼，還有這麼大的好處。要是這次能引來母狼和狼群，再殺牠個七八條狼就算勝利。牧民都說今天夜裏母狼準來，他們都要我槍斃小狼，把小狼扒了皮，扔到山坡野地，讓母狼全死了心。可我不同意。我跟他們說，我就怕狼不來，用小狼來引大狼，這機會上哪找啊。這回大狼可得上當啦，你們倆得小心點。不過嘛，這麼大的手電筒，能把人的眼睛晃得幾分鐘內跟瞎了一樣，狼就更瞎了。你們也得準備鐵棒鐵鍬，以防萬一。

陳陣楊克連連答應。包順貴忙著到別的包去佈置任務，嚴禁開槍驚狼，走火傷人傷畜，就急急走了。這場草原上前所未有的以狼誘狼戰，雖然後果難以預料，但已給枯燥的放牧生活增添了許多刺激。有幾個特別恨狼，好久不上門的年輕馬倌羊倌，也跑來問情況和熟悉環境地形，他們對這種從來沒玩過的獵法很感興趣。

一個羊倌說，母狼最護崽子，牠們知道狼崽在這兒，一定會來搶的，最好每夜都來幾條母狼，這樣就能夜夜打到狼了。一個馬倌說，狼吃了一次虧，再不會吃第二回。另一個羊倌說，要是來一大群硬衝怎麼辦？馬倌說，狼再多也沒有狗多，實在不行，那就人狗一塊上，打燈亂喊，開槍放炮唄。

人們都走了以後，陳陣和楊克心事重重地坐在離小狼不遠的氈子上，兩人都深感內疚。楊克說：如果這次誘殺母狼成功，這招實在是太損了。掏了人家的全窩崽子還不夠，還想利用狼的母愛，把母狼也殺了。以後咱倆真得後悔一輩子。

陳陣垂著頭說：我現在也開始懷疑自己，當初養這條小狼究竟是對還是錯。爲了養一條小狼，已經搭進去六條狼崽的命，以後不知道還要死多少……可我已經沒有退路了，科學實驗有時跟屠夫差不多。畢利格阿爸主持草原也真不易，他的壓力太大了，一方面要忍受牲畜遭狼屠殺的悲哀，另一方面還要忍受不斷去殺害狼的痛苦，兩種忍受都是血淋淋的。可是爲了草原和草原人，他只能鐵石心腸地維持草原各種關係的平衡。我真想求騰格里告訴母狼們，今晚千萬別來，明晚也別來，可別自投羅網，再給我一點時間，讓我把小狼養大，咱倆一定會親手把牠放回母狼身邊去的……

上半夜，畢利格老人又來了一趟，檢查陳陣和楊克的備戰情況。老人坐在兩人旁邊，默默抽旱煙，抽了兩煙袋鍋以後，老人像是安慰他的兩個學生，又像是安慰自己，低聲說道：過些日子，蚊子一上來，馬群還要遭大難，不殺些狼，今年的馬駒子就剩不下多少了，騰格里也會看不過去的。

楊克問：阿爸，依您看，今晚母狼會不會來？

老人說：難說啊，用人養的小狼來引母狼，我活了這把年紀，還從來沒使過這種損招，連聽都沒聽說過。包主任非叫大夥利用小狼來打一次圍，馬駒死了那麼多，不讓包主任和幾個馬倌殺殺狼消消氣，能成嗎？

老人走了。盆地草場靜悄悄，只有羊群咯吱吱的反芻聲，偶爾也能聽到大羊甩耳朵轟蚊子的撲嚕嚕的聲音。草原上第一批蚊子已悄然出現，但這只是小型偵察機，還沒有形成轟炸機群的凌厲攻勢。

兩人輕輕聊了一會兒，互相輪流睡覺。陳陣先睡了，楊克看著腕上的夜光錶，握著大電筒，警惕四周動靜，又把裝了半捆爆竹的書包掛在脖子上，以防萬一。

吃飽馬駒肉的小狼，從天還沒有黑，就繃緊鐵鏈，蹲坐在狼圈的西北邊緣，伸長脖子，直直地豎著耳朵，全神貫注，一動不動，緊張地等待著牠所期盼的聲音。狼眼炯炯，望眼欲穿，力透山背，比孤兒院的孤兒盼望親人的眼神，還要讓人心酸。

午夜剛過，狼嗥準時響起。狼群又發動聲音疲勞戰，三面山坡，嗥聲一片。全隊的狗群立即狂吠反擊，巨大的聲浪撲向狼群。狼嗥突然停止，但是狗叫聲一停，狼嗥又起。幾個回合過去，已經吼過一夜的狗群，認為狼在虛張聲勢，便開始節省自己的聲音彈藥，音量減弱，次數減少。

陳陣驚醒，連忙和楊克走近小狼，憑藉微微的星光觀察小狼。狼圈裏鐵鏈聲嘩嘩作響，小狼早已急得圍著狼圈團團轉。牠剛想模仿野狼嗥叫，就被狗叫聲干擾，還常常被近處二郎、黃黃和伊勒的吼叫拐帶到狗的發聲區。小狼一急，又發出「慌慌，嘩嘩」的怪聲，牠氣得痛心疾首，甩晃腦袋。幾個月來與狗們的朝夕相處，使牠很難擺脫狗叫聲的強行灌輸，找到自己的原聲。

二郎帶著狗們，緊張地在羊群西北邊來回跑動，吼個不停，像是發現了敵情。不一會，西北方向傳來狼嗥，這次嗥聲似乎距陳陣的羊群更近。其他小組的狗群叫聲漸漸稀落，而狼群好像慢慢集中到陳陣蒙古包的西北山坡上。

陳陣的嘴唇有些發抖，悄聲說道：狼群的主力是衝著咱們的小狼來了。狼的記性真沒得說。楊克手握大電筒，也有些害怕。他摸了摸書包裏的大爆竹說：要是狼群集體硬衝，我就管不了那麼多了，你打手電筒報警，我就往狼群裏扔「手榴彈」。

狗叫聲終於停止。陳陣小聲說：快！快蹲下來看，小狼要嗥了。

沒有狗叫的干擾，小狼可以仔細傾聽野狼的嗥聲。牠挺直胸，豎起耳，閉嘴靜聽。小狼很聰明，牠不再張口亂學，而是先練聽力，使自己更多接受些黑暗中傳來的聲音，然後才學叫。

狼群的嗥聲仍然瞄準小狼。小狼焦急地辨認，北面嗥，牠就頭朝北；西邊嗥，牠就頭朝西。如果三面一起嗥，牠就原地亂轉。

陳陣側耳細聽，他發現此夜的狼嗥聲與前一夜的聲音明顯不同。前一夜的嗥聲比較單一，只是騷擾威脅聲。而此夜的狼嗥聲卻變化多端，高一聲低一聲，其中似乎有詢問、有試探，甚至有母狼急切呼兒喚女的意思。陳陣聽得全身發冷。

草原上，母狼愛崽護崽的故事流傳極廣：爲了教狼崽捕獵，母狼經常冒險活抓羊羔；爲了守護洞中的狼崽，不惜與獵人拼命；爲了狼崽的安全，常常一夜一夜地叼著狼崽轉移洞穴；爲了餵飽小狼，常常把自己吃得幾乎撐破肚子，再把肚中的食物全部吐給小狼；爲了狼群家族共同的利益，那些失去整窩小崽的母狼，會用自己的奶去餵養牠姐妹或表姐妹的孩子。

畢利格老人曾說，很久以前，額侖草原上有個老獵人，曾見過三條母狼共同奶養一窩狼崽的事情。那年春天，他到深山裏尋找狼崽洞，在一面暖坡發現三條母狼，躺成半個圈，給七八隻狼崽餵奶。每條母狼肚子旁邊都有兩三隻狼崽，於是他和獵手們不忍心再去掏那個窩。

老人曾說，蒙古草原的獵手馬倌掏殺狼崽從不掏光。那些活下來的狼崽，乾媽和奶媽也就多，狼崽們奶水吃不完，身架底子打得好，所以，蒙古狼是世界上個頭最大最壯最聰明的狼……

陳陣當時想說，這還不是全部，狼的母愛甚至可以超越自己族類的範圍，去奶養自己最可怕的敵人——人類的孤兒。在母狼的兇殘後面，還有著世上最不可思議，最感人的博愛。

而此刻，在春天裏失去狼崽的母狼們，全都悲悲切切，懷有一線希望地跑來認子了。牠們明明知道這裏是額侖草原上營盤最集中、人狗槍最密集的危險之地，但是母狼們還是冒險逼近了。

陳陣在這一刹那，真想解開小狼的皮項圈，讓小狼與牠那麼多的媽媽們，母子相認重新團聚。

然而，他不敢放，他擔心只要小狼一衝出營盤的勢力範圍，自家或鄰家的大狗馬上就會將牠當做野狼，一擁而上把牠撕碎。他也不敢把小狼帶到遠處黑暗中放生，那樣，他自己就陷入了瘋狂的母狼群中……

小狼似乎對與昨夜不同的聲音異常敏感，牠對三面六方的呼喚聲，有些不知所措。牠顯然聽不懂那些奇奇怪怪、變化複雜的嗥聲是什麼意思，更不知道應當如何回應。狼群一直得不到小狼的回音，嗥聲漸少。牠們可能也不明白昨夜聽到的千真萬確的小狼嗥聲，爲什麼不再出現了。

就在這時，小狼坐穩了身子，面朝西北開始發聲。牠低下頭，「嗚嗚嗚」地發出狼嗥的第一關鍵音，然後憋足氣，慢慢抬頭，「嗚」音終於轉換到「歐」音上來。「嗚嗚嗚……歐……歐……」，小狼終於磕磕絆絆完成了一句不太標準的狼嗥聲。

三面狼嗥戛然而止，狼群好像一楞：這「嗚嗚嗚……歐……歐……」是什麼意思？狼群有些吃不準，繼續靜默等待。

過了一會兒，狼群裏出現了一個完全模仿蒙古包旁小狼的嗥聲，好像是一條半大野狼嗥出來的。陳陣發現自己的小狼也楞了一下，弄不明白那聲嗥叫詢問的是什麼。小狼像一頭剛剛被治癒的聾啞狼，既聽不懂人家的話，又說不出自己想要說的意思。天那麼黑，即便打手勢做表情，對方也看不見。

小狼等了一會兒，不見回音，就自顧自進一步開始發揮。牠低頭憋氣，抬頭吐出一長聲。這次，小狼終於完全恢復到昨夜的最高水準「嗚……歐……」，歐聲悠長，帶著奶聲奶氣的童音，像長簫、像薄簧、像小鐘、像短牛角號，尾音不斷，餘波綿長。

小狼對自己的這聲長嗥極爲滿意，牠不等狼群回音，竟一個長嗥接著一個長嗥，過起癮來了。由於心急，嗥聲的尾音稍稍變短。牠的頭越抬越高，直到鼻頭指向騰格里。

牠亢奮而激烈，嗥得越來越熟練，越來越標準，連姿勢也完全像條大狼。長嗥時，牠把長嘴的嘴形，攏成像單簧管的圓管狀，運足腹內的底氣，均勻平穩地吐氣拖音，拖啊拖，一直將一腔激情全部用盡爲止。然後，再狠命吸一口氣，繼續長嗥長拖。小狼歡天喜地長嗥著「哭腔哀調」，興高采烈地向狼群「鬼哭狼嚎」。小狼的音質極嫩、極潤、極純，如嬰如童，婉轉清脆。在悠揚中，牠還自作主張地胡亂變調，即興加了許多顫音和拐彎。

兩人聽得如癡如醉，楊克情不自禁壓低聲音去模仿小狼的狼歌。

陳陣小聲對楊克說：我有一個發現，聽了狼的長嗥，你就會明白蒙族民歌爲什麼會有那麼長的顫音和拖音了。蒙古民歌的風格，和漢人民歌的風格區別太大了。我猜測，這種風格是從崇拜狼圖騰的匈奴族那裏傳下來的。史書裏就有過記載，《魏書》的《匈奴傳》裏面就說，在很古很古的時候，匈奴單于有兩個漂亮的女兒，小女兒嫁給了一條老狼，跟狼生了許多兒女，原文還說：「妹……下爲狼妻，而產子。後滋繁成國。故其人好引聲長歌，又似狼嚎」。

楊克忙問：《匈奴傳》裏真有這樣記載？你讀書還是比我讀得仔細。要是真有這個記載，那麼就真的找到蒙古民歌的源頭了。

陳陣說：那還有錯？《匈奴傳》我不知看了多少遍了，裏面好多精彩段落，我背都能背下來了。讀書人來到蒙古草原生活，不看《匈奴傳》哪成？在草原，狼圖騰真是無處不在。一個民族的圖騰，是這個民族崇拜和模仿的對象，崇拜狼圖騰的民族，肯定會盡最大的可能去學習模仿狼的一切。所以我認爲，蒙古人的音樂和歌唱，也必然受到狼嗥的影響，甚至是有意的學習和模仿。草原上所有其他動物，牛羊馬狗黃羊旱獺狐狸等等的叫聲，都沒有這樣悠長的拖音，只有狼歌和蒙古民歌才有。你再好好聽聽，像不像？

楊克連連點頭說：像！越聽越像。你要是不說，我還真沒往那兒琢磨。胡松華唱的蒙古《讚歌》，尤其是開頭那段，那麼多的拐彎顫音，那麼長的拖音，活脫脫是從狼嗥那兒借鑒過來的。這兩年咱們聽了那麼多的蒙古民歌，幾乎沒有一首歌不帶長長的顫音和拐彎拖音的。可惜，沒有錄音機，要是能把狼嗥狼歌和蒙古民歌都錄下來再作比較，那就一定能找出兩者的關係來。

陳陣說：咱們漢人也喜歡聽蒙古民歌，蒼涼悠長，像草原一樣遼闊，可沒人知道蒙古歌的源頭原來是狼。不過，現在內蒙古的蒙族人，都不太願意承認他們的民歌是從狼歌那兒演變來的。可事實就是事實，我覺得不像是巧合。

27 你是誰家的孩子？

黑暗中的狼歌仍在繼續著。

二郎率領兩家的大狗小狗，衝西北方向又是一陣狂吼。等狗叫一停，小狼再嗥。慢慢地，小狼已經能夠不受狗聲的干擾了，熟練地發出標準的狼聲。小狼連嗥了五六次，突然停了下來，然後又跑回西北邊長嗥起來。嗥了幾次便停住，豎起耳朵靜候回音。

過了很長時間，在一陣雜亂的眾狼嗥聲之後，突然，從西邊山坡上傳來一個粗重威嚴的嗥聲。那聲音像是一頭狼王，或是頭狼發出來的，嗥聲帶有命令式的口氣，尾音不長，頓音明顯。陳陣能從這狼嗥聲中，感到那狼王體格雄壯，胸寬背闊，胸腔深厚。兩人都被這嗥聲鎮嚇得不敢再出一點聲音。

小狼又是一愣，但馬上就高興地蹦起來。牠擺好身姿，低頭運氣，但不知道如何回答，只好極力去模仿那個嗥聲。小狼的聲音雖然很嫩，但牠模仿的頓音尾音和口氣卻很準。小狼一連學了幾次，可是那頭狼王威嚴的聲音卻再也沒有出現。

陳陣費力地猜測這次對話的意思和效果。他想，可能狼王在問小狼：你到底是誰？是誰家的孩子？快回答！

可是小狼的回答，竟然只是把狼王的問話重複了一遍：你到底是誰家的孩子？快回答！並且還帶著模仿狼王居高臨下的那種命令口氣。那頭狼王一定被氣得火冒三丈，而且還加深了對這條小狼的懷疑。如此一問一答，效果簡直糟透了。

小狼顯然不懂狼群中的等級地位關係，更不懂狼群的輩份禮節。小狼竟敢當著眾狼模仿狼王的詢問，一定被眾狼視為藐視權威、目無長輩的無禮行為。眾狼發出一片短促的叫聲，像是義憤塡膺，又像是議論紛紛。

過了一會兒，群狼不吭氣了，可小狼卻來了勁。牠雖然不懂狼王的問話和群狼的憤怒，但牠覺得黑暗中的那些影子，已經注意到自己的存在，還想和牠聯繫。小狼急切地希望繼續交流，可是牠又不會表達自己的意思，牠急得只好不斷重複剛學來的句子，向黑暗發出一句又一句的狼話：你是誰家的孩子？……快回答！快回答！快回答！

所有的大狼一定抓耳撓腮，摸不著狼頭了。草原狼在蒙古大草原生活了幾萬年，還從來沒有遇到過這種小狼。牠顯然是在人的營盤上，待在狗旁和羊群旁，嘻嘻哈哈，滿不在乎，胡言亂語。那麼，牠到底是不是狼呢？如果是，牠跟狼的天敵，那些人和狗們，到底是什麼關係？聽小狼的口氣，牠急於想要跟狼群對話。但牠好像生活得不錯，沒有人和狗欺負牠，聲音底氣十足，一副吃得很飽的樣子。既然人和狗對牠那麼好，牠究竟想要幹什麼呢？

陳陣望著無邊的黑暗中遠遠閃爍的幽幽綠眼，極力設身處地想像著群狼的猜測和判斷。此時，狼王和群狼一定是狼眼瞪綠眼，一定越來越覺得這條小狼極爲可疑。

小狼停止了嗥叫，很想再聽聽黑影的回答。牠坐立不安，頻頻倒爪，焦急等待。

陳陣對這一效果既失望又擔憂。那條雄壯威嚴的狼王，很可能就是小狼的親爸爸，但是從小失去父愛的小狼，已經不知道怎麼跟父親撒嬌和交流了。陳陣擔心小狼再一次失掉父愛，可能永遠再也得不到父愛了。那麼，孤獨的小狼真的會從此屬於人類、屬於他和楊克了麼？

忽然，又有長長的狼嗥傳來，好像是一條母狼發出的。那聲音親切綿軟、溫柔悲哀，滿含著母愛的痛苦、憂傷和期盼，尾音顫抖悠長。這可能是一句意思很多、情感極深的狼語。陳陣猜測這句話的意思可能是：孩子啊，你還記得媽媽嗎？我是你的媽媽……我好想你啊，找你找得好苦，總算聽到你的聲音了……我的寶貝，快回到媽媽身邊來吧……大家都想你……歐……歐……

嗚嗚噎噎，情深意切。陳陣忍不住自己的眼淚，楊克兩眼淚光。

小狼被這斷斷續續、悲悲切切的聲音深深觸動。牠本能地感到這是牠的「親人」在呼喚牠。小狼發狂了，牠比搶食的動作更兇猛地衝撞鐵鏈，項圈勒得牠長吐舌頭亂喘氣。那條母狼又嗚嗚歐歐悲傷地長嗥起來，不一會兒，又有更多的母狼加入到尋子喚子的悲歌行列之中，草原上哀歌一片。

母狼們的哀嗥聲，將原本就具有哭腔形式的狼嗥，表現得淋漓盡致、表裏如一。這一夜，此起彼落憂傷的狼歌哭嗥，在額侖草原持續了很久很久，成爲動天地、泣鬼神、懾人魂的千古絕唱。母狼們像是要把千萬年來年年喪子喪女的積怨，統統哭洩出來。蒼茫黑暗的草原，沉浸在萬年的悲痛之中。

陳陣默默佇立，只覺得徹骨的寒冷。楊克噙著淚水，慢慢走近小狼，握住小狼脖子上的皮項圈，拍拍牠的頭和背，輕輕地安撫牠。

母狼們的哀嗥悲歌漸漸低落。小狼掙開了楊克，像是生怕黑暗中的聲音再次消失，跳起身，朝著西北方向撲躍。然後極不甘心地又一次昂起了頭，憑著自己有限的記憶力，不顧一切地嗥出了幾句較長的狼語來。

陳陣心裏一沉，壓低聲音說：壞了！他和楊克都明顯感到，小狼的嗥聲與母狼的狼語差別極大，小狼可能把模仿的重點，放在母狼溫柔哀怨切的口氣上了。而且，小狼的底氣還是不夠，牠不能嗥得像母狼那樣長。結果，當小狼這幾句牛頭不對馬嘴的狼話傳過去以後，狼群的嗥聲一下子全部消失了。草原一片靜默。

陳陣徹底洩氣。他猜想，可能小狼把母狼們真切悲傷的話漫畫化了，模仿成了嘲弄，悲切成了挖苦，甚至可能牠把從狼王那裏學來的狼話也塞了進去。小狼模仿的這幾句狼話，可能變成：孩子……記得還你，你是誰?……媽媽回到身邊，快回答!歐……歐……

或許，小狼說的還不如陳陣編想的好。不管怎樣，讓一條生下來就脫離狼界，與人狗羊一起長大的小狼，剛會「說話」就回答這樣複雜的問題，確實是太難為牠了。

陳陣望著遠處突然寂滅無聲的山坡，他猜測，那些盼子心切的母狼們，一定氣昏了頭。這個小流氓居然拿牠們的悲傷，諷刺挖苦尋開心。可能整個狼群都憤怒了，這個小混蛋決不是牠們想要尋找的同類，更不是牠們準備冒死拼搶的狼群子弟。

一貫多疑的狼群，定是極度懷疑小狼的身份。善於設圈套，誘殺獵物而聞名草原的狼，經常看到同類陷入人設陷阱的狼王頭狼們，也許斷定這條「小狼」是牧人設置的一個誘餌，是一隻極具誘惑力、殺傷力、但僞裝得露出了破綻的「狼夾子」。

狼群也可能懷疑，這條「小狼」是一條來路不明的野種。草原上從來沒有人養狼崽的先例。每年春天，那些會騎馬的兩條腿的傢伙，總會帶上狗群搜狼尋洞，熏掏狼窩。眼尖的母狼，可以在隱蔽的遠處，看到人掏出狼崽，馬上扔上天摔死。母狼回到被毀的洞穴，能聞到四處充滿了鮮血的氣味。有些母狼還能從舊營盤找到被埋入地下的被剝了皮的狼崽屍體。那般恨狼的人，怎麼可能養小狼？

狼群也可能判斷，這條會狼嗥的小東西不是狼，而是狗。在額侖草原，狼群常常在北邊長長的沙道附近見到穿著綠衣服的帶槍人，他們總是帶著五六條耳朵像狼耳一樣豎立的大狗，有幾條狼耳大狗也會學狼嗥。那些大狗比本地大狗厲害得多，每年都有一些狼被牠們追上咬死。多半，這個也會狼嗥的小流氓，就是「狼耳大狗」的小崽子。

陳陣繼續猜測，也許，狼群還是認定這條小狼是條真狼。因爲，他每天傍晚外出遛狼的時候，遛得比較遠時，小狼就在山坡上撒下不少狼尿。可能一些母狼早已聞出了這條小狼的真實氣味。但是，草原狼雖然聰明絕頂，牠們還是不可能一下子繞過一個彎子，這就是語言上的障礙。狼群必定認為，既然是真小狼，就應該和狼群中其他小狼一樣，不僅能嗥狼語，聽懂狼話，也能與母狼和狼群對話。

那麼，這條不會說狼話了的小狼，一定是一條徹底變心、完全投降了人的叛狼。牠為什麼自己不跑到狼群這邊來，卻一個勁地想讓狼群過去呢？

在草原上，千萬年來，每條狼天生就是寧可戰死、決不投降的鐵骨硬漢，怎麼竟然出現了這麼一個千古未有的敗類？那麼，能把狼馴得這麼服服貼貼的這戶人家，一定有魔法和邪術。或許，草原狼能嗅出漢人與蒙人的區別，牠們可能認定，有一種蒙古狼從未接觸過的事情，已經悄悄來到了草原，這些營盤太危險了。

狼群完全陷入了沉默。

靜靜的草原上，只有一條拴著鐵鏈的小狼在長嗥，嗥得喉管發腫發啞，幾乎嗥出了血。但是牠嗥出的長句，更加混亂不堪，更加不可理喻。群狼再也不做任何試探和努力，再也不理睬小狼的痛苦呼救。可憐的小狼，永遠錯過了在狼群中牙牙學語的時光和機會。這一次，小狼和狼群的對話失敗得無可挽救。

陳陣感到狼群像避瘟疫一樣，迅速解散了包圍圈，撤離了攻擊的出發地。

黑沉沉的山坡，肅靜得像查干窩拉山北的天葬場。

28 被狼群遺棄的小狼

陳陣和楊克毫無睡意，一直輕聲地討論。誰也不能說服對方、並令人信服地解釋，爲什麼會出現最後的這種結果。

直到天色發白，小狼終於停止了長嗥。牠失望之極，軟軟地趴在地上，眼巴巴地望著西北面晨霧迷茫的山坡，瞪大了眼睛，想看清那些「黑影」的真面目。晨霧漸漸散去，草坡依然是小狼天天看見的草坡，沒有「黑影」，沒有聲音，沒有牠期盼的同類。小狼終於累倒了，像一個被徹底遺棄的孤兒，閉上了眼睛，陷入像死亡一樣的絕望之中。陳陣輕輕地撫摸牠，爲牠喪失了重返狼群、重獲自由的最佳機會，而深深內疚。

整個生產小組和大隊，又是一夜有驚無險。全隊沒有一個營盤遭到狼群的偷襲和強攻，羊群牛群安然無恙。這種結局出乎所有人的預料，牧民議論紛紛。人們百思不得其解，爲什麼一向敢於冒死拼命護崽的母狼們，居然不戰而退？所有的老人都連連搖頭。這也是陳陣在草原生活中，所遇到的最不可思議的事情之一。

包順貴和一些盼著誘殺母狼的羊倌馬倌，空歡喜了一場。但包順貴天一亮就跑到陳陣包，大大地誇獎了他們一番，說北京學生敢想敢幹，在內蒙古草原打出了一場「不戰而屈人之兵」的漂亮仗。並把那個大手電筒獎給他們，還說要在全場推廣他們的經驗。陳陣和楊克長長地鬆了一口氣，至少他倆可以繼續養小狼了。

早茶時分，烏力吉和畢利格老人走進陳陣的蒙古包，坐下來喝茶，吃馬駒肉餡包子。烏力吉一夜未合眼，但氣色很好。他說：這一夜真夠嚇人的，狼群剛開始嗥的時候，我最緊張。大概有幾十條狼從三面包圍了你們包，最近的時候也就一百多米，大夥真怕狼群把你們包一窩端了，真險吶。

畢利格老人說：要不是知道你們有不少「炸炮」，我真差一點下令讓全組的人狗衝過去了。

陳陣問：阿爸您說，狼群為啥不攻羊群？也不搶小狼？

老人喝了一口茶，吸了一口煙，說：我想，八成是你家小狼說的還不全是狼話，隔三差五來兩聲狗叫，把狼群給鬧懵了……

陳陣追問：您常說狼有靈性，那麼騰格里怎麼沒告訴牠們真事兒呢？

老人說：聽著，雖說就憑你們包，三個人幾條狗，是擋不住狼群，可是咱們組的人狗都憋足了勁，母狼跟狼群真要是鐵了心硬衝，準保吃大虧。包主任這招兒，瞞誰也瞞不過騰格里。騰格里不想讓狼群吃虧上當，就下令讓牠們撤了。

陳陣楊克都笑了起來。楊克說：騰格里真英明。

陳陣又問烏力吉：烏場長，您說，從科學上講，狼群爲什麼不下手？

烏力吉想了一會說：這種事我還真沒遇見過，聽都沒聽說過。我尋思，狼群八成把這條小狼當成外來戶了。草原上的狼群都有自個兒的地盤，沒地盤的狼群早晚待不下去。狼群都把地盤看得比自個兒的命還要緊。本地狼群常常跟外來的狼群幹大仗，殺得你死我活。可能這條小狼說的是這兒的狼群聽不懂的外地狼話，母狼和狼群就犯不上爲一條外來戶小狼拼命了。昨晚上狼王也來了，狼王可不是好騙的，牠準保看出這是個圈套。狼王最明白「兵不厭詐」，牠一看小狼跟人和狗還挺近乎，疑心就上來了。狼王有七成把握才敢冒險，牠從來不碰自己鬧不明白的東西。狼王最心疼牠的母狼，怕母狼吃虧上當，就親自來替母狼看陣，一看不對頭，就領著母狼跑了。

陳陣楊克連連點頭。

陳陣和楊克送兩位頭頭出包。小狼情緒低落，怏怏地趴在地上，下巴斜放在兩隻前爪的背上，兩眼發直，像是做了一夜的美夢和惡夢，直到此刻仍在夢中。

畢利格老人看見小狼，停下腳步說：小狼可憐吶，狼群不認牠了，親爹媽也認不出牠來了。牠就這麼拴著鏈子活下去？你們漢人一來草原，草原的老規矩全讓你們給攪了。把這麼機靈的小狼當犯人奴隸一樣拴著，我想想心就疼……狼最有耐心，你等著吧，早晚牠會逃跑的。你就是天天給牠餵肥羊羔，也甭想留住牠的心。

第三夜第四夜，第二牧業組的營盤周圍仍然聽不到狼嗥，只有小狼孤獨悲哀的童音，在靜靜的草原上迴盪。山谷裏傳來回聲，可是再沒有狼群的回應。一個星期以後，小狼變得無精打采，嗥聲也漸漸稀少了。

此後一段時間，陳陣楊克的羊群和整個二組、以及鄰近兩個生產組的羊群牛群，在夜裏再也沒有遭到過狼群的襲擊。各家下夜的女人都笑著對陳陣楊克說，每天晚上都能睡個安穩覺了，一直可以睡到天亮擠牛奶的時候。

那些日子，當牧民們聊到養狼的時候，對陳陣的口氣緩和了許多。但是，仍然沒有一個牧民表示來年也養條小狼，用來嚇唬狼群。四組的幾個老牧民說，就讓他們養吧，小狼再長大點，野勁上來了，看他們怎辦？

29 小狼的祭祀儀式

有了張繼原時不時的馬駒肉接濟，那段時間，小狼肉食供應一直充足。但陳陣一想到狼群裏的小狼，有那麼多狼媽的悉心照顧，他就覺得自己應該讓小狼吃得再好一點，吃撐一點；再多多地遛狼，增加小狼的運動時間。可是，眼看剩下的馬駒內臟只夠小狼吃一頓了，何況狗們也已經斷頓了，陳陣又犯了愁。

前一天傍晚，他聽高建中說，西南方向的山坡下了一場雷陣雨，大雷劈死了一頭在山頭吃草的大犍牛。第二天一早，陳陣就帶上蒙古刀和麻袋趕到那個山頭。但還是晚了一步，山坡上只剩下連巨狼都啃不動的牛頭骨和大棒骨，狼群連一點肉渣都沒給他剩下。

他坐在牛骨旁邊仔細看了半天，發現牛骨縫邊上有許多小狼尖尖的牙痕。大狼大口吃肉塊，小狼小牙剔肉絲，分工合作，把一頭大牛剔刮得乾乾淨淨，連蒼蠅都氣得哼哼亂叫，叮了幾口就飛走了。

三組的一個老牛倌也來到這裏，這頭只剩下骨頭的牛，好像就是他牛群裏的。老人對陳陣說：狼群不敢來吃羊了，騰格里就殺了一頭牛給狼吃。你看看，早不殺晚不殺，專等傍黑殺，民工想第二天一早把死牛拉回去吃肉，都不趕淌了。年輕人，草原的規矩是騰格里定的，壞了規矩是要遭報應的。

老人陰沉著臉，夾了夾馬，朝山下的牛群慢慢走去。

陳陣想，老牧民常常掛在嘴邊的草原規矩，可能就是草原自然規律。自然規律當然是由蒼天，即宇宙「制定」的。那麼，他在原始游牧的條件下養一條狼，肯定打亂了游牧的生產方式。小狼已經給草原帶來了許多麻煩，他不知道小狼還會給牧民，給他自己添什麼新麻煩……

陳陣空手而歸，一路思緒煩亂。他抬起頭仰望騰格里，長生天籠蓋四方，天蒼蒼，野茫茫，風吹草低不見狼。在草原，狼群像幽靈鬼火一樣，來無影，去無蹤；常聞其聲，常見其害，卻難見其容，使人們心目中的狼越發詭秘，越發神奇。也把他的好奇心、求知慾和研究癖，刺激得不能自己。

自養了小狼以後，陳陣才真實地摟抱住了活生生的狼——一條生活在狼群和狼圖騰信仰包圍中的狼。歷經千辛萬苦，他已是欲罷不能，如何輕言放棄和中斷呢？

陳陣跑到民工營地，花高價買了小半袋小米。他只能給小狼增加肉粥中的糧食比例，爭取堅持到下一次殺羊的時候，也打算讓狗們也接上頓。

陳陣回到家剛準備睡一小覺，突然發現家中的三條小狗歡叫著朝西南方向猛跑。陳陣出門望去，只見二郎、黃黃和伊勒從山裏回來了。

🐾

二郎和黃黃高昂著頭，嘴上叼著一隻不小的獵物。黃黃和伊勒也忍受不了半饑半飽的日子，這些天經常跟著二郎上山打食吃。看來今天牠們大有獵獲，不僅自己吃得肚兒溜圓，而且還開始顧家了。

他急忙向牠們迎上去。三條小狗爭搶大狗嘴上的東西，二郎放下獵物將小狗趕開，又叼起獵物快步往家裏跑。陳陣眼睛一亮：二郎和黃黃嘴上叼著的竟是旱獺子，連伊勒的嘴上，也叼著一隻一尺多長的金花鼠，個頭有大白蘿蔔那樣粗。陳陣還是第一次見到自家的獵狗往家叼獵物，興奮地衝上前，想把獵物拿到手。

黃黃和伊勒表功心切，急忙把獵物放到主人腳下，然後圍著陳陣笑哈哈地又蹦又跳，使勁掄搖尾巴，掄了一圈又一圈。黃黃甚至還做了一個他從來沒見過的前腿分開的劈叉動作，前胸和脖子幾乎碰到了獺子，那意思是告訴主人，這獵物是牠抓到的。獺子的腹部露出一排脹紅的奶頭，那是一隻還在餵奶的母獺。陳陣連連拍擊兩條狗的腦袋，連聲誇獎：好樣的！好樣的！

但是，二郎卻不肯放下獺子，竟然繞過陳陣，逕直朝小狼那邊跑。陳陣見二郎叼的獺子又大又肥，馬上猛追幾步，雙手抓住二郎的大尾巴，從牠的嘴上搶下大獺子。二郎倒也不氣惱，還朝他輕輕搖了幾下尾巴。

陳陣抓住獺子的一條後腿，拎了拎，足足有六七斤重，皮毛又薄又亮。這是剛剛上足夏膘的大公獺子，油膘要等到秋季才有，但肉膘已經長得肉滾滾的了。陳陣打算把這隻獺子留給人吃，包裏的三個人，已經好久沒吃到草原野味了。

陳陣左手拎著大公獺，右手拎著大母獺和大鼠，興沖沖往家走，三條大狗互相逗鬧著跟在主人的身後。陳陣先把大公獺放進包，再關上門。小狗們還從來沒吃過旱獺，好奇地東聞聞，西嗅嗅，牠們還不會自己撕皮吃肉。

陳陣決定將那隻母獺餵三條小狗，把那隻又肥又大的大金花鼠，囫圇個地餵小狼，讓牠嚐嚐野狼們最喜歡吃的美味，也好讓牠鍛煉鍛煉自己撕皮吃肉的本領。

夏季的旱獺皮，只有毛沒有絨，不值錢，收購站也不要，於是陳陣用蒙刀把獺子連皮帶肉帶骨帶腸肚，分成四等份，三份給小狗，另給小狼留一份下頓吃。

陳陣把三大份肉食分給小狗們，小狗們一見到血和肉，就知道怎麼吃了，不爭不搶，按規矩就地趴在自己那一份食物旁邊大嚼起來。三條大狗都露出笑容，牠們一向對陳陣分食的公平很滿意。陳陣這種公平待狗的方法，還是從傑克・倫敦的小說《野性的呼喚》裏學來的。這本小說自打借出去以後，已經轉了兩個大隊的知青包，再也收不回來了。

三條大狗肚皮脹鼓鼓的。立下軍功應及時獎勵，這是古今中外的傳統軍規，也是蒙古草原的老規矩。陳陣從蒙古包裏，拿出四塊大白兔奶糖來犒賞大狗。

他先獎給了二郎兩塊，二郎叼住不動，斜眼看主人怎樣獎賞黃黃和伊勒。當二郎看清了牠倆各自只得到一塊糖，牠便得意地用爪子和嘴撕紙吃糖，嚼得咯叭咯叭作響。黃黃和伊勒比二郎少得了一塊糖，但也都沒意見，立即開吃。陳陣懷疑，牠們倆叼的獵物，可能都是二郎抓獲的，牠倆只是幫著運送回來而已。

小狼早已被血腥氣味刺激得後腿站立，挺起少毛的肚皮，瘋狂地亂抓空氣。陳陣故意不去看牠，越看牠，牠就會被鐵鏈勒得越狠。

一直到把大狗小狗擺平之後，陳陣才去擺弄那隻大鼠。草原鼠品種繁多，最常見的是黃鼠、金花鼠和草原田鼠。蒙古草原到處都有金花鼠，任何一個蒙古包外，不到五六米就有鼠洞，鼠們經常站立在洞邊吱吱高叫。

有時，蒙古包正好支在幾個鼠洞上，鼠們就會馬上改草食爲雜食，偷吃糧食、奶食和肉食，在食物袋裏拉屎撒尿，甚至還鑽進書箱裏啃書。等到搬家時，人們還會在不穿的蒙古靴和布鞋裏，發現一窩窩肉蟲一樣的鼠崽，極爲噁心。牧民和知青都極討厭草原鼠，陳陣和楊克更是恨之入骨，因爲老鼠啃毀了他們的兩本經典名著。

金花鼠與北京西郊山裏的小松鼠差不多大，只是沒有那麼大的尾巴。牠們也有松鼠一樣的大眼睛，一身灰綠色帶黃灰斑點和花紋的皮毛，還有一條像小刷子似的粗毛尾巴。據畢利格老人說，金花鼠是古代蒙古小孩用小弓小箭練習射獵的小活靶子。

金花鼠賊精，奔跑速度也極快，而且到處都有牠們的洞，出箭稍慢，鼠就扎進洞裏去了。蒙古孩子每天只有射夠了家長規定的數目，才能回家吃飯。但射鼠又是蒙古孩子的快樂遊戲，他們常常玩得連飯都忘了吃。

等孩子長大一點，就要換大弓，練習騎馬射鼠。當年征服俄羅斯的成吉思汗的大將之一、蒙古最出名的神箭手哲別，就是用這種古老而有效的訓練方法練出來的。哲別能夠騎在快馬上，射中一百步外的金花鼠的小腦袋。

畢利格老人說，蒙古人守草原，打天下，靠的是天下第一的騎射本領。而箭法就是從射最小最精最難射的活鼠練出來的。如果射鼠能過關，箭法就百發百中，射黃羊狐狼、敵馬敵兵，也就能一箭命中要害。漢人的馬不好，射箭只能練習射死靶子，哪能練得出蒙古騎兵的騎射本事。戰場上兩軍相遇，蒙古騎兵只要兩三撥箭射出去，那邊的人馬就折了一小半。

老人還說，蒙古人拿活鼠來訓練孩子，這也是從狼那裏學來的。狼媽教小狼捕獵，就是從帶領小狼抓鼠開始的，又好玩，又練身手反應實戰本領，還能填飽肚子。狼抓鼠，等於幫著牧民減少了鼠害。

古時候，每年草原上的小狼和小孩，都在高高興興地玩鼠捕鼠射鼠，每年要練出多少好狼好兵？要殺死多少老鼠？能保護多少草場？陳陣常常感歎：蒙古人有這麼好的草原軍校，有這麼卓絕的狼教頭。蒙古人不僅信奉「天人合一」，而且信奉「天獸人草合一」，這遠比華夏文明中的「天人合一」，更深刻更有價值。就連草原鼠這種破壞草原的大敵，在蒙古人的天地裏，竟然也有著如此不可替代的妙用。

陳陣拎起大鼠的尾巴仔細看。他放羊的時候也曾見過碩大的金花雄鼠，但還從來沒有見過一尺多長、比奶瓶還粗的大鼠。只有在山裏的肥草地裏，才能養出這麼大的鼠來。他相信鼠肉一定又肥又嫩，是草原小狼和大狼愛吃的食物。他想像著小狼只要一聞到大鼠傷口上的血腥味，一定會立即撲上去，像吃馬駒肉那樣，把大鼠生吞活咽下去。

陳陣拎著大鼠的尾巴，大鼠傷口流出的血，一直滴到牠的鼻尖上，又滴到沙地裏。陳陣站在狼圈外沿，大聲高喊：小狼，小狼，開飯嘍！

小狼瞪紅了眼，牠從來沒見過這種食物，但血腥味告訴牠，這絕對是好吃的東西。小狼一次又一次向半空躥撲，陳陣一次又一次把大鼠拎高。小狼急得只盯著肥鼠，不看陳陣。而陳陣卻堅持非要小狼看他一眼，才肯把大鼠給小狼。

但陳陣發現自己的願望這一次好像要落空：小狼見到野鼠以後一反常態，像一條獸性大發的兇殘野狼，面目猙獰，張牙舞爪，狼嘴張大到了極限，四根狼牙全部凸出，連牙肉牙床都暴露無遺。小狼的兇相讓陳陣膽戰心寒。

陳陣又晃了幾次，仍然轉移不了小狼的視線，只得把大鼠扔給小狼。他蹲坐在圈外，準備觀看小狼瘋狂撕鼠，然後狼吞虎咽。然而，小狼從半空中接到大鼠以後的一系列動作行爲表情，完全出乎陳陣的意料，又成爲一件他終身難忘，並且無法解釋的事情。

小狼叼住大鼠，像叼住了一塊燒紅的鐵坨，嚇得牠立即把大鼠放在地上，迅速撤到距大鼠一米的地方，身子和脖子一伸一探，驚恐地看著大鼠。牠看了足有三分鐘，目光才安定下來。然後緊張地弓腰，在原地碎步倒騰了七八次，突然一個躥躍，撲住大鼠，咬了一口，又騰地後跳。看了一會兒，見大鼠還是不動，就又開始撲咬，復又停下，狼眼直勾勾地望著大鼠，如此反覆折騰了三四次，突然安靜下來。

此時，陳陣發現小狼的眼裏，竟然充滿了虔誠的目光，與剛才兇殘的目光簡直判若兩狼。小狼慢慢走近大鼠，在大鼠身邊左側站住，停了一會兒，忽然恭恭敬敬跪下一條右前腿，再跪下左前腿，然後用自己右側背貼蹭著大鼠的身體，在大鼠身邊翻了個側滾翻。牠迅速爬起來，抖了抖身上的沙土，順了順身上的鐵鏈，又跑到大鼠的另一側，先跪下左前腿，再跪下右前腿，然後又與大鼠身貼身、毛蹭毛地翻了一個側滾翻。

陳陣緊張好奇地盯著看，他不知道小狼想幹什麼，也不知道小狼的這些動作從哪裡學來，更不知道牠貼著大鼠的兩側翻跟頭，究竟是什麼意思。就像一個小男孩，第一次獨自得到一隻囫圇個的燒雞那樣，想吃又捨不得動手。

小狼完成了這套複雜的動作以後，抖抖土，順順鏈，又跑到大鼠的左側，開始重複上一套動作，前前後後，三左三右，一共完成了三套一模一樣的貼身翻滾運動。

陳陣心頭猛然一震。他想，從前給小狼那麼多的好肉食，甚至是帶血的鮮肉，牠都沒有這番舉動，爲什麼小狼見到這隻大肥鼠，竟然會如此反常？難道這是狼類慶賀自己獲得食物的一種方式？或是開吃一隻獵物前的一道儀式？那虔誠恭敬的樣子，真像教徒在領聖餐。

陳陣把腦袋想得發疼，才突然意識到，他這次給小狼的食物，與以前的食物有本質上的不同。他以前給小狼的食物質量再好，但都是碎骨塊肉，或由人加工過的食物。而這隻「食物」，卻完全是純天然和純野性的完整食物，是一隻像牛羊馬狗那樣有頭有尾、有身有爪（蹄）、有皮有毛的完整「東西」，甚至是像牠自己一樣的「活物」。可能狼類是把這種完整有形的食物和「活物」，作爲高貴的狼類才配享用的高貴食品。

而那些失掉原體形的碎肉碎骨，味道再好，那也是人家的殘湯剩飯。如果食之，便有失狼的高貴身份。莫非人類把烤全牛、烤全羊、烤整豬、烤整鴨作爲最高貴的食物，食前要舉行隆重的儀式，也是受了狼精神的影響？或是人類與狼類英雄所見略同？

今天，小狼是第一次面對這種高貴完整的食物，所以牠高貴的天性被激發出來，才會有如此恭敬虔誠的舉動和儀式。

但是小狼從來沒有參加過狼群中的任何儀式，牠怎麼能夠把這三套動作，完成得如此有條不紊而章法嚴謹呢？就好像每組動作已經操練過無數遍，熟練精確得像是讓一個嚴格的教練指導過一樣。陳陣又百思不得其解。

小狼喘了一口氣，還是不去撕皮吃肉。牠抖抖身體，把皮毛整理乾淨以後，突然高抬前爪，慢慢地圍著大鼠跑起圈來。牠興奮地瞇著眼，半張著嘴，半吐著舌頭，慢抬腿，慢落地，就像蘇聯大馬戲團馬術表演中的大白馬，一板一眼地做出了帶有鮮明表演意味的慢動作。小狼一絲不苟地慢跑了幾圈以後，又突然加速，但無論慢跑快跑，那個圈子卻始終一般大，沙地上留下了無數狼爪印，組成了一個極其標準的圓圈。

陳陣頭皮發麻。他突然想起了早春時節，軍馬群屍堆裏那個神秘恐怖的狼圈。那是幾十條狼圍著最密集的一堆馬屍跑出來的狼圈狼道，像怪圈鬼圈鬼畫符。老人們相信，這是草原狼向騰格里發出的請示信和感謝信……那個狼圈非常圓，此刻小狼跑出的狼圈也非常圓，而兩個圈的中央則都是囫圇個、帶皮毛的獵物。

難道小狼不敢立刻享用如此鮮美的野味，牠也必須向騰格里劃圈致謝？

無神論者碰上了神話般的現實，或現實中的神話，陳陣覺得無法用「本能」和「先天遺傳」來解釋小狼的這一奇特行爲。他已經多次領教了草原狼，牠們的行爲，難以用人的思維方式來理解。

小狼仍在興奮地跑圈。可是牠已經一天沒吃到鮮肉了，此刻是條餓腸轆轆的餓狼。按常理，餓狼見到血肉，就是一條瘋狼。那麼，小狼爲什麼會如此反常，做出像是一個虔誠的宗教徒才有的動作來呢？牠竟然能忍受饑餓，去履行這麼一大套繁文縟節的「宗教儀式」，難道在狼的世界裏也有原始宗教，並以強大的精神力量支配著草原狼群的行爲？甚至能左右一條，尚未開眼就脫離狼群生活的小狼？

陳陣問自己，原始人的原始宗教，難道是由動物界帶到人世間來的？草原原始人和原始狼，難道在遠古就有原始宗教的交流？神秘的草原，有太多的東西需要人去破解……

小狼終於停了下來。牠蹲在大鼠前喘氣，等胸部起伏平穩之後，便用舌頭把嘴巴外沿舔了兩圈，眼中噴出野性貪慾和充滿食慾的光芒，立即從一個原始聖徒，陡變爲一條野狼餓狼。

牠撲向大鼠，用兩隻前爪按住大鼠，一口咬破鼠胸，猛地一甩頭，將大鼠半邊身子的皮毛撕開，血肉模糊的鼠肉露了出來。小狼全身狂抖，又撕又吞。牠吞下大鼠一側的肉和骨，便把五臟六腑全掏了出。牠根本不把鼠胃中的酸臭草食、腸中的糞便清除掉，就將一堆腸肚連湯帶水、連汁帶糞一起吞下肚去。

小狼越吃越粗野，越來越興奮，一邊吃，一邊還發出有節奏的快樂的哼哼聲，聽得陳陣全身發麻。小狼的吃相越來越難看和野蠻，牠對大鼠身上所有的東西一視同仁，無論是肉骨皮毛，還是苦膽膀胱，統統視爲美味。一轉眼的工夫，一隻大肥鼠，只剩下了鼠頭和茸毛短尾。

小狼沒有停歇，馬上用兩隻前爪夾住鼠頭，將鼠嘴朝上，然後歪著頭，幾下就把鼠頭前半截咬碎吞下，連堅硬的鼠牙也不吐出來。整個鼠頭被咬裂，小狼又幾口把半個鼠頭吞下。就連那根多毛無肉只有尾骨的鼠尾，小狼也捨不得扔下，牠把鼠尾一咬兩段，再連毛帶骨吞進肚裏。沙盤上，只剩下一點點血跡和尿跡。

小狼好像還沒吃過癮，牠盯著陳陣看了一會兒，見他確已是兩手空空，很不甘心地靠近他走了幾步，然後失望地趴在地上。

陳陣發現小狼對草原鼠，確實有異乎尋常的偏愛。草原鼠竟能激起小狼的全部本能和潛能，難怪額侖草原萬年來從未發生過大面積鼠害。

陳陣的心裏一陣陣湧上來對小狼的寵愛與憐惜。他幾乎每天都能看到小狼上演的一幕幕好戲，而且狼戲又是那麼生動深奧，那麼富於啓迪性，使他成爲小狼忠實癡心的戲迷。只可惜，小狼的舞臺實在太小，如果牠能以整個蒙古大草原作爲舞臺，那該上演多麼威武雄壯，啓迪人心的活劇來。而草原狼群千萬年來，在蒙古草原上演的浩如煙海的英雄正劇，絕大部分都已失傳。現在殘存的狼軍團，也已被擠壓到國境線一帶了。中國人再沒有大飽眼福、大受教誨的機會了。

小狼眼巴巴地望著還在啃骨頭的小狗們。陳陣回包去剝那隻大旱獺的皮，他又將被狗咬透的脖頸部位割下來，放在食盆裏，準備等到晚上再餵小狼。

陳陣繼續淨膛、剁塊，然後下鍋煮旱獺手把肉。一隻上足夏膘的大獺子的肉塊，占了大半鐵鍋，足夠三個人美美吃一頓的了。

30 狼牙初露鋒芒

傍晚，小狼面朝西天，端端正正地坐在沙盤裏，焦急地看著漸漸變成半圓形的太陽。只要殘陽在草茸茸的坡頂，剩下最後幾點光斑，牠就颼地把身體轉向蒙古包的門，並做出各種各樣的怪異動作和姿態，像敲鼓、像撲食、前後滾翻。再就是把鐵鏈故意弄得嘩嘩響，來提醒陳陣或楊克：現在是屬於牠的時間了。

陳陣自已提前吃了獺子手把肉，便帶著馬棒，牽著鐵鏈去遛狼，二郎和黃黃也一同前往。每天黃昏的這段半自由的時間，是小狼最幸福的時刻，比吃食還要幸福。但是遛狼決不同於軍人遛狼狗。遛狼也是陳陣一天中最愉快、又是最累最費力的勞動。

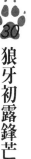

小狼猛吃猛喝、越長越大，身長已超過同齡小狗一頭，體重相當於一條半同齡小狗的份量。小狼的胎毛已完全脫光，灰黃色的新毛已長齊，油光發亮。背脊上一溜偏黑色的鬃毛，又長又挺，與野外的大狼沒什麼區別了。小狼剛來時的那個圓圓的腦門，變平了一些，在黃灰色的薄毛上面，長出了像羊毛筆尖那樣的白色麻點。

小狼的臉部也開始伸長，濕漉漉的黑鼻頭像橡皮水塞，又硬又韌。陳陣總喜歡去捏狼鼻頭，一捏，小狼就晃頭打噴嚏，牠很不喜歡這種親熱的動作。小狼的兩隻耳朵，也長成了尖勺狀的又硬又挺的長耳。從遠處看，小狼已經像一條草原上標準的野狼。

小狼的眼睛，是小狼臉上最令人生畏和著迷的部分。小狼的眼睛溜溜圓，但是內眼角低，外眼角高，斜著向兩側升高。如果內外眼角拉成一條直線，與兩個內眼角的連接線相接，幾近四十五度角，比京劇演員化妝出來的吊眼還要鮮明。而且狼眼的內眼角，還往下斜斜地延伸出一條深色的淚槽線，使狼眼更顯得吊詭。陳陣有時看著狼眼，就想起「柳眉倒豎」或「吊睛白額大虎」。

狼的眉毛只是一團淺黃灰色的毛，因此，狼眉在狼表示憤怒和威脅時，起不了什麼作用。狼的兇狠暴怒的表情，多半仗著狼的「吊睛」，一旦狼眼倒豎，那兇狠的威嚇力，決不亞於猛虎的白額「吊睛」，絕對比「柳眉倒豎」的女鬼更嚇人。最爲精彩的是，小狼一發怒，長鼻兩側皺起多條斜斜的、同角度的皺紋，更把狼兇狠的吊眼烘托得越發恐怖。

小狼的眼珠與人眼或其他動物的眼睛都不同，牠的「眼白」呈瑪瑙黃色。都說汽車的霧燈選擇爲桔黃色，是因爲桔黃色在霧中最具有穿透力。陳陣感到狼眼的瑪瑙黃，對人和動物的心理，也具有銳不可擋的穿透力。

小狼的瞳仁瞳孔相當小，像福爾摩斯小說中那個黑人的毒針吹管的細小管口，黑丁丁，陰森森，毒氣逼人。陳陣從不敢在小狼發怒的時候與小狼對視，生怕狼眼裏飛出兩根見血斃命的毒針。

自從陳陣養了小狼，並與小狼混熟之後，常常可以在小狼快樂的時候，攥著牠的兩個耳朵，捧著牠的臉，面對面，鼻對鼻地欣賞活狼的眉目嘴臉。他幾乎天天看，天天讀，已經有一百多天了，陳陣已經把小狼的臉讀得滾瓜爛熟。雖然他經常可以看到小狼可愛的笑容，但他也常常看得心驚肉跳。僅是一對狼眼，就已經讓他時時感到後脊骨裏冒涼氣。要是小狼再張開血碗大口，齜出四根比眼鏡蛇的毒牙更粗更尖的小狼牙，那就太令人膽寒了。

他經常掐開小狼的嘴，用手指彈敲狼牙，狼牙發出類似不銹鋼的鐺鐺聲響，剛性和韌性都很強；用指頭試試狼牙尖，竟比納鞋底的錐子更尖利，狼牙表面的那層的「琺瑯質」，也比人牙硬得多。

騰格里確是偏愛草原狼，賜與牠們那麼威武漂亮的面容與可怕的武器。狼的面孔是武器，狼的狼牙武器又是面容。草原上許多動物還沒有與狼交手，就已經被草原狼身上的武器，嚇得繳械認死了。小狼嘴裏那四根日漸鋒利的狼牙，已經開始令陳陣感到不安。

好在遛狼是小狼最高興的時段。只要小狼高興，牠是不會對陳陣使用面容武器的，更不會亮出牠的狼牙。噬咬，是狼們表達感情的主要方式之一，陳陣也經常把手指伸在小狼嘴裏，任牠啃咬吮吸。小狼在咬玩陳陣手指的時候，總是極有分寸，只是輕輕叼舔，並不下力，就像同一個家族裏的小狼們互相之間玩耍一樣，決不會咬破皮咬出血。

這一個多月來，小狼長勢驚人，而牠的體力要比體重長得更快。每天陳陣說是遛狼，實際上根本不是遛狼，而是拽狼，甚至是人被狼遛。小狼只要一離開狼圈，馬上就像犍牛拉車一樣，拼命拽著陳陣往草坡跑。

爲了鍛煉小狼的腿力和奔跑能力，陳陣或楊克常常會跟著小狼一起跑。可是當人跑不動的時候，小狼就開始卯足力氣拽人拖人，往往一拽就是半個小時，一個小時。陳陣被拽疼了手，拖痛了胳膊，拽出一身臭汗，比他幹一天重活還要累。

內蒙高原的氧氣比北京平原稀薄得多，陳陣常常被小狼拖拽得大腦缺氧，面色發白，雙腿抽筋。一開始，他還打算跟著小狼練長跑，練出一副強健草原壯漢的身材來。但是當小狼的長跑潛能蓬蓬勃勃地迸發出來後，他就完全喪失了信心。狼是草原長跑健將，連蒙古最快的烏珠穆沁馬都跑不過狼，他這個漢人的兩條腿何以賽狼？陳陣和楊克都開始擔心，等小狼完全長成大狼，他們如何「遛狼」？弄不好，反倒有可能被小狼拽到狼群裏去。

有時，陳陣或楊克在草坡上被小狼拽翻在地，遠處幾個蒙古包的女人和孩子都會笑彎了腰。儘管幾乎所有的牧民都認爲養狼是瞎胡鬧，但大家也都願意看熱鬧。全隊牧民都在等待公正的騰格里，制止和教訓北京學生的所謂「科學實驗」。

有一個會點俄語的壯年牧民對陳陣說：人馴服不了狼，就是科學也馴不服草原狼！陳陣辯解說，他只是爲了觀察狼，研究狼，根本就沒打算馴服狼。沒人願意相信他的解釋，而他打算用狼來配狼狗的計劃，卻早已傳遍全場。人們都說，等著聽狼吃母狗的事兒吧。他和楊克遛狼，被狼拽翻跟頭的事情，也已經成爲牧民酒桌上的笑談。

小狼興奮地拽著陳陣一通猛跑，陳陣氣喘吁吁地跟在後面。奇怪的是，以往一到放風時間，小狼喜歡無方向地帶著陳陣亂跑。但是，近日來，小狼總拽著陳陣往西北方向跑，往那天夜裏母狼聲音最密集的地方跑。

陳陣的好奇心又被激起，也想去看個究竟。他跟著小狼跑了很長的一段路，比任何一次都跑得遠。

穿過一條山溝，小狼把陳陣帶到了一面緩緩的草坡上。陳陣回頭看了看，離蒙古包已有三四里遠。他有點擔心，但因有二郎和黃黃保護，手上又有馬棒，也就沒有硬拽小狼掉頭。又小跑了半里，小狼放慢腳步，到處聞四處嗅，無論是草地上的一灘牛糞、一個土堆、一塊白骨、一叢高草和一塊石頭，每一個突出物牠都不放過。

嗅著嗅著，小狼走到一叢針茅草前，牠剛伸鼻一聞，突然渾身一激愣，背上的鬃毛全像刺蝟的針刺那樣豎了起來。牠眼中射出驚喜的光芒，聞了又聞，嗅了又嗅，恨不得把整個腦袋扎進草叢中去。小狼忽然抬起頭，望著西邊天空的晚霞長嗥起來。嗥聲嗚嗚咽咽，悲切淒婉，再沒有初次發聲時那種亢奮和歡快，而是充滿了對母愛和族群的渴望和衝動，將幾個月囚徒鎖鏈生活的苦痛，統統哭訴出來……

二郎和黃黃也低頭嗅了嗅針茅草叢，兩條大狗也都豎起鬃毛，兇狠刨土，又衝著西北方向一陣狂吼。陳陣頓時明白過來：小狼和大狗都聞到了野狼的尿味。他用穿著布鞋的腳，扒開草叢看了看，幾株針茅草的下半部已被狼尿燒黃，一股濃重的狼尿臊味直衝鼻子。

陳陣有點發慌，這是新鮮狼尿，看來昨夜狼仍在營盤附近活動過。晚霞已漸漸褪色，山坡全罩在暗綠色的陰影裏，輕風吹過，草波起伏，草叢裏好像露出許多狼的脊背。陳陣渾身一抖，他生怕在這裏遭遇狼的伏兵，躥出一群不死心的母狼。他想也沒想，急忙拽小狼，想把牠拽回家。

就在這一刻，小狼居然抬起一條後腿，對著針茅草叢撒尿。陳陣嚇得猛拉小狼。母狼還在惦記小狼，而囚徒小狼竟然也會通風報信了。一旦小狼再次與母狼接上頭，後果不堪設想。

陳陣使足了勁，猛地把小狼拽了一個跟頭。這一拽，把小狼的半泡尿憋了回去，也使得小狼苦心尋母的滿腔熱望和計劃強行中斷。小狼氣急敗壞，吊睛倒豎，勃然大怒，突然後腿向下一蹲，猛然爆發，像一條真正的野狼撲向陳陣。

陳陣本能地急退，但被草叢絆倒。小狼張大嘴，照著陳陣的小腿就是狠狠一口。陳陣「啊」地一聲慘叫，一陣鑽心的疼痛和恐懼衝向全身。小狼的利牙咬透他的單褲，咬進了肉裏。陳陣呼地坐起來，急忙用馬棒頭死頂小狼的鼻頭，但小狼完全瘋了，狠狠咬住就是不鬆口，恨不得還要咬下一塊肉才解氣。

兩條大狗驚得跳起來，黃黃一口咬住小狼的後脖子，拼命拽。二郎狂怒地衝小狼的腦袋大吼一聲，小狼耳邊響起一聲炸雷，被震得一哆嗦，這才鬆了口。

陳陣驚嚇得幾乎虛脫。他在親手養大的小狼的狼牙上，看到了自己的血。二郎和黃黃還在撲咬小狼，他急忙上前，一把抱住小狼的脖子，緊緊地夾在懷裏。可小狼仍發狠掙扎，繼續狼眼倒豎，噴射「毒箭」，齜牙咆哮。

陳陣喝住了黃黃和二郎，兩條大狗總算暫停攻擊，小狼才停止掙扎。他鬆開了手，小狼抖抖身體，退到離陳陣兩步的距離，繼續用野狼般毒辣的目光瞪著陳陣，背上的鬃毛也絲毫沒有倒伏的意思。

陳陣又氣又怕，氣吁吁地對小狼說：小狼，小狼，你瞎了眼啦？你敢咬我？小狼聽到熟悉的聲音，才慢慢從火山爆發般的野性和獸性的瘋狂中醒了過來。牠歪著腦袋再次打量面前的人，好像慢慢認出了陳陣。可是，小狼眼中絕無任何抱歉的意思。

傷口還在流血，已經流到布鞋裏去了。陳陣急忙站起來，把馬棒深深地插進一個鼠洞，又將鐵鏈末端的鐵環套在這個臨時木樁上。他怕小狼見血起邪念，便走出幾步，背轉身，坐在地上脫鞋捲褲。小腿肚子側面有四個小洞，洞洞見血。

幸好勞動布的布料像薄帆布那般厚實堅韌，阻擋了部分狼牙的力度，傷口還不太深。陳陣急忙採用草原牧民治傷的土法，用力擼腿擠血，讓體內乾淨的血流出來沖洗毒傷。擠出了大約半針管的血以後，才撕下一條襯衫布，將傷口包好紮緊。

陳陣重又站起身，牽著鐵鏈把小狼的頭拉向蒙古包，指了指蒙古包的炊煙，大聲說：小狼，小狼，開飯嘍，喝水嘍。這是陳陣和楊克摸索出來的，每次結束放風遛狼後，能讓小狼回家的惟一有效方法。

小狼一聽到開飯喝水，舌頭尖上馬上滴出口水，立刻將剛才發生的事情忘得一乾二淨，頭也不回地拽著陳陣往家跑。一到家，小狼直奔牠的食盆，熱切地等待開飯添水。陳陣把鐵環套在木樁上，扣好樁子頭上的別子，然後把獺子的脖頸遞給小狼，又給小狼舀了大半盆清水。小狼渴壞了，牠先不去啃骨頭，而是一頭扎進水盆，一口氣把半盆水喝了一半。

每次放風後，爲了能把小狼領回來，必須一天不給牠喝水。在遛狼時，等牠跑得「滿嘴大汗」，又渴又餓的時候，只要一提到水，牠就會乖乖地拽著人跑回家。

🐾

陳陣進包上藥，高建中一見到狼牙傷口，就嚇得逼著陳陣去打針。陳陣也不敢大意，急忙騎馬跑到第三牧業組的知青包，求赤腳醫生小彭給他打了一針狂犬疫苗，上藥紮繃帶，並求他千萬不要把小狼咬人的事情告訴別人。交換的條件是不追究小彭借丟《西行漫記》一書的責任，而且還要再借他《拿破崙傳》和《高老頭》，小彭這才算勉強答應下來。一邊嘟嚷說：每次去場部，衛生院就只給兩三支狂犬疫苗，民工被牧民的狗咬了，已經用了兩支，大熱天的，我又得跑一趟場部了。

陳陣連連說好話，可他也不知道自己說的是什麼，他滿腦子想的是如何保住小狼。小狼終於咬傷了人——草原規矩極嚴厲，狗咬傷了羊，就得被立即處死，咬傷了人就更得現場打死。那麼小狼咬傷了人，當然就沒有一絲通融的餘地了。養狼本屬大逆不道，如今又「出口傷人」，小狼真是命在旦夕。陳陣上了馬，忘記了對自己傷口的擔心，一路上拍著腦袋，真想讓腦子多分泌一些腦汁，想出保住小狼的辦法。

一回到家，陳陣就聽到楊克和高建中正在爲如何處置這條開始咬人的小狼爭論不休。

高建中嚷嚷說：好個小狼，連陳陣都敢咬，那牠誰還不敢咬啊！必須打死！以後牠要是再咬人怎麼辦？等咱們搬到秋季草場，各組相隔四五十、六七十里地，打不上針，人被毒牙感染，狂狼病可比狂犬病厲害，那可是真要鬧出人命來的！

楊克低聲說：我擔心場部往後再不會給陳陣和我打狂犬疫苗了。狂犬疫苗那麼稀罕，是防狼或狗意外傷人用的，哪能給養狼的人用呢？我的意見是……我看只能趕緊放生，再晚了，大隊就會派人來打死小狼的。

高建中說：狼咬了人，你還想放了牠，你真比東郭還東郭，沒那麼便宜的事！

此刻陳陣反倒忽然清醒起來。他咬牙說：我已經想好了，不能打死，也不能放。如果打死小狼，那我就真的白白地被狼咬了，這麼多日子的心血也全白費了；如果放，很可能放不了生，還會把牠放死。小狼即使能安全回到狼群，頭狼們會把小狼當作「外來戶」，或者是「狼奸」看待的，小狼還能活得了嗎？

那怎麼辦？楊克愁雲滿面。

陳陣說：現在惟一的辦法，就是給小狼動牙科手術，用老虎鉗把牠狼牙的牙尖剪掉。狼牙厲害就厲害在鋒利上，如果去掉了狼牙的刀刃，「鈍刀子」咬人就見不了血了，也就用不著打針了……咱們以後餵狼，就把肉切成小塊。

楊克搖頭說：這辦法倒是管用，可是你也等於殺了牠了。沒有鋒利狼牙的狼，牠以後還能在草原上活命嗎？

陳陣垂下頭說：我也沒有別的辦法了。反正我不贊成被狼咬了一口，就因噎廢食，半途而廢。那狼牙尖兒，興許以後還會長出來呢？還是避其鋒芒吧。

高建中挖苦道：敢虎口拔牙？非得讓狼再咬傷不可！

第二天早上，羊群出圈以前，陳陣和楊克一起給小狼動手術。兩人先把小狼餵飽哄高興了，然後楊克雙手捧住小狼的後腦勺，再用兩個大拇指，從腮幫子兩邊掐開狼嘴。小狼並不反感，牠對這兩個人經常性的惡作劇舉動早已習慣了，也認爲這是很好玩的事情。

兩人把狼的口腔對著太陽仔細觀察：狼牙呈微微的透明狀，可以看到狼牙裏面的牙髓管。幸好，狼牙的牙髓管只有狼牙的一半長，只要夾掉狼牙的牙尖，可以不傷到牙髓，小狼也不會感到疼。這樣就可以保全小狼的四根狼牙了，也許不久，小狼能重新磨出鋒利的牙尖來。

陳陣先讓小狼聞聞老虎鉗，並讓牠抱著鉗子玩了一會兒。等小狼對鉗子放鬆了警惕，楊克掐著狼嘴，陳陣小心翼翼又極其迅速地、喀嚓喀嚓夾斷了四根狼牙的牙尖，大約去掉了整個狼牙的四分之一，就像用老虎鉗子剪夾螺螄尾巴那樣。

兩人原以爲「狼口鉗牙」一定類似「虎口拔牙」，並做好了捆綁搏鬥、強行手術的準備，但是手術卻用了不到一分鐘就做完了，一點也沒傷著小狼。

小狼舔了舔狼牙粗糙的斷口，並沒有覺得有什麼損失。兩人輕輕放下小狼，想犒賞牠一些好吃的，又怕碰疼了傷口，只好作罷。

陳陣和楊克都鬆了一口氣，以後再不怕狼咬傷人了。然而，兩人好幾天都打不起精神。楊克說：去了狼牙尖，真比給人去了勢還殘忍。

陳陣也有些茫然地自問：我怎麼覺得，咱們好像離一開始養狼的初衷，越來越遠了呢？

小彭一連借走了三本好書，兩人心疼得要命。但是，陳陣不得不借……要是讓三位頭頭知道小狼咬傷了人，包順貴就準會斃了小狼。經典名著很管用，果然，在很長時間裏，全大隊一直沒人知道陳陣被小狼咬傷過。

31 狗朋友是銜著煙來的

幾場大雨過後，額侖草原各條小河河水漲滿。新草場的湖面擴大，湖邊草灘變成了濕地，成了千百隻小鴨練飛和覓食的樂園。與此同時，一場罕見和恐怖的蚊災，突然降臨邊境草原。

對北京知青來說，草原蚊災是比白災黑災、風災火災、旱災病災和狼災更可怕的天災。額侖草原蚊災中的蚊子就像空氣，哪裡有空氣的地方，哪裡就有蚊子。如果不戴防蚊帽，在草原任何一個地方吸一口氣，準保能吸進鼻腔幾隻蚊子。

內蒙古中東部的邊境草原，可能是世界上蚊群最大最密最瘋狂的地區。這裏河多湖多，草深草密，蚊子賴以平安越冬的獺洞鼠洞又特別多。蚊子有吸之不盡的狼血人血、牛羊馬血，以及鼠兔狐蛇旱獺黃羊血。那些喝過狼血的蚊群，最近已把一個十六歲的小知青折磨得精神失常，被送回北京去了。更多吸過狼血的蚊群，以比草原狼群更加瘋狂的野性，撲向草原所有熱血和冷血動物。

在新草場，前一年安全越冬的蚊子更多。因此，這裏的蚊災就更重。

午後，陳陣在蒙古包的蚊帳裏看了一會兒書，便頭戴防蜂帽式的防蚊帽，手握一柄馬尾掃蠅撣子，從捂得嚴嚴實實的蒙古包走出，去觀察被蚊群包圍的小狼。這是一天當中，蚊群準備開始總攻的時刻。陳陣剛走出包，就陷入了比戰時警報還恐怖的嗡嗡哼哼的噪音之中。

額侖草原的大黃蚊，不具有狼的智慧，但卻具有比狼更亡命更敢死的攻擊性。牠們只要一聞到動物的氣味，立即撲上去就刺，毫不試探，毫不猶豫，沒有任何戰略戰術，如同飛針亂箭急刺亂扎，無論被馬尾牛尾抽死多少，依然蜂擁而上。後續部隊甚至會被抽開花的蚊子血味刺激得越發兇猛。

陳陣眼前一塊一尺見方的防蚊帽紗窗，一瞬間就落滿無數黃蚊。他調近了眼睛的視焦，看到大黃蚊從一個個細密的紗網眼中，將長嘴針像一支支大頭針一樣空扎進來。陳陣用馬尾撣子狠狠地抽掃了一下，幾十隻黃蚊被掃落，可轉眼間，紗窗上又一片黃蚊密佈。他只得像搧扇子那樣不斷抽掃，才能看清眼前的東西。

陳陣望著天空，蚊群像是在做戰前準備，密密麻麻懸飛在頭頂不到兩米的空中，草原上彷彿燃起了戰火，天空中罩上了一層厚厚的黃煙。陳陣想：真正可怕的「狼煙」，應該是草原蚊群形成的「黃煙」。這個季節，草原人畜全進入了戰爭狀態。

陳陣抬頭仔細觀察蚊情，好爲晚上下夜做準備。他發現這天的蚊群不僅密集，蚊子的個頭也大得嚇人。黃蚊都在不斷地抖翅，翅膀看不見了，看見的都是黃蚊的身體，大得好像一隻隻蝦米皮。一時間，他竟然像是置身於湖底，仰望清澈的水空，頭頂上是一片密集的幼蝦群。

陳陣帶著馬絆子的那匹白馬，早已不敢在草坡上吃草了，此時正站在空蕩蕩的羊糞盤上。這裏的地上鋪了一層羊糞，一根草也沒有，蚊子較少。但是，馬身上仍然落上厚厚一片黃蚊，全身像是黏上了一層米糠。白馬看見主人拿著撣子正在掃蚊子，便一瘸一拐，一步三寸地往陳陣身旁挪動。陳陣急忙上前，彎腰替白馬解開了皮「腳鐐」，把馬牽到蚊子更少一些的牛車旁邊，再給牠扣上了馬絆子。

白馬不停地上下晃頭，並用大馬尾狠狠地抽掃馬肚馬腿和側背的蚊子，而前胸前腿前側背的蚊子，只能靠馬嘴來對付了。千萬隻黃蚊都用前肢分開馬毛，然後用針頭扎馬肉。不一會兒，蚊子的肚子就鼓了起來，馬身上像是長出一片長圓形的枸杞子，鮮紅發亮。白馬狠命地抽掃，每抽一下便是一層紅血，馬尾已被血黏成馬尾氈，馬尾巴的功能在它的勢力範圍之內，確實發揮得淋漓盡致，而白馬則像一匹剛從狼群裏衝殺出來的血馬。

陳陣用撣子替馬轟蚊，使勁抽掃馬背馬前腿，大馬感激得連連向主人點頭致謝。可是蚊群越來越密，轟走一層，立即就又會飛來一層，馬身上永遠裹著一層黃色的「米糠」，又一層血紅的「枸杞子」。

🐾

陳陣最惦記小狼，急忙跑向狼圈。狼洞裏積了半洞的雨水，小狼無法鑽進洞裏避蚊。牠的薄毛夏裝根本無法抵禦蚊群的針刺，那些少毛或無毛的鼻頭耳朵、眼皮臉皮、頭皮肚皮以及四爪，更是直接暴露在外。小狼此時已經被蚊群折磨得快要發瘋了。

草原蚊群似乎認準狼血是大補，小狼竟然招來了草原上最濃烈的「黃煙」，被刺得不斷就地打滾。刺得實在受不了了，就沒命地瘋狂跑圈，跑累了，連吐舌頭也不敢，更不敢大口喘氣，生怕把蚊群吸進喉嚨裏。

不一會兒，小狼又蜷縮身體，把少毛的後腿縮到身子底下，再用兩隻前爪捂住鼻頭。陳陣從未想到這個草原小霸王，居然會被蚊群欺負成這副狼狽像，活像一個挨打的小叫花子。但是，小狼的目光依然刺亮有神，眼神裏仍然充滿了倔強勁頭。

天氣越來越悶，頭頂懸飛的蚊群被低氣壓聚攏得散不開去。陳陣一邊替小狼轟趕蚊群，一邊想著野外的狼群。相比之下，營盤上的草已啃薄了，而山裏草甸裏，草高蚊群更多，狼群一定比小狼更苦：鑽洞，蚊群會跟著進洞；順風瘋跑，可前面還是蚊群。旱獺是抓不到了，就算抓到一隻，也不夠補償被蚊群吸血的損失。

畢利格老人說，蚊災之後必是狼災，蚊群把狼群變成餓狼瘋狼群，人畜就該遭殃了。草原最怕雙災，尤其是蚊災加狼災。這些日子，全場人心惶惶。

小狼明顯地疲憊不堪，但還不見瘦。每天每夜，牠不知道要被蚊群抽掉多少血，還要無謂地加大運動量。在猖狂的蚊災面前，小狼桀驁的個性更顯桀驁，蚊群的轟炸，絲毫不影響小狼的飯量和胃口。盛夏蚊災，畜群中病畜增加，陳陣經常可以弄到死羊來餵小狼，小狼就以加倍的食量來抵抗蚊群對牠的超額剝削和精神折磨。

大災之際，小狼依然一心一意地上膘長個。陳陣像一個省心的家長，從來不用逼迫或利誘孩子去做功課。小狼只需要他做好一件事：頓頓管飽。只要有肉吃有水喝，再大的艱難和災禍牠都能頂得住，而且還可以天天帶給你出色的成績報告單。陳陣想，養過小狼的人，可能再也不會對自己的孩子抱有太高的期望。不要說「望子成龍」了，就是「望子成狼」，也是高不可攀的奢望。

小狼突然神經質地蹦跳起來，不知是哪隻大黃蚊鑽到了小狼的肚皮底下，扎刺了小狼的小雞雞，疼得牠顧頭不顧尾，馬上改變了避蚊的姿勢，高抬後腿，把頭伸到肚子下面，想用牙齒來撓牠的命根。可是牠剛一抬起後腿，幾百隻餓蚊呼啦一下衝過去，覆蓋了牠的下腹，小狼疼得恨不得把自己的那根東西咬掉。

陳陣看著眼前的恐怖情勢，只得暫時撇下小狼，拿上鐮刀，揹上柳條筐，去西山溝割艾草。

前一年蚊子少，陳陣只跟著嘎斯邁去割過一次艾草。搬到湖邊的這片新草場後，連逢雨水，陳陣早就偵察好了哪裡長有艾草。雨水帶來了大蚊災，也給草原帶來了一片又一片茂盛的艾草。蚊群剛到最猖獗的時候，山溝裏的艾草也正好長得藥味奇濃。陳陣仰望騰格里，他想，假如草原上沒有艾草，草原民族究竟還能否在草原上生存？

狗們都怕草地裏的蚊子，沒有跟陳陣走，仍趴在蚊子比較少的牛車底下，避蚊避曬。陳陣往西山溝走，他看見遠處小組的羊群，都被放到草少石多風順的山頭上，只有在那裏，羊群才能待得住。羊倌們個個都戴著防蚊帽，雖然熱得透不過氣來，但誰也不敢脫帽。

山溝裏，草深蚊密吹不到風，陳陣汗流浹背。他的厚布外衣已濕了一大片，許多大蚊的硬嘴針刺進厚濕布，刺了一半就刺不動，也拔不出。於是，陳陣衣服上出現許多被自己的嘴針拴住的飛蚊。陳陣懶得去撥弄牠們，讓牠們自作自受，飛死累死。但不一會兒，他就感到肩膀頭上狠狠地挨了一針，一拍，手心上一朵血花。

陳陣剛一走近一片艾草地，蚊群就明顯減少。地裏長滿近一米高的艾草，灰藍白色的枝莖，細葉上長著一層茸毛，柔嫩多汁。艾草如苦藥，牛羊馬都不吃，因而艾草隨意瘋長。陳陣一見高草，就職業性地放慢腳步，握緊鐮刀，警惕地彎下身子，做好戰鬥準備。

老羊倌們常常提醒知青羊倌，夏天放羊的時候，一定得留神艾草地，這裏蚊子少，是狼避蚊藏身的地方。狼爲了驅蚊，還會故意在艾草地裏打滾，讓全身沾滿衝鼻的艾草藥味，給自個兒穿上一件防蚊衣。

沒有狗，陳陣不敢深入。他大吼了兩聲，不見動靜，又站了一會兒，才慢慢走進艾草地。陳陣像見到救命仙草一樣，衝進最茂密的草叢一陣狂割。草汁染綠了鐮刀，空氣中散發出濃郁的藥香，他張大了嘴敞開呼吸，真想把自己的五臟六腑都裹上艾草氣息。

陳陣割了結結實實冒尖的一大筐艾草，快步向家走。他抓了一把嫩艾草，擰出汁抹在手背上。果然，唯一暴露在外的皮膚，也沒有多少蚊子敢刺了。

回到包裏，陳陣加大爐火，添加了不少乾牛糞。再到柳條筐車裏，找出一年來收集的七八個破臉盆，他挑了最大的一個，放進幾塊燃燒的牛糞，又加上一小把艾草，盆裏馬上就冒出了濃濃的艾香白煙。

陳陣端起煙盆，放到狼圈的上風頭。微風輕吹，白煙飄動，罩住了大半個狼圈。草原上，艾煙是黃蚊的剋星，煙到之處，黃蚊驚飛，連吸了一半血的蚊子，都被熏得慌忙拔針逃命。剎那間，大半個狼圈裏的蚊群便逃得無影無蹤。

艾煙替小狼解了圍。可是小狼見了火星和白煙，卻嚇得狼鬃豎立，全身發抖，眼裏充滿恐懼，亂蹦亂跳，一直退到狼圈邊緣，直到被鐵鏈勒停，還在不斷掙扎。小狼像所有野狼那樣怕火怕煙，怕得已經忘掉了蚊群叮刺的痛苦，拼命往白煙罩不到的地方躲。

陳陣猜想，千萬年來草原狼經常遭遇野火濃煙的襲擊，小狼的體內一定帶有祖先們怕火怕煙的先天遺傳。陳陣又加了一把艾草，挪了挪煙盆，將白煙罩住小狼。他必須訓練小狼適應煙火，這是幫牠度過最苦難的蚊災的惟一出路。在野地裏，母狼會帶領小狼們，到山頭或艾草叢裏避蚊；而在人的營盤，陳陣必須擔起狼媽的責任，用艾煙來給小狼驅蚊了。

白煙源源不斷。小狼雖然對白煙充滿了警惕，但是牠漸漸感到渾身輕鬆起來。包圍牠幾天幾夜的蚊群雜訊消失了，可惡的小飛蟲也不見了。牠覺得很奇怪，轉著腦袋四處張望，又低頭看了看肚皮，那些刺得牠直蹦高的小東西也不知上哪兒去了。小狼眼裏充滿狐疑和驚喜，頓時精神了不少。

白煙繼續湧動，但小狼只要一看到煙，就縮成一團。煙盆裏突然冒出幾個火星，小狼嚇得立即逃出煙陣，跑到沒有煙的狼圈邊緣。但牠剛一跑出白煙，馬上又被蚊群包圍，刺得牠上躥下跳，沒命捂臉。刺得實在受不了了，牠只好又開始轉圈瘋跑。

跑了十幾圈後，小狼的速度慢慢減了下來。牠好像忽然發現了蚊多和蚊少的區域差別：只要一跑進煙裏，身上的蚊子就呼地飛光；只要一跑出白煙，牠的鼻頭準保挨上幾針。小狼瞪圓了眼睛，驚奇地望著白煙，在白煙裏停留的時間越來越長。小狼是個聰明的孩子，牠開始飛快地轉動腦筋，琢磨眼前的新事物。但牠還是怕煙，在有煙與無煙地帶，猶豫不決。

一直在營盤牛車下躲避蚊子的幾條大狗，很快發現了白煙。草原上的大狗都知道艾煙的好處，牠們眼睛放光，興奮得趕緊帶著小狗們跑來蹭煙。大狗們一衝進煙陣，全身的蚊子呼地熏光了。大狗又開始搶佔煙不濃不淡的地盤，臥下來舒服地伸懶腰，總算可以痛痛快快地補補覺了。

小狗們還從來沒嚐到過艾煙的甜頭，傻乎乎地跟著大狗衝進煙陣，馬上就高興得合不上嘴了，也開始搶佔好地盤。不一會兒，四米直徑的小小狼圈，臥下了六條狗，把小狼看得個目瞪口呆。

小狼那份高興，眼也眯了，嘴也咧開了，尾巴也翹起來了。牠平時那般殷勤地揮動雙爪，三番五次熱情地邀請狗們到牠的狼圈來玩，可狗們總是對牠愛搭不理。今天竟然不邀自來，並且全體出動，就連最恨牠的伊勒也來了，真讓小狼感到意外和興奮，比得到六隻大肥鼠還要開心。

小狼一時忘掉了害怕，牠衝進煙陣，一會兒爬上二郎背上亂蹦；一會兒又摟住小母狗滾作一團。孤獨的小狼，終於有了一個快樂的大家庭，牠像一個突然見到了全家成員一同前來探監的小囚徒，對每條狗好像都聞不夠、親不夠、舔不夠……

陳陣從來沒有見到小狼這樣高興過，他的眼圈有些發澀……

狗多煙少，外加一條狼，艾煙就有些不夠用了。小狼原本是這塊地盤的「主人」，現在反倒被反客為主的狗們擠到煙流之外去了。小狗們還在爭搶地盤，兩條小公狗毫不客氣地把好客的小狼再次頂出煙外。

小狼有些納悶，牠忍受著蚊群的叮刺，歪著腦袋琢磨著狗們的行為。不一會兒，小狼眼中露出恍然大悟的神色，眼裏的問號沒有了。牠終於明白：狗們並不是衝牠來的，而是衝著白煙來的。那片一直讓牠害怕的白霧，是沒有可惡小飛蟲的舒服天地，而這塊地盤，原本是特為牠準備的。

從不吃虧的小狼，立即感到吃了大虧，便怒氣沖沖像搶肉一樣衝進煙陣，張牙舞爪兇狠地驅趕兩條小公狗。一條小狗死賴在地上不肯離開，小狼粗暴地咬住牠的耳朵，把牠生生地揪出煙陣，小公狗疼得嗚哇亂叫。小狼終於為自己搶佔了一個煙霧不淡又不嗆的好地段，舒舒服服地趴下來，享受著無蚊的快樂。好奇心、求知慾、研究癖極強的小狼，始終盯著冒煙的破盆看，看得津津有味，一動不動。

過了一會兒，小狼突然站起來，向煙盆慢慢走去，想去看個究竟。可沒走幾步，就被濃煙嗆得連打噴嚏。牠退了幾步，過了一會兒，牠忍不住好奇心，再去看。小狼把頭貼在煙少的地面，「躡手躡腳」地匍匐前進，接近煙盆。

牠剛抬起頭，一顆火星剛好飛到小狼的鼻頭上，牠被燙得一機靈，像顆被點著火撚的炸彈那樣炸了起來，重重落到地面。牠的鬃毛又一次全部豎起，呈往外放射狀。小狼嚇得夾起尾巴，跑回二郎身旁，鑽進牠的懷裏。

二郎呵呵笑，笑這條傻狼不知好歹，張開大嘴，去舔小狼的鼻頭。小狼老老實實趴在了地上，傻呆呆地望著煙盆，再也不敢上前一步了。小狼像一個犯睏的嬰兒，睏得睜不開眼睛，很快睡了過去。被蚊群折磨了幾天幾夜的小狼，總算可以補一個安穩覺了。但陳陣卻留意到，熟睡中的小狼，耳朵仍在微微顫動，牠的狼耳仍在站崗放哨。

陳陣聽到磕磕絆絆的馬蹄聲，那匹白馬也想來蹭煙。陳陣連忙上前解開馬絆，把馬牽到狼圈的下風頭，再給白馬扣上馬絆子。密佈馬身的黃蚊「米糠」，呼地揚上了天。白馬長舒了一口氣，低下頭，半閉眼睛打起盹來。

大蚊災之下的一盆艾煙，如同雪中送炭，竟給一條小狼、一匹大馬和六條狗救了災。這八條生命都是他的寶貝和朋友，能給予牠們最有效的救助，陳陣深感欣慰。小狼和三條小狗，像幼兒一樣還不知道感謝，在舒服酣睡，而大白馬和三條大狗卻不時向陳陣投來感激的目光，還輕輕搖著尾巴。動物的感謝像草原一樣真摯，牠們雖然不會說一大堆感恩戴德的肉麻頌詞，但陳陣卻被感動得願意爲牠們做更多的事情。

陳陣想，等聰明的小狼長大了，一定會比狗們更加懂得與他交流。大災之中，陳陣覺得自己對於動物朋友們越來越重要了。他又給煙盆加了一些乾牛糞和艾草，就趕緊去翻曬揹運牛糞餅。

32 近狼者狼

蚊災剛剛開始，山溝裏的艾草割不完，抗災的關鍵，在於是否備有足夠的乾牛糞。無需催促，整個大隊的女人和孩子，都在烈日下翻曬揹運牛糞餅。

在額侖草原，牛羊的乾糞是牧民的主要燃料。掰開乾糞，裏面的成分多是乾草纖維，有如馬糞紙，點燃後並沒有臭味。在冬季，乾牛糞用來引火，那時的燃料主要是靠風乾的羊糞粒。因爲家家守著羊糞盤，每天只要在羊群出圈以後，把滿圈的羊糞粒鏟成堆，再風吹日曬幾天後，就是很好的燃料，比乾牛糞更經燒。

但是在草原的夏季，羊糞水分多不成形，牧民在蒙古包裏就不能燒羊糞，只能燒乾牛糞。然而在夏季，牛吃的是多汁的嫩青草，又大量地喝水，牛糞又稀又軟，不像其他季節的牛糞乾硬成形，因此必須加上一道翻曬工序。

夏季翻曬牛糞，是件麻煩事和苦差事。每個蒙古包的女人和孩子，一有空，就要到營盤周圍的草地上，用木叉把一灘灘表面曬乾、內部濕綠的牛糞餅一一翻個，讓太陽繼續曝曬另一面。再把前幾天翻曬過的牛糞餅，三塊一組地豎靠起來，接著通風曝曬。然後，又把更早幾天曬硬了的牛糞餅，撿到柳條筐裏，揹到蒙古包側前的糞堆上。

但是剛揹回來的牛糞還沒有乾透，掰開來，裏面仍然是潮乎乎的，此時，把外乾內濕的牛糞堆在糞堆上，主要是爲了防雨。盛夏多雨，如不抓緊時間，一遇上急雨，糞場上晾曬多日的牛糞，不一會兒就會被雨淋成稀湯。而堆在糞堆上的半乾牛糞，遇雨則可馬上蓋上大舊氈。雨過之後，再掀開曝曬。

在草原夏季，看一家的主婦是否勤快善持家，只要看她家蒙古包前的牛糞堆的大小便可知曉。知青剛立起自己的蒙古包時，不懂未雨綢繆，一到雨季，知青包常常冒不出煙來，或者光冒煙不著火，經常要靠牧民不斷接濟乾牛糞，才能度過雨季。到了兩年後的這個夏季，陳陣楊克和高建中都已懂得翻糞、曬糞和堆糞的重要性，他們包門前的「柴堆」也不比牧民的小了。

陳陣和楊克一向討厭瑣碎的家務活。這些雞毛蒜皮的小事，常常把讀書的時間拆得七零八碎，使他們煩心惱火。但是，自從養了小狼以後，一項項沒完沒了的家務活，成了能否把小狼養大的關鍵環節。家務活一下子就升格爲決定戰役勝負的後勤保障的戰略任務，於是他倆都開始搶著料理柴米油鹽肉糞茶這七件「大事」。

按常年的用量，陳陣包前的「柴堆」已足夠度過整個夏季。但突降的大蚊災，使用柴量成倍增加，牛糞堆很快一日日矮縮下去。陳陣決定用狼的勁頭，忍受一切勞苦悶熱和煩躁，把柴堆迅速增大幾倍。

高原的陽光越來越毒，陳陣這身像防化兵服一樣的厚重裝束，讓他熱得喘不過氣來。他揹著沉重的糞筐，只揹運了兩三筐，就感到缺氧眩暈，悶熱難當，步履艱難。汗已流乾，防蚊服乾了又濕、濕了又乾，汗跡花白，此刻已經成爲揹在身上的乾硬板結的鹽鹼地了。但是他望著在輕煙薄雲下安穩睡覺的小狼、小狗、大狗和大白馬，不得不咬牙堅持。

此外，他肩上還揹負著遠比半濕牛糞更沉重的壓力。他咬牙苦幹，不僅是爲了小狼和狗們，也是爲了羊群。

這近兩千隻羊的大羊群，是他和楊克兩個人的勞動果實。兩年多來兩次接羔，他倆接活的羊羔就達兩千多隻，已經被分出過兩群。他倆頂風冒雪，頂蚊曝曬，日日夜夜與狼奮鬥，一天二十四小時輪班放羊下夜連軸轉，整整幹了兩個春夏寒暑。羊群是集體財產，不能出半點差錯。蚊災加狼災，如稍有疏忽，就會變成可怕的「雙災」。

這麼大的一群羊，每夜非得點五六盆煙才夠。如果艾煙罩不住整個羊群，羊群被蚊群刺得頂風狂跑，單靠一個下夜的人根本攔擋不住。一旦羊群衝進山裏，被狼群打一個屍橫遍野的大伏擊，有人再把這責任與養狼的事情聯繫起來，那可就罪責難逃了。

巨大的壓力和危險，逼迫陳陣咬緊狼牙，用狼的智慧、勇敢、頑強、忍耐、謹慎和冒險精神，把他養狼的興趣愛好堅持下去，同時又能磨練出像草原狼那樣頑強桀驁的個性。陳陣忽然感到他有了用不完的力氣和不服輸的狠勁。

陳陣一旦衝破了疲勞的心理障礙與極限，反而覺得輕鬆了。他不斷變換工作項目，調節勞動強度，一會兒揹糞，一會兒翻糞，越來越感到有目標的勞動的愉快。同時，他漸漸發現了自己如此苦心養狼，好像已經從一開始僅僅出於對狼的研究興趣，轉換成了一種對狼的真切情感，還有像父母和兄長所擔負的那種責任。

小狼是他一口奶、一口粥、一口肉養大的孩子，是一個野性獸性、桀驁不馴的異類孩子。潛藏於他心底的人獸之間那種神秘莫測、濃烈和原始的情感，使陳陣越來越走火入魔，幾乎成爲在草原上遭人白眼、不可理喻的人。

但陳陣卻覺得這半年來，自己身心充實，血管中開始奔騰起野性的、充滿活力的血液。高建中曾對其他包的知青說，養一條小狼，能夠使陳陣變成一個勤快人，也就不能算是件壞事。

陳陣在黏稠髒臭的牛糞場上幹得狼勁十足。他滿筐滿筐地往家揹糞，糞堆像雨後的黑蘑菇那樣迅速膨脹。鄰家的主婦看得都站著不動了，誰也不知道他爲什麼這麼瘋幹。有的知青挖苦道，這叫做近糞者臭，近狼者狼。

傍晚，龐大的羊群從山裏回營盤。楊克嗓音發啞，坐騎一驚一乍，他已經累得連揮動套馬杆的力氣都快沒有了。羊群從山裏帶回億萬隻黃蚊，整個羊群像被野火烤焦了似的，冒著厚厚一層「黃煙」。近兩千隻羊，近四千隻羊耳朵，拼命甩耳甩蚊，營盤頓時雜訊大作，撲嚕嚕、撲嚕嚕的羊耳聲一浪高過一浪。

一直懸在半空等待聚餐的厚密蚊群，突然像轟炸機群俯衝下來。那些最後一批被剪光羊毛，光板露皮的羊，經過野外一整天的肉刑針刑，早已被叮刺得像疙疙瘩瘩的賴蛤蟆一樣，慘不忍睹。密集餓蚊的新一輪轟炸，簡直要把羊們扎瘋了。羊群狂叫，原地蹦跳，幾隻高大的頭羊不顧楊克的鞭抽，卯足了勁頂風往西北方向衝。

陳陣抄起木棒，衝過去一陣亂敲亂打，才將頭羊轟回羊糞盤。但是，整個羊群全部頭朝風，憋足了勁，隨時準備頂風猛跑，借風驅蚊。

陳陣以衝鋒的速度，手腳麻俐地點起了六盆艾煙，並把盆端到羊群臥盤的上風頭。六股濃濃的白煙像六條兇狠的白龍，殺向厚密的蚊群。頃刻間，蚊群像遇上了天神毒龍一般，呼嘯潰逃。救命的艾煙將整個羊群全部罩住，疲憊不堪的大羊小羊，噗通噗通跪倒在地。白煙裏的羊群一片寂靜，一天的苦刑總算熬到了頭。

楊克下馬，沉重地砸在地上。他急忙牽著滿身蚊子的馬，走進煙陣，又摘掉防蚊帽，解開粗布厚上衣，舒服得大叫：真涼快！這一天快把我憋死了。明天你放羊，準備受刑吧。

陳陣說：我在家裏也受了一天刑。明天我放羊回來，你也得給我備足六盆煙，還得給小狼點煙。

楊克說：那沒問題。

陳陣說：你還不去看看小狼，這小兔崽子挺知道好歹的，鑽進煙裏睡覺去了。

楊克疑惑地問：狼不是最怕煙怕火嗎？

陳陣笑道：可狼更怕蚊子，牠一看狗來搶牠的煙，就不幹了，馬上就明白煙是好東西。我樂得肚子都疼了，真可惜你沒看到這場好戲。

楊克連忙跑向狼圈，小狼側躺在地，懶懶地伸長四腿，正安穩地睡大覺呢。聽到兩位大朋友的腳步聲，小狼只是微顫眼皮，向他倆瞟了一眼。

整整一夜，陳陣都在伺弄煙盆。每隔半個多小時，就要添加乾糞。只要藥煙一弱，又要添加艾草。如果風向變了，就得把煙盆端到上風頭。有時還要趕走擠進羊群來蹭煙的牛。牛皮雖厚，但牛鼻、眼皮和耳朵仍然怕叮刺。陳陣爲了不讓牛給羊群添亂，只好再點一盆煙，放到牛群的上風頭。

爲了保證艾煙始終籠罩牛羊和小狼，陳陣幾乎一夜未曾合眼。三條大狗始終未忘自己的職責，牠們跑到羊群上風頭的煙陣邊緣，躲在煙霧裏，分散把守要津。

煙陣外，密集饑餓的蚊群氣得發狂發抖，噪音囂張，但就是不敢衝進煙陣。戰鬥了大半夜的陳陣，望著被擊敗的強敵，心中湧出勝者的喜悅。

這一夜，全大隊的各個營盤全都擺開煙陣，上百個煙盆煙堆，同時湧煙。月光下，上百股濃煙越飄越粗，宛如百條白色巨龍翻滾飛舞；又好像原始草原突然進入了工業時代，草原上出現了一大片林立的工廠煙筒，白煙滾滾，陣勢浩大，蔚爲壯觀。艾煙不僅完全擋住了狂蚊，也對草原蚊災下饑餓的狼群，起了巨大的震懾作用。

遼闊的草原也具有軟化濃煙的功能。全隊的白煙飄到盆地中央上空，已經變為一片茫茫雲海。雲海罩蓋了蚊群肆孽的河湖，平托起四周清涼的群山和一輪圓月，「軍工煙筒」消失了，草原又完全回到了寧靜美麗的原始狀態。

陳陣不由吟頌起李白的著名詩句：「明月出天山，蒼茫雲海間。長風幾萬里，吹度玉門關……」陳陣從小學起就一直酷愛李白。這位生於西域，並深受西域突厥民風影響的浪漫詩人，曾無數次激起他自由狂放的狼血衝動。在原始草原的月夜吟頌李白的詩，與在北京學堂裏吟頌的感覺迥然不同。陳陣的胸中忽然湧起李白式的豪放，草原狼的性格再加上華夏文明的精粹，竟能攀至如此令人眩暈的高度……

到下半夜，陳陣隱約看到遠處幾家營盤已經不冒煙了，隨後就聽到下夜的女人和知青趕打羊群的吆喝聲、羊群的騷動聲。顯然，那裏的艾草已經用完，或者主人捨不得再添加寶貴的乾牛糞。

蚊群越來越密，越來越燥急，半空中的雜訊也越來越響。小半個大隊的營盤失去了安寧，人叫狗吼，此起彼落。手電筒的光柱也多了起來。忽然，陳陣聽到最北面的營盤方向，隱約傳來劇烈的狗叫聲和人喊聲。不知哪家的羊群衝破人的阻攔，頂風開跑了。只有備足了乾糞艾草和下夜人狗警惕守夜的人家，還是靜悄悄的。

陳陣望著不遠處畢利格老人的營盤，那裏沒有人聲，沒有狗叫，沒有手電光。隱約可見幾處火點忽明忽暗，嘎斯邁可能正在侍候煙堆。她採用的是「固定火點，機動點煙」的方法。羊群的三面都有火點，哪邊來風，就點哪邊的火堆。火堆比破臉盆通風，燃火燒煙的效果更好，只是比較費乾糞。但嘎斯邁最勤快，爲了絕對保證羊群的安全，她是從不惜力的。

突然，最北邊的營盤方向傳來兩聲槍響。陳陣心裏一沉，狼群終於又抓住一次戰機。這是牠們在忍受難以想像的蚊群叮刺之後，鑽到的一個空子。陳陣長歎一口氣，不知這次災禍落在哪個人的頭上。他也暗自慶幸，深感迷狼的好處：對草原狼瞭解得越透，就越不會大意失荊州。

不久，草原重又恢復平靜。接近凌晨，露霧降臨，蚊群被露水打濕翅膀，終於飛不動了。煙火漸漸熄滅，但大狗們仍未放鬆警惕，開始在羊群西北方向巡邏。陳陣估計，快到女人們擠奶的時候了，狼群肯定撤兵了。他將二茬毛薄皮袍側蒙住頭，安心地睡過去了。這是他一天一夜中唯一完整的睡眠時間，大約有四個多小時。

第二天，陳陣在山裏受了一天的苦刑，到傍晚趕羊回家的時候，他發現自己家像是在迎接貴客：蒙古包頂上攤晾著剛剝出來的兩張大羊皮。小狼和所有的狗，都在興致勃勃地啃咬著自己的一大份羊骨羊肉。進到包裏，碗架上，哈那牆上的繩子也晾滿了羊肉條，爐子上正煮著滿滿一大鍋手把肉。

楊克對陳陣說：昨天夜裏，最北邊額爾敦家的羊群出事了。額爾敦家跟道爾基家一樣，都是早些年遷來的外來戶，東北蒙族。他們家剛從半農半牧區的老家，娶來一個新媳婦，她還保留著一覺睡到大天亮的習慣。夜裏點了幾堆火，守了小半夜，就在羊群旁邊睡著了。煙滅了以後，羊群頂風跑了，被幾條狼一口氣咬死一百八十多隻，咬傷了幾十隻。幸虧狗大叫又撓門，叫醒包裏的主人，男人們騎馬帶槍追了過去，開槍趕跑了狼。要是再晚一點，大狼群聞風趕到，這群羊就剩不下多少了。

高建中說：今天包順貴和畢利格忙了一整天，他倆組織所有在家的人力，把死羊全都剝了皮，淨了膛。一百八十多隻死羊，一半被卡車運到場部，廉價處理給幹部職工，剩下的死羊傷羊留給大隊，每家分了幾隻，不要錢，只交羊皮。咱們家拉回來兩隻大羊，一隻死的，一隻傷的。天這麼熱，一下子來了這麼多的肉，咱們怎麼吃得完？

陳陣高興得合不上嘴，說：養狼的人家還會嫌肉多？又問：包順貴打算怎麼處理那家外來戶？

高建中說：賠唄。月月扣全家勞力的半個月工分，扣夠爲止。嘎斯邁和全隊的婦女，都罵那個二流子新郎和新媳婦的公婆，這麼大的蚊災，哪能讓剛過門的農家媳婦下夜呢……咱們剛到草原的時候，嘎斯邁她們還帶著知青下了兩個月的夜，才敢讓咱們單獨下夜的呢。包順貴把額爾敦兩口子狠狠地訓了一遍，說他們真給東北蒙族的外來戶丟臉。可是他對自己老家來的那幫民工趁機給好處，把隊裏三分之一的處理羊都白送給了老王頭，他們可樂壞了。

陳陣說：這幫傢伙還是占了狼的便宜。

高建中打開一瓶草原白酒，說：白吃狼食，酒興最高。來來來，咱們哥仨，大盅喝酒，大塊吃肉。

楊克也來了酒癮，他說：喝！我要喝個夠！養了一條小狼，人家盡等著看咱們的笑話了，結果怎麼樣？咱們倒看了人家的笑話。他們不知道，狼能教人偷了雞，還能賺回一把米來。

三人大笑。

煙陣裏，撐得走不動的小狼，趴在食盆旁邊，像一條吃飽肚子的野狼，捨不得離開自己的獵物那樣，死死地守著盆裏的剩肉。牠哪裡知道，這是狼爸狼叔們送給牠的救災糧。

33 狼耳、狼牙、狼老師

一場冷冷的秋雨，突然就結束了內蒙古高原短暫的夏季，也凍傷了草原上的狼性蚊群。

陳陣出神地望著靜靜的額侖草原，他懂得了蚊群和狼群之所以如此猖狂的原因——草原的夏季短，而秋季更短，一過了秋季，就是長達半年多的冬季。這是草原上那些不會冬眠的動物的死季，就連鑽入獺洞的蚊子都得凍死大半。草原狼沒有一身油膘和厚毛根本過不了冬，草原的嚴冬，將消滅大部分瘦狼、老狼、病狼和傷狼。所以蚊群必須抓緊這個生長的短季，拼命抽血，竭力爲搶救自己的生命而瘋狂攻擊；而狼群，更得以命拼食，爲自己越冬以及度過來年春荒而血戰。

前些日子分給陳陣包的一匹死馬駒，還剩下已經發臭的兩條前腿和內臟。小狼又飽飽地享受了一段豐衣足食的好時光，而且剩下的肉還夠牠吃幾天。小狼的鼻子告訴牠自己：家裏還有存糧。所以，這些日子，牠一直很快樂。

小狼喜歡鮮血鮮肉，但也愛吃腐肉，甚至把腐肉上的肉蛆也津津有味地吞到肚子裏去。連高建中都說：小狼快成咱們包的垃圾箱了，咱們包大部分的垃圾，都能倒進小狼的肚子裏。

最使陳陣驚奇的是，無論多臭多爛多髒的食物垃圾，吃進小狼的肚子，小狼也不得病。陳陣和楊克對小狼耐寒暑、耐饑渴、耐髒臭和耐病菌的能力佩服之極。經過千萬年殘酷環境精選下來的物種，真是令人感動，可惜達爾文從沒來過內蒙古額侖草原，否則，蒙古草原狼會把他徹底迷倒。

小狼越長越大，越長越威風漂亮，已經長成了一條像模像樣的草原狼了。陳陣已經給牠換了一根更長的鐵鏈。陳陣還想給牠更換名字，應該改叫牠「大狼」了。可是小狼只接受「小狼」的名號，一聽陳陣叫牠小狼，牠會高高興興跑到跟前，跟他親熱，舔他的手，蹭他的膝蓋，撲他的肚子，還躺在地上，張開腿，亮出自己的肚皮，讓陳陣給牠撓癢癢。可是叫牠「大狼」，牠理也不理，還左顧右盼東張西望，以爲是在叫「別人」。

陳陣笑道：你真是條傻狼，將來等你老了，難道我還叫你小狼啊？小狼半吐著舌頭，呵呵傻樂。

陳陣對小狼身體的每一部分都很欣賞，最近一段時間，他尤其喜歡玩小狼的耳朵。這對直直豎立的狼耳，挺拔、堅韌、乾淨、完整和靈敏，是小狼身體各個部位中，最早長成大狼的樣子，已經完完全全像大狼的耳朵了。小狼也因此越來越具有草原狼本能的自我感覺。

陳陣盤腿坐到狼圈裏跟小狼玩的時候，總是去摸牠的耳朵。但小狼好像有一個從狼界那兒帶來的條件，必須得先給牠撓耳朵根，撓脖子，直到撓得牠全身癢癢哆嗦得夠了，才肯讓陳陣玩耳朵。

陳陣喜歡把小狼的耳朵往後折疊，然後一鬆手，那隻狼耳就會噗地彈直，恢復原樣。如果把兩隻耳朵都往後折，再同時鬆手，但兩耳絕不會同時彈直，而總是一前一後，發出噗噗兩聲，有時能把小狼嚇得一愣，好像聽到了什麼敵情。

這對威風凜凜的狼耳，除了二郎以外，令家中所有的狗十分羨慕、嫉妒甚至敵視。陳陣不知狗耳和狼耳的軟骨中，是否也有「骨氣」的成分？狗祖先的耳朵也像狼耳一樣挺拔，可能後來狗被人類馴服以後，牠的耳朵便耷拉下來，半個耳朵遮住了耳窩，聽力就不如狼靈敏了。

遠古的人類可能不喜歡狗的野性，於是經常去擰牠的耳朵，並且耳提面命。久而久之，狗的耳朵就被人擰軟了，耳骨一軟，狗的「骨氣」也就消失，狗最終變成了人類俯首帖耳的奴僕。蒙古馬倌馴生馬，首先就得擰住馬耳，按低了馬頭，才能備上馬鞍騎上馬；中國地主婆也喜歡擰小丫環的耳朵，一旦被人擰了耳朵，奴隸或奴僕的身份就被確認下來。

小狼的耳朵，使陳陣發現耳朵與身份地位關係密切。

比如，強悍民族總喜歡去擰非強悍民族的耳朵，而不太強悍的民族，又會去擰弱小民族的耳朵。游牧民族以「執牛耳」的方式，擰軟了野牛、野馬、野羊和野狗的耳朵，把牠們變成了奴隸和奴僕。後來，強悍的游牧民族，又把此成功經驗用於其他部族和民族，去擰被征服地的民族的耳朵；佔據統治地位的集團，去擰被統治民族的耳朵。於是，人類世界就出現了「牧羊者」和「羊群」的關係。劉備是「徐州牧」，而百姓則是「徐州羊」。世界上最早被統治集團擰軟耳朵的人群，就是農耕民族。

直到如今，「執牛耳」，仍然是許多人和集團孜孜以求的目標。「執牛耳」還保存在漢族的字典裏，這是漢族的游牧祖先傳留給子孫的遺產。然而，北宋以後的漢族，卻不斷被人家執了「牛耳」。

如今，「執牛耳」的文字還在，其精神卻已消失。現代民族不應該去征服和壓迫其他民族，但是，沒有「執牛耳」的強悍征服精神，就不能捍衛自己的「耳朵」。

這些日子，陳陣常常望著越來越頻繁出現的兵團軍吉普揚起的沙塵，黯然神傷。他是第一批，也許是最後一批，實地生活和考察蒙古邊境游牧草原的漢人。他不是浮光掠影的記者和采風者，他有一個最值得驕傲的身份——草原原始游牧的羊倌。

他也有一個最值得慶幸的考察地點——一個隱藏在草原深處，存留著大量狼群的額侖牧場。他還養了一條親手從狼洞裏掏出來的小狼。他會把自己的觀察和思考深深地記在心底，每一個微小的細節他都不會忘記。

將來，他會一遍一遍地講給朋友和家人聽，一直堅持到自己離開這個世界的時候。可惜，炎黃子孫離開草原祖地的時間太久，草原原始古老的游牧生活很快就要結束，中國人今後再也不能回到原貌祖地，來拜見他們的太祖母了……

陳陣久久地撫摸著狼耳。他喜歡這對狼耳，因爲小狼的耳朵，是他這幾年來所見過的惟一保存完整的狼耳。兩年多來，他所近距離見過的活狼、死狼、剝成狼皮或狼皮筒上的狼耳朵，無一例外，都是殘缺不全的。有的像帶齒孔的郵票，有的沒有耳尖，有的被撕成一條一條，有的裂成兩瓣或三瓣，有的兩耳一長一短，有的乾脆被齊根斬斷……越老越兇猛的狼耳就越「難看」。在陳陣的記憶裏，實在找不到一對完整挺拔毫毛未損的標準狼耳。

陳陣忽然意識到，在殘酷的草原上，殘缺之耳才可能是「標準狼耳」。

那麼，小狼這對完整無缺的狼耳，就不是標準狼耳了？陳陣心裏生出一絲悲哀。

他也突然意識到，小狼耳朵的「完整無缺」，恰恰是小狼最大的缺陷。狼是草原鬥士，牠的自由頑強的生命，是靠與兇狠的兒馬子、兇猛的草原獵狗、兇殘的外來狼群和兇悍的草原獵人生死搏鬥而存活下來的。未能身經百戰、招搖著兩隻光潔完美的耳朵而活在世上的狼，還算是狼嗎？陳陣感到了自己的殘忍，是他剝奪了小狼草原勇士般的生命，使牠變成徒有狼耳而無狼命，生不如狗的囚徒。

那麼，是否把小狼悄悄放生？陳陣一次次問自己。把小狼放回殘酷而自由的草原，還牠以狼命？可陳陣不敢。自從他用老虎鉗夾斷了小狼的四根狼牙的牙尖後，小狼便失去了在草原自由生存的武器。

小狼原來的四根錐子般鋒利的狼牙，如今已經磨成四顆短粗的圓頭鈍牙，像四顆豎立的雲豆，連狗牙都不如。更讓陳陣痛心的是，當時手術時儘管倍加小心，在夾牙尖時並沒有直接傷到牙髓管，但是，陳陣手中的老虎鉗還是輕微地夾裂了一顆牙齒，一條細細的裂縫伸進了牙髓管。

過了不久以後，陳陣發現，小狼的這顆牙齒整個被感染，牙齒顏色發烏，像老狼的病牙。後來，陳陣每次看見這顆黑牙，心裏就一陣陣地絞痛，也許到不了一年，這顆病牙就會脫落。狼牙是草原狼的命根，小狼若是只剩下三顆鈍牙，連撕食都困難，更不要說是去獵殺動物了。

隨著時間的推移，陳陣已絕望地看清了自己當初那個輕率決定的嚴重後果——他將來不可能再把小狼放歸草原，他也不可能到草原深處去探望「小狼」朋友了。陳陣那個浪漫的幻想，已被他自己那一次殘忍的小手術徹底斷送，同時也斷送了這麼優秀可愛的一條小狼的自由。

更何況，長期被拴養的小狼，一點兒草原實戰經驗也沒有，額侖草原的狼群會把牠當成「外來戶」，毫不留情地咬死。一個多月前，陳陣在母狼呼喚小狼的那天夜裏，沒有下決心把小狼放生，他為此深深自責和內疚。

陳陣感到自己不是一個合格和理性的科學研究人員，幻想和情感常常使他痛恨「科研」。小狼不是供醫用解剖的小白鼠，而是他的一個朋友和老師。

34 小狼與老兔決鬥

一匹快馬沿著牛車車道飛奔而來，馬的身後騰起近一百米長的滾滾黃塵。陳陣和楊克一看，就知道是張繼原倒班回家休息來了。

張繼原已完全像個草原大馬倌，馬快馬多，騎馬張狂，不惜馬力，毫不掩飾那股炫耀的勁頭。高建中一臉壞笑地說：嗳，你們看，他把好幾個包的蒙古丫頭都招出家門了，那眼神兒都像小母馬似的追著他跑呢。

張繼原一跳下馬，就說：快，快來看，我給你們帶來什麼東西了。他從馬鞍上解下一個鼓鼓囊囊的大號帆布包，裏面好像是活物，還動了幾下。

楊克接過包，摸了摸，笑道：難道你也抓著一條小狼崽，想給咱家的小狼配對？

張繼原說：這會兒的狼崽哪能這麼小，你好好看看，小心別讓牠跑了。

楊克小心翼翼解開一個扣，先看到裏面的一對大耳朵，他伸手一把握住，便把那隻活物拽了出來。一隻草原大野兔在楊克手下亂蹬亂扭，黃灰色帶黑毛的秋裝，發出油亮亮的光澤，個頭與一隻大家貓差不多，看樣子足有五六斤重。

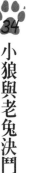

張繼原一邊拴馬一邊說：今天晚上咱們就吃紅燒兔肉，老吃羊肉都吃膩了。

正說著，離著七八步遠的小狼突然野性大發，猛地向野兔撲過來。如果不是鐵鏈拴著牠，大兔肯定就被牠搶走了。

小狼在半空中被鐵鏈拽住，噗地跌落在地。牠一個翻滾立即站起來，兩條前爪向前空抓，舌頭被項圈勒出半尺長，兩眼暴突，兇光殘忍，恨不得一口活吞了野兔。家中的狗們都見識過這種跑跳極快，很難抓到手的東西。狗們都圍上來，好奇地聞著野兔，但誰也不敢搶。

楊克看看小狼貪婪的嘴臉，便拎起大兔朝小狼走了幾步，拿著兔子向小狼悠了悠。小狼的前爪一碰到兔腿，立刻變成了一條真正的野狼。牠滿臉殺氣，滿口嗜血慾，舌頭不斷舔嘴的外沿，一對毒針吹管似的黑瞳孔，颼颼地發射無形毒針，異常恐怖。

當活兔又悠回楊克身邊的時候，小狼惡狠狠地望著所有的人和狗，人狼之間頓時界限分明，幾個月的友誼和感情蕩然無存。在小狼的眼裏，陳陣、楊克和最愛護牠的二郎，頓時全都成了牠的死敵。

楊克嚇得下意識地連退三步，他定定神說：我提個建議，小狼長這麼大了，還沒有親自殺吃過活物，咱們得滿足牠一點天性。我宣佈放棄吃紅燒兔肉，把野兔送給小狼吃，今天咱們看野狼殺吃野兔，可以近距離地感受感受活生生的狼性。

陳陣大喜，馬上表示贊同。他說：兔肉不好吃，要跟沙雞一塊燉才行。這一夏天小狼幫咱們下夜，一隻羊也沒被狼掏走，應該給牠獎勵。

高建中點頭說：小狼不光給羊群下夜，還給我的牛犢下了夜，我投贊成票。

張繼原咽下一口唾沫，勉強說：那好吧，我也想看看咱家小狼還有沒有狼性。

四個人頓時都興奮起來。潛伏在人類內心深處的獸性、喜愛古羅馬鬥獸場野蠻血腥的殘忍性，以正當合理的藉口，暢通無阻地表現出來了。

一隻活蹦亂跳的草原野兔，在兇狠的狼、鷹、狐、沙狐和獵狗等天敵殺手圍剿追殺中，艱難生存下來的草原生命，就這樣被四個北京知青輕易否決了。好在野兔有破壞草原的惡名，還有兔洞經常摔傷馬倌的罪行，判牠死刑，在良心上沒有負擔。四人開始商量鬥獸規則。

草原上無遮無攔，沒有可借用的鬥獸場，大家都爲不能看到野狼追野兔的場面而遺憾。最後四人決定，把野兔的前腿和後腿分開拴緊，讓牠既能蹦跳，又不至於變成脫兔。

顯然這是一隻久經殘酷生存環境考驗的成年兔。楊克在給兔子綁腿的時候，冷不防被這個強壯有力的傢伙狠狠地蹬了一下。善刨洞的野兔長有小尖鏟似的利爪，把楊克的手背蹬出幾道深深的血口子。他疼得倒吸一口涼氣，說：人說兔子急了也咬人，沒想到牠真會用爪子咬人。好厲害，你先別得意，待會兒我就讓小狼活剝了你！

陳陣急忙跑進包，拿出雲南白藥和紗布，給他上藥包紮。四個人一起動手，費了好大勁，才把野兔的腿綁緊。

野兔躺在地上一動不動，但兩隻眼睛射出兇狠狡猾的光芒。張繼原掰開野兔的三瓣嘴，看了看兔牙說：你們看，這是一隻老兔子，牙都發黃了。大車老闆都說，「人老奸，馬老猾，兔子老了鷹難拿。」老兔子可厲害呢，弄不好小狼會吃大虧的。

陳陣扭頭問張繼原：哎，爲什麼說兔子老了鷹難拿？

張繼原說：老鷹抓兔子，從空中先俯衝下來，用左爪抓住兔子的屁股，兔子一疼就會轉身，身子就橫過來了。老鷹另一隻爪子正好得勁，再一把抓住兔背，這樣兔子就跑不了了。老鷹抓穩了兔子，就飛上天再鬆開爪子，把兔子扔下來摔死，然後才把兔子抓到山頂上去吃。可是，老兔子就不會讓老鷹輕易得手。一旦老兔被老鷹抓住了屁股，再疼也不回身，然後豁出命猛跑，往最近的草棵子紅柳地裏跑。我就親眼看見過，一隻老兔子硬是帶著老鷹一起衝進紅柳地，密密麻麻的柳條，萬鞭齊抽，把老鷹的羽毛都抽下來了。老鷹都快被抽暈了，只好鬆開爪子把兔子放走。那隻老鷹垂頭喪氣，像隻鬥敗了的雞，在草叢裏歇了半天才飛走……

楊克聽得兩眼發直，說：咱們可得想好了。

陳陣說：還是把兔子扔給小狼吧。一邊是老奸巨猾的大兔，一邊是年幼無知、牙口不全的小狼；一邊拴著腿，一邊拴著鐵鏈，這場角鬥還算公平。

楊克說：咱們都看過小說《斯巴達克》，按照羅馬競技場的規則，老兔子如果勝了，就應該獎給牠自由。

三人都說：成！

楊克對野兔自言自語說：誰讓你掏了那麼多的洞，毀了那麼多草皮，對不起啦。又對小狼大喊：小狼，小狼，開飯嘍！說完一揚手，把野兔扔進狼圈。

野兔一落地，就一骨碌翻過身來，亂蹦亂跳。小狼衝過去，卻沒處下嘴。牠用前爪猛地撥拉一下野兔，兔子一下子倒在地上，縮成一團，像是嚇破了膽，胸部急促起伏，渾身亂顫。可是那雙圓圓的大眼睛，卻異常冷靜地斜看著小狼的一舉一動。顯然，這隻野兔在狼爪鷹爪下，不知逃脫過多少次了。

野兔在顫抖的掩護下，繼續收縮身體，越縮越緊，最後縮成一個極具爆發力的「拳頭」，然後收縮利爪，調整「刀口」的位置，猶如暗器在袖。

小狼已經有過吃大肥鼠的經歷，見到野兔，就以為是一隻更大的野鼠。牠饞得口水一絲絲的掛下來，上前聞了聞，野兔還在顫動。小狼伸出前爪，想把牠按得像手把肉那樣「老實」。牠東按按，西聞聞，尋找下口之處。

野兔突然停止顫抖，此時小狼的腦袋正好移到了野兔的後腿處。「不好！」四人幾乎同時叫了起來，但已經來不及提醒小狼了，老野兔以最後一拼的力量，勾緊爪甲，像地雷爆炸一樣，照準小狼的腦袋蹬去，一爪正中狼頭。小狼嗷地一聲，被蹬了一個後滾翻，好容易爬起來的時候，已是滿頭流血，狼耳被豁開一個大口子，頭皮幾處抓傷，右眼也差一點被蹬瞎。

陳陣和楊克心疼得變了臉色，兩人呼地站起來。楊克急忙掏出白藥瓶，打算給小狼上藥。陳陣狠了狼心，攔住楊克說：草原上哪條狼不傷痕累累，也該讓小狼嚐嚐受傷的滋味了。

小狼還從來沒有吃過這麼大的虧。牠躬起身，滿臉驚恐、憤怒，但又好奇地盯住野兔看。老兔得手後，開始拚命掙扎，翻過身，一瘸一拐，連蹦帶拱，向狼圈外挪動。幾條狗也生氣地站起來，衝著老兔狂吠。二郎實在看不過去，想衝進狼圈咬殺老兔，被陳陣一把抱住。

老兔慢慢拱向圈線，小狼慢慢跟在後面，保持一尺距離。只要老兔後腿稍有大一點的動作，小狼就像被毒蠍咬了一樣，蹭地後跳。

楊克說：這次角鬥應該判老兔贏。要是在野地裏，老兔剛才那一下就把小狼打懵了，老兔也早就趁機逃跑了。這傢伙二十分鐘內，連傷一人一狼，好生了得。我看還是把牠放生吧。同樣是農耕食草動物，漢人要是能有草原老兔精神，近代的中國，哪能淪爲半殖民地？

陳陣心情矛盾地說：再給小狼最後一次機會吧。如果老兔拱出圈子，就算老兔贏。如果出不了圈子，那還得比下去。

楊克說：好吧，就以圈線定勝負。

老兔像是看到了一線生機，連滾帶拱往圈外挪。小狼也惱了，似乎覺得眼前這個本屬於牠圈子裏的東西，快要不屬於牠了。牠急得亂蹦亂跳，像對付一隻刺蝟一樣，不敢咬不敢抓，但是，一有機會就用前爪把老兔往圈裏撥拉一下，然後馬上跳開。而老兔一等小狼跳開，又會再次往圈外拱。

拉鋸了幾個回合，獵性十足的小狼，終於找到了老兔的弱點。牠避開老兔的後腿，而跑到兔頭前面，採用「執牛耳」戰術，看準機會，一口叼住了老兔的長耳朵往裏拽。老兔一掙扎，小狼就鬆開嘴。小狼漸漸發現那隻厲害的後腿蹬不著自己了，就大膽咬住兔耳，一直把老兔拽到木樁旁邊。老兔眼露驚恐，連蹬帶踹一刻不停，像一條釣上岸的大鯉魚，蹦跳得讓小狼無法下口。

陳陣決定給小狼一點提示，他突然大喊：小狼，小狼，開飯嘍！小狼猛然一怔。這聲叫喊，一下子喚醒了小狼的饑餓感，牠立即從一條鬥狼變成了一條餓狼。

只見小狼猛地按住兔頭，再用後牙喀嚓一聲咬斷了老兔的一隻長耳朵，然後連皮帶毛吞進肚裏。兔血噴出，小狼見血眼開，狼性勃發，又兇狠地咬斷另一隻耳朵，吞下肚。

失去耳朵的野兔，酷似一隻大旱獺子，亂蹬亂咬，拼死反抗。狼圈內，一條滿頭是血的小狼，與一隻滿頭湧血的老兔攪作一團，打得你死我活。狼圈變成了真正充滿血腥味的戰場。

但小狼還是沒有掌握如何先咬死兔子，再從容吃肉的殺技，只是咬一口吃一口，生吞活剝、毫無章法地在老兔身上胡亂摸索獵殺方法。

小狼的牙雖鈍，但具有老虎鉗般的力度，牠咬夾住兔皮便猛甩頭，將兔皮一條一條地撕下來。牠雖然不懂得一口咬斷野兔的咽喉致命處，但是牠卻本能地找到了野兔的另一處要害——肚子。

可憐的老兔終於被小狼撕豁了肚皮，一嘟嚕，內臟被小狼狠命拽出來，這些柔軟無毛帶血的東西，是草原狼最愛吃的食物。小狼兩眼放光，把腸肚心肺肝腎統統吞到肚子裏。老兔一直戰鬥到失去了心臟，才停止反抗。

陳陣總算給了小狼一次活得像條真狼的機會。小狼終於長大了，牠付出了臉耳破相的代價，從此有了草原狼的「標準狼耳」，而成爲具有實戰記錄的草原狼。

但陳陣的心裏卻好像高興不起來。小狼贏了，他反倒爲老兔感到了惋惜與哀傷。那隻可憐的老兔拼盡了全力，死得可敬可佩。牠被同樣英勇頑強的小狼殺死吃掉了，但牠在精神上並沒有被打敗。蒙古草原的一切生靈，除了綿羊以外，不論是食肉動物還是食草動物，都具有草原母親給予的兇猛頑強的精神。

羊群已進了營盤。陳陣和楊克暫時中止了這天小狼的放風課程。小狼還沉浸在極度亢奮之中，對於每日傍晚的遛狼，居然也忘得一乾二淨。

四人難得有機會聚在一起做飯吃飯，蒙古包裏的氣氛異常溫暖融洽。陳陣給張繼原倒了一碗茶，問道：你還沒給我們講，你是怎麼抓到老兔子的？

張繼原也像草原大馬倌那樣喜歡賣關子了，他停了停說：嗨，這隻野兔還是狼送給我的呢。

三個人一愣。

張繼原又停了幾秒鐘才說：今天中午，我和巴圖去找馬，半路上，剛翻過一個小坡，離老遠看到了一條狼，正撅著屁股和尾巴刨土。我們倆正好都騎著快馬，一鞭子就衝了過去。狼馬上翻坡逃走了，我們衝到狼刨土的地方，一看是個小洞，外面有不少狼刨出的新土。這個洞很隱蔽，藏在草叢下面，要不是洞外有新土，很難發現。巴圖一看，就說這是個兔洞，但不是兔子的窩，只是牠的臨時藏身洞。

草原野兔除了狡兔三窟四窟以外，還在牠的活動範圍內，挖了許多臨時藏身洞，一遇敵情，馬上就鑽進最近的一個臨時洞。馬倌最恨這種洞，常常傷人傷馬。去年，蘭木扎布的一匹最好的杆子馬，就是被這種洞別斷了前腿，廢了。這回我倆發現了這個兔洞，氣就不打一處來，兩人下了馬，非把牠掏出來打死不可。

兔洞有一米多深，用套馬杆捅了捅，是軟的，裏面真有隻活兔。狼會刨洞，一會兒就能把野兔刨出來。可是狼跑了，我們拿什麼刨洞呢？巴圖說他有法子，他解下套馬杆的小杆，用刀子在小杆上劈開一個小口子，在口子裏塞上點粗草，做成了一個小杈子，把杆伸進洞，慢慢探到了兔子的身子，然後就用杆子頂尖上的杈子夾兔子毛。夾住毛了以後，就開始擰兔毛，最後連毛帶皮全擰到杆子上了，一直擰到擰不動爲止。再用杆子壓住兔子，一點點兒往外拽，不一會兒，巴圖就把這隻大野兔擰了出來。牠剛一露頭，我就一把揪住了牠的耳朵。

三人連聲叫絕：高！實在是高！

四人圍著炕桌吃小米撈飯、粉蘑燉羊肉和醃野韭菜花。

楊克問張繼原：聽說馬上就要建立兵團了，你在外頭跑，消息靈通，給我們說說吧。

張繼原說：內蒙古上，生產兵團已經正式組建了，咱們的場部成了團部。第一批幹部已經下來，一半蒙族一半漢族。建團後的第一件事可能就是滅狼。那些兵團幹部一看見狼群咬死那麼多馬駒子，全都氣壞了。他們說，過去部隊一到草原先幫著牧民剿匪，現在第一件事就是要幫著牧民剿狼，調派精兵強將爲民除害。人家好心好意，蒙古老人有苦難說啊。這會兒狼毛快長齊了，狼皮能賣錢了。兵團幹部工資也不高，參謀、幹事一個月也就五六十塊錢，可賣一條狼皮能得二十塊錢，還有獎勵，師部團部的兵團幹部，打狼的興趣特高。

楊克歎了一口氣說：蒙古草原狼，英雄末路，大勢已去，趕緊往外蒙古逃吧。

35 打狼的人來了

清晨，兩輛敞篷軍吉普車，停在陳陣包前不遠處。小狼見到兩個龐然大物，又聞到一種從沒聞過的汽油味，嚇得颼地鑽進狼洞。大狗小狗衝過去，圍住吉普車狂吼不止。陳陣楊克急忙跑出包，喝住了狗，並把狗趕到一邊去。

車門打開，包順貴帶著四個精幹的軍人，下車逕直走向狼圈。陳陣，楊克和高建中不知會發生什麼事，慌忙跟了過去。陳陣定了定神，上前打招呼：包主任，又領人來看小狼啦。

包順貴微微一笑說：來來，我先給你們介紹介紹。他攤開手掌，指了指兩位三十多歲的軍官說：這兩位是兵團來咱們大隊打前站的幹部，這位是徐參謀，這位是巴特爾，巴參謀。又指了指兩位司機說，這是老劉，這是小王，都是團部派下來幫助咱們打狼的。

陳陣的心跳得像逃命的狼。他上前同幾位軍人握了握手，馬上以牧民的方式，請客人進包喝茶。

包順貴說：不啦，先看看小狼。快招呼小狼出來，兩位參謀是專門來看狼的。

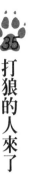

陳陣強笑道：你們真對狼這麼有興趣？

徐參謀溫和地說：這裏的狼太猖狂，師、團首長命令我們下來打狼，昨天李副團長親自下隊去了。可我們倆還沒有親眼見過草原上的狼呢，老包就領我們上這兒來看看。

巴參謀說：聽老包講，你們幾個對狼很有研究，打狼掏狼崽有兩下子。還專門養了一條狼，摸狼的脾氣，真是有膽有識啊。我們打狼還真得請你們協助呢。

兩位參謀和藹可親，沒有一點架子。陳陣見他們不是來殺小狼的，便稍稍放心。又支吾地說：狼……狼……的學問可大了，幾天幾夜也說不完，還是看小狼吧。待會兒，你們先往後面退幾步，千萬別進狼圈，小狼見生人會咬的。

陳陣從包裹拿出兩塊手把肉，又拎起一塊舊案板，悄悄走到狼洞口。先把案板放在洞旁，然後大聲叫喊：小狼，小狼，開飯嘍。小狼颼地躥出洞，撲住手把肉。陳陣急忙將案板一推，蓋住狼洞，跳出了狼圈。

平時餵狼是在上午和下午，這麼一大早餵食還從來沒有過。小狼喜出望外，撲住骨頭肉就狼吞虎咽起來。包順貴和幾位軍人立即退後了幾步。

陳陣打了個手勢，四五個人向前挪到狼圈外一米的地方，蹲在地上，圍成了小半個圈。突然來了這麼多穿綠軍裝的人，傳來一些陌生的氣息，小狼一反常態，不敢像以往那樣見生人就撲咬，而是垂下尾巴，縮小身體，叼著肉塊跑到狼圈的最遠端，放下肉，又把第二塊肉也叼過來。

小狼抓緊時間搶吃，但非常不滿意被那麼多人圍觀，覺得對自己構成了巨大的威脅。牠剛啃上兩口，突然翻了臉，皺鼻張口露牙，猛地向幾個軍人撲去。動作之快，兇相之狼，大出幾個軍人的意外，四個人中，有三個嚇得一屁股坐倒在地上。小狼被鐵鏈拽住，血碗大口只離軍人不到一米遠。

巴參謀盤腿坐了起來，拍了拍手上的灰土說：厲害，厲害！比軍區的狼狗還兇，要是沒有鏈子，非得讓牠撕下一塊肉去。

徐參謀說：喝，當年出生的狼崽就這麼大了，跟成年狼狗差不多了，比北京動物園裏的大狼還要大。老包，今兒你帶我們來看狼還真對，我現在真有身臨戰場的感覺。狼的動作比狗突然和隱蔽，咱們要是真見到野狼，擊發的動作還得快！

巴參謀連連點頭。小狼突然掉頭，躥到肉旁，一邊發出嘶嘶哈哈沙啞的威脅聲，一邊快速吞咽。

兩位參謀還用手指遠遠地量了量狼頭和後半身的比例，又仔細看了看狼皮狼毛，一致認爲打狼頭或從側面打前胸下部最好，一槍斃命又不傷皮子。

兩位參謀觀察得很專業。包順貴滿臉放光，他說：牧民和大多數知青都反對養狼，可我就批准他們養。知己知彼才能百戰百勝嘛。往後，兵團首長下連隊視察，我就先陪他們到這兒來，見識見識大名鼎鼎的蒙古狼。

兩位參謀都說好。又叮囑陳陣道，必須要常常檢查鐵鏈和木樁。

包順貴看了看手錶，對陳陣說：說正事兒吧，今天一大早趕來，一是來看狼，二是讓你們倆出一個人帶我們去打狼。這兩位參謀都是騎兵出身，是軍區的特等射手。兵團首長專門爲了除狼害，才把他倆調過來的。昨天徐參謀在半路上還打下一隻老鷹，那老鷹飛得老高老高的，看上去才有綠豆那麼點大，徐參謀一發命中……哎，你們倆誰去啊？

陳陣的心猛地一抽：軍吉普再加上騎兵出身的特等射手，額侖草原狼這下真要遇到剋星了。他苦著臉說：馬倌比我們倆更知道狼的習性，也知道狼在哪兒，你們應該找他們當嚮導。

包順貴說：老馬倌請不動，小馬倌又不中用，有經驗的幾個馬倌，都跟著馬群進山了。今天你們倆必須去一個，兩位參謀來一趟不容易，下次就不讓你們去了。

陳陣又說：你怎麼不去請道爾基，他可是全隊出名的打狼能手。

包順貴說：道爾基早就被李副團長請走了。李副團長槍也打得準，一聽打獵就上癮。人家開一輛蘇聯「小嘎斯」卡車，又快又靈活，站在車上打狼，比吉普車更得勁。包順貴又看了看錶說：別浪費時間了，趕緊走！

陳陣見推不掉，就對楊克說：那就你去吧。

楊克說：我真不如你明白狼，還是……還是你去吧。

包順貴不耐煩地說：我定了，小陳你去！你可不能耍猾！你要是像畢利格老頭那樣放狼一馬，讓我們空手回來，我就斃了你這條小狼！別廢話，快走！

陳陣臉色刷白，下意識地挪了一步，擋了擋小狼說：我去，我去。

吉普車沿著矮草古道向東疾馳。古道沙實土硬，但牧民搬家遷場遺留在道上的畜糞畜尿較多，因此古道上的野草雖矮卻壯，顏色深綠。遠遠望去，草原古道就像一條低矮深綠色的壕溝，伸向草原深處。

陳陣突然在右前方不遠處的草叢中發現三個黑點，他知道那是一條大狐狸。牠的前爪垂胸，用後腿站起來，上半身露出草叢，遠遠地注視著吉普車。陽光照在狐狸的頭、脖、胸上，毛色雪白的脖頸和前胸變得微黃，與淡黃的針茅草穗混爲一色，而脖頸部以上的三個黑點卻格外清晰，那是狐狸的兩隻黑耳朵和一個黑鼻頭。

陳陣每次與畢利格阿爸外出獵狐的時候，尤其是在冬天的雪地，老人總是指給他看那「三個黑點」，有經驗的獵手就會朝「三個黑點」的下部開槍。狡猾的草原狐狸的僞裝和大膽，瞞不過草原獵人，卻能把有鷹一樣眼睛的特等射手，騙得如同「睜眼瞎」。

陳陣沒吭聲，狡猾美麗的狐狸也是草原的捕鼠能手，他不想再見到血。吉普車漸漸接近了「三個黑點」，「黑點」悄悄下蹲，消失在深深的草叢之中。

又行駛了一段，一隻大野兔也從草叢中站立起來，也在注視吉普車。身子夾雜在稀疏的草穗裏，胸前毛色也與草穗相仿，但那兩隻大耳朵破壞了牠的僞裝。陳陣悄聲說：嗨，前面有一隻大肥兔，那可是草原大害，打不打？

包順貴有些失望地說：先不打，等以後打光狼了再打野兔。

野兔又站高了幾寸，牠根本不怕車，直到吉普車離牠十幾米遠，才一縮脖子不見了。

草香越來越濃，針茅洶湧如海。射手們也感到在冬季草場，是不可能發現獵物了。吉普車只好向南開出針茅草原，來到秋季的丘陵草場。這裏的牧草較矮，千百年來，牧民之所以把這裏定爲秋季草場，主要是因爲丘陵草場的草籽多。到了秋季，像野麥穗、野苜蓿豆莢一樣的各種草穗草籽都成熟了，沉甸甸地飽含油脂和蛋白質。

羊群一到這裏，都抬起頭用嘴擼草籽吃，就像吃黑豆大麥飼料一樣。額侖羊群能在秋季抓上三指厚的背尾油膘，靠的就是這些寶貴的草籽。而不懂這種原始科學技術的外來戶，羊群油膘不夠，往往過不了冬。即便過了冬，到春季母羊沒奶，羊羔就會成批死亡。經過畢利格老人兩年多的傳授，陳陣已經快出師了。他彎腰伸手擼了一把草籽，放在手掌裏搓了搓。草籽快熟了，大隊也該準備搬家遷往秋季草場了。

牧草矮下去一大半，視線寬廣，車速加快。包順貴突然發現土路上有幾段新鮮狼糞，射手們又興奮緊張起來，陳陣立刻也揪起心。如果這裏有狼，不會防備從沒人的北面開來兩輛幾乎悄無聲息的汽車。

36 草原巨狼像千年石獸一樣地倒下

吉普剛翻過一個緩坡，突然，車上的三個人都輕輕叫了起來：狼！狼！陳陣揉了揉眼睛，只見車頭側前方三百多米的地方，躥起一條巨狼，個頭大得像隻金錢豹。

在額侖草原，巨狼仗著個大力猛速度快，常常脫離狼群單打獨鬥，看似獨往獨來吃獨食，實際上，牠是作爲狼群的特種兵，爲家族尋找大機會。

巨狼好像剛睡了一小覺，一聽到車聲，顯然吃驚不小，拼命往山溝草密的地方衝去。老劉一踩油門，激動得大呼小叫：這麼近，你還逃得掉啊！吉普車颼地截斷了大狼的逃路，狼急忙轉身往前面坡頂狂奔，幾乎跑出了黃羊的速度，但立即被巴參謀的車緊緊咬住。兩輛吉普車呈夾擊態勢，向狼猛衝。大狼已跑出全速，可吉普車的油門還沒有踩到底。

兩位特等射手竟互相謙讓起來。徐參謀大聲說：你的位置好，你打吧！

巴參謀說：你的槍法更準，還是你打。

包順貴揮手高聲叫道：別開槍！誰也別打！今兒咱們弄一張沒有槍眼的大狼皮。我要活剝狼皮，活皮的皮板好，毛鮮毛亮，那種皮子最值錢！

太對了！兩位射手和兩位司機幾乎同聲高叫。老劉還向包順貴伸出大拇指說：看我的，我保證把狼追趴蛋！小王說：我一定把狼追得吐血！

矮草緩坡丘陵是吉普車的用武之地，又在這麼近的距離內，兩車夾一狼，巨狼絕無逃脫的可能。狼已跑得口吐白沫，緊張危險的吉普車打狼戰，忽然變成了輕鬆的娛樂遊戲。陳陣到草原以後，從來沒有想過，人對狼居然可以具有如此懸殊的優勢。稱霸草原萬年的蒙古草原狼，此時變得比野兔還可憐。

吉普車在兩位駕技高超的司機控制下，不緊不慢地趕著大狼跑。狼快車就快，狼慢車就慢，並用刺耳的喇叭聲逼狼加速，車與狼，總是保持五六十米的距離。巨狼速度雖快，但是體大消耗也大，追出二十多里地，狼已跑得大口吐氣，大噴白沫，嘴巴張大到了極限，仍然喘不過氣來。

陳陣從來沒有這麼長時間地跟在狼的身後，在汽車上看狼奔跑。草原狼也從來沒被追敵追到一刻不得喘息的地步。陳陣有一刻閉上了眼不忍看，卻又忍不住睜眼去看。他多麼希望大狼跑得快些再快些，或能鑽天入地，就像傳說中的那條飛狼，能從草地上騰空而起，破雲而去；或者鑽進他掏挖過的那種深狼洞。然而，巨狼既飛不上天，又找不到洞。

草原上狼的神話，在先進的科技裝備面前，統統飛不起來了。但是眼前的巨狼，仍然在拼死拼命地跑，拼盡狼的所有意志，頑強地狂奔。好像只要追敵沒有追上牠，牠就會一直這樣跑下去。陳陣真希望車前突然出現大坑、大溝、大牛骨，即便自己被甩下車，他也認了……

兩輛車上的獵手，都爲碰上如此高大威猛漂亮的巨狼而激動，比灌足了酒還要紅光滿面。包順貴大叫：這條狼比咱們打的哪條狼都大，一張皮子就能做條狼皮褥子，連拼接都不用。

徐參謀說：這張皮子就別賣了，送給兵團首長吧。

巴參謀說：對！就送給兵團首長，也好讓他們知道這兒的狼有多大，狼災有多厲害。

老劉拍著方向盤說：內蒙古大草原富得流油，一年下來，咱們可就能安個比城裏還漂亮的富家了。

那一刻，陳陣的拳頭攥出了汗，他真想從後腦勺上給那個姓劉的一傢伙。可是陳陣眼前忽然閃過了家裏的小狼，心裏掠過一陣親情軟意，就像家裏有個嗷嗷待哺的嬰兒，等著他回去餵養。他的胳膊無力地耷拉下來，只覺得自己的整個身子和腦子都木了。

兩輛吉普車終於把狼趕到了一面長長的大平坡上。這裏沒有山溝，沒有山頂，沒有坑窪，沒有一切狼可利用的地形地貌。兩輛吉普車同時按喇叭，驚天動地，刺耳欲聾。巨狼跑得四肢痙攣，靈魂出竅。可憐的巨狼終於跑不快了，速度明顯下降，跑得連白沫也吐不出來。兩位司機無論怎樣按喇叭，也嚇不出狼的速度來了。

包順貴抓過徐參謀的槍，對準狼身的上方半尺，啪啪開了兩槍，子彈幾乎燎著狼毛。這種狼最畏懼的聲音，把巨狼骨髓裏的最後一點氣力嚇了出來。巨狼狂衝了半里路，跑得幾乎喘破了肺泡。牠突然停下，用最後的一絲力氣扭轉身，蹲坐下來，擺出了最後一個姿態。

兩輛吉普車刹在離巨狼三四米的地方。包順貴抓著槍跳下車，站了幾秒鐘，見狼不動，便大著膽子，上了刺刀，端起槍慢慢朝狼走去。巨狼全身痙攣，目光散亂，瞳孔放大。包順貴走近狼，狼竟然不動。他用槍口刺刀捅了捅狼嘴，狼還是不動。

包順貴大笑說：咱們已經把這條狼追傻了。說完伸出手掌，像摸狗一樣地摸了摸巨狼的腦袋。巨狼仍是沒有任何反應，當包順貴再去摸狼耳朵的時候，巨狼像一尊千年石獸轟然倒地……

陳陣像罪人一樣地回到家。他簡直不敢跨進草原上的蒙古包，猶豫了一會兒，還是進了自己家門。

張繼原正在跟楊克和高建中講全師滅狼大會戰。

張繼原越說越氣：現在全師上下，打狼剝皮都紅了眼。卡車小車、射手民兵一起上，汽油子彈充足供應。連各團的醫生都上了陣，他們從北京弄到無色無味的劇毒藥，用針管注射進死羊的骨髓裏，再扔到野地，毒死了不知多少狼。更厲害的是跟著兵團進來的民工修路隊，十八般武器全都上了陣。還發明了炸狼術，把炸山取石的雷管，塞到羊棒骨的骨管裏，再糊上羊油，放到狼群出沒的地方，狼只要一咬骨頭，就被炸飛半個腦袋。民工們到處佈撒羊骨炸彈，還把牧民的狗炸死不少。草原狼陷入了人民戰爭的汪洋大海，到處都在唱：祖祖孫孫打下去，打不盡豺狼決不下戰場。聽說，牧民已經到軍區去告狀了……

高建中說：咱們隊的民工，這幾天也來了勁，一下子打了五六條大狼。這批從牧民變成農民的人，打狼技術更高。我花了兩瓶白酒的代價，才弄清楚他們是怎麼打著狼的。他們也是用狼夾子打，可就是比這兒的牧民狡猾多了。這兒的獵手總是在死羊旁邊下夾子，時間長了，狼也摸到規律了。牠們一見野地裏的死羊，就特別警惕，不敢輕易去碰，往往要等鼻子最靈的頭狼聞出夾子，把夾子刨出來，才下嘴吃羊。

這幫民工就不用這種辦法，他們專在狼多的地方下夾子，旁邊既沒有什麼死羊，也沒有骨頭，地上平平的。你們猜他們用什麼做誘餌？打死你，你也猜不出來……他們把馬糞泡在化開的羊油裏，再撈出來晾乾，然後把羊油味十足的馬糞搓碎，撒到下好狼夾子的地方，一撒好幾溜，每一溜都連到下夾子的地方，這就是誘餌。當狼路過這地方的時候，會聞見羊油味兒，因爲沒有死羊也沒有肉骨頭，狼就容易放鬆警惕，東聞聞，西聞聞，聞來聞去就被夾子夾住了。你們說這招毒不毒？偷雞連把米都不用出。老王頭說，他們就是用這種法子，把自己老家的狼害給滅了……

陳陣再也聽不下去了，他走向狼圈，輕輕叫著小狼小狼。一整天沒見，小狼也想他了，早已親親熱熱地站在狼圈最邊緣，翹著尾巴盼著他進狼圈。陳陣蹲下身，緊緊抱著小狼，把臉貼在小狼的腦袋上，久久不願鬆開。草原秋夜，霜月淒冷，空曠的新草場，草原狼顫抖悠長的哭嗥聲，已十分遙遠……

有腳步聲在陳陣的身後停住，傳來楊克的聲音：聽蘭木扎布說，他看見白狼王帶著一群狼衝過邊防公路了，團部的那輛小「嘎斯」沒追上。我想，白狼王是不會再回到額侖草原來了。

陳陣一夜輾轉無眠。

37 蒙古草原狼，不可牽

熊可牽，虎可牽，獅可牽，大象也可牽。蒙古草原狼，不可牽。

小狼寧可被勒死，也不肯被搬家的牛車牽上路。

全大隊的牛群羊群，天剛亮就提前出發了。浩浩蕩蕩的搬家車隊，也已翻過西邊的山樑，分組遷往大隊的秋季草場。可是二組知青包六輛重載的牛車還沒有啓動，畢利格老人和嘎斯邁已經派人來催了兩次。

張繼原這幾天專門回來幫著搬家。然而，面對死強暴烈的小狼，陳陣與張繼原一籌莫展。陳陣沒有想到，養狼近半年了，一次次大風大浪都僥倖闖了過來，最後竟會卡在小狼的搬家上。

從春季草場搬過來的時候，小狼還是個剛剛斷奶的小崽子，只有一尺多長。搬家的時候，把牠放在裝乾牛糞的木頭箱子裏，就帶過來了。經過半個春季和整整一個夏季的猛吃海塞，到秋初，小狼已長成了一條體型中等的大狼，家裏沒有可以裝下牠的鐵箱和鐵籠，即便能裝下牠，陳陣也絕無辦法把牠弄進去。而且，他也沒有空餘的車位來運小狼，知青的牛車本來就不夠用，他和楊克的幾大箱書又額外占了大半車。六輛牛車全部嚴重超載，長途遷場弄不好就會翻車，或者壞車拋錨。草原遷場的日子取決於天氣，爲了避開下雨，全大隊的搬家突然提前，陳陣一時手足無措。

張繼原急得一頭汗，嚷嚷道：你早幹什麼來了？早就應該訓練牽著小狼走。

陳陣沒好氣兒地說：我怎麼沒訓？小時候牠份量輕，還能拽得動牠。可到了後來，誰還能拽得動？一個夏天，從來都是牠拽著我走，從來就不讓我牽。拽狠了，牠就咬人。狼不是狗，你打死牠，牠也不聽你的。狼不是老虎獅子，你見過大馬戲團有狼表演嗎？再厲害的馴獸員也馴不服狼，你就是把蘇聯馴虎女郎請來也沒用。你見狼見得比我多，難道你還不知道狼？

張繼原咬咬牙說：我再牽牠一次試試，再不行我就玩狠的了。他拿了一根馬棒，走到小狼跟前，從陳陣手裏接過鐵環，開始拽狼。小狼立即衝著他齜牙咧嘴，兇狠咆哮，身子的重心後移，四爪朝前撐地，梗著脖子，寸步不讓。

張繼原像拔河一樣，使足了全身力氣，也拽不動狼。他顧不了許多，又轉過身，把鐵鏈扛在肩膀上，像長江縴夫那樣伏下身拼命拉。這回小狼被拉動了，四隻撐地的爪子，頂出了兩道沙槽，推出了兩小堆土。小狼被拉得急了眼，突然重心前移，準備撲咬。

牠剛一鬆勁，張繼原一頭栽到地上，撲了一頭一臉的土，也把小狼拽了一溜滾。人與狼纏在一起，狼口離張繼原的咽喉只有半尺。陳陣嚇得衝上去摟住小狼，用胳膊緊緊夾住牠的脖子。小狼被夾在陳陣的胳肢窩裏，還朝張繼原張牙舞爪，恨不得衝上去狠狠給他一口。

兩人臉色發白發黑，大口喘氣。

張繼原說：這下可真麻煩了，這次搬家要走兩三天呢。要是一天的路程，咱們還可以把小狼先放在這裏，第二天再趕輛空車回來想辦法。可是兩三天的路程，來回就得四五天，羊毛庫房的管理員和那幫民工還沒搬走呢，一條狼單獨拴在這裏，不被他們弄死，也得被團部的打狼隊打死。我看，咱們無論如何也得把小狼弄走。對了，要不就用牛車來拽吧。

陳陣說：牛車？我前幾天就試過了，沒用，還差點沒把牠勒死。我可知道了什麼叫骨氣，什麼叫桀驁不馴，什麼叫寧死不屈。狼就是寧肯勒死也不肯就範，我算是沒轍了。

張繼原說：那我也得親眼看看。你再牽一條小母狗在旁邊，給牠作個示範吧？

陳陣搖頭：我試過了，沒用。

張繼原不信：那就再試一次。說完，就牽過來一輛滿載重物的牛車，將一根繩子拴在小母狗的脖子上，然後又把繩子的另一端拴在牛車尾部的橫木上。張繼原牽著牛車圍著小狼轉，小母狗鬆著皮繩，乖乖地跟在牛車後面走。

張繼原一邊走，一邊輕聲細語地哄著小狼說：咱們要到好地方去了，就這樣，跟著牛車走，學學看，很簡單很容易的，你比狗聰明多了，怎麼連走路都學不會啊，來來來，好好看看……

小狼很不理解地看著小母狗，昂著頭，一副不屑的樣子。陳陣連哄帶騙，拽著小狼跟著小母狗走。小狼勉強走了幾步，實際上，仍然是小狼拽著陳陣在走。牠之所以跟著小母狗走，只是因爲牠喜歡小母狗，並沒有真想走的意思。

又走了一圈，陳陣就把鐵鏈套扣在牛車橫木上，希望小狼能跟著牛車開路。鐵鏈一跟牛車相連，小狼馬上就開始狠命拽鏈子，比平時拽木樁還用力，把沉重的牛車拽得匡匡響。

陳陣望著面前空曠的草場，已經沒有一個蒙古包、沒有一隻羊了。他急得嘴角起泡，再不上路，到天黑也趕不到臨時駐地。那麼多岔道，那麼多小組，萬一走迷了路，楊克的羊群、高建中的牛群怎麼紮營？他們倆上哪兒去喝茶吃飯？更危險的是，到晚上人都累了，下夜沒有狗怎麼辦？如果羊群出了事，最後查原因查到養狼誤了事，陳陣又該挨批，小狼又該面臨挨槍子的危險。

陳陣急得發了狠心，說：如果放掉牠，牠是死；拖牠走，牠也是死；就讓牠死裏求生吧。走！就拖著牠走！你去趕車，把你的馬給我騎，我押車，照看小狼。

張繼原長歎一口氣說：看來游牧條件下，真養不成狼啊。

陳陣將拴著小母狗和小狼的那輛牛車，調到車隊的最後。然後把牛頭繩拴在第五輛牛車的後橫木上，然後大喊一聲：出發！

張繼原爲了控制牛車的速度，不敢坐在頭車上趕車，而是牽著車隊的頭牛慢慢走。牛車一輛跟著一輛啓動了，當最後一輛車動起來的時候，小母狗馬上跟著動，可是小狼一直等到近三米長的鐵鏈快拽直了還不動。

這次搬家的六條大犍牛，都是高建中挑選出來的最壯最快的牛。為了搬家，還按照草原規矩，把牛少吃多喝地拴了三天，吊空了龐大的肚皮，此時正是犍牛憋足勁拉車的好時候。六頭牛大步流星地走起來，狼哪裡強得過牛，小狼連撐地的準備動作還沒有做好，就一下子被牛車呼地拽了一個大跟頭。

小狼又驚又怒，拼命掙扎，四爪亂抓，扒住地猛地一翻身，急忙爬起來，跑了幾步，迅速做好了四爪撐地的抵抗動作。牛車上了車道，加快了速度。小狼梗著脖子，踉踉蹌蹌地撐了十幾米，又被牛車拽翻。鐵鏈像拖死狗一樣地拖著小狼，草根茬剮下一層狼毛。

一旦小狼被拖倒在地，牠的後脖子就使不上勁，而吃勁的地方卻是致命的咽喉。皮項圈越勒越緊，勒得牠伸長了舌頭，翻著白眼。小狼張大嘴，拼命喘氣掙扎，四爪亂蹬，陳陣嚇得幾乎就要喊停車了。

就在這時，小狼忽然發狂地拱動身體，連蹬帶踹，後腿終於踹著了路埂，又奇蹟般地向前一竄，一骨碌翻過身爬了起來。

小狼生怕鐵鏈拉直，又向前快跑了幾步。陳陣發現這次小狼比上次多跑了兩步，牠明顯是為了多搶出點時間，以便再做更有效的抵抗動作。小狼搶在鐵鏈拽直以前，極力把身體大幅度地後仰，身體的重心比前一次更加靠後半尺。鐵鏈一拉直，小狼居然沒被拽倒，牠強強地梗著脖子，死死地撐地，四隻狼爪像摟草機一般，摟起路埂上的一堆秋草。草越積越多，成了滑行障礙，呼地一下，小狼又被牛車拽了一個大跟頭，急忙跑了幾步，再撐地。

小母狗側頭同情地看看小狼，發出哼哼的聲音，還向牠伸了一下爪子。那意思像是說，快像我這樣走，要不然會被拖死的。可是小狼對小母狗連理也不理，繼續用自己的方式頑抗。拽倒了，拱動身體踹蹬路埂，掙扎著爬起來；衝前幾步，擺好姿勢，梗著脖子，被繃直的絞索勒緊；然後再一次被拽倒，再拼命翻過身……

陳陣發現，小狼不是不會跟著牛車跑和走，不是學不會小狗的跟車步伐，但是，牠寧可忍受與死亡絞索搏鬥的疼痛，就是不肯像狗那樣被牽著走。拒牽與被牽——在性格上，絕對是狼與狗、狼與獅虎熊象、狼與大部分人的根本界限。草原上沒有一條狼會越出這道界限，向人投降。拒絕服從，拒絕被牽，是一條真正的蒙古草原狼作爲狼的絕對準則。

小狼仍在死抗，堅硬的沙路像粗砂紙，磨著小狼爪鮮血淋漓。陳陣的胸口一陣猛烈的心絞痛。草原狼，萬年來倔強草原民族的精神圖騰，牠具有太多讓人感到羞愧和敬仰的精神力量。沒有多少人能夠像草原狼那樣不屈不撓地按照自己的意志生活，甚至不惜以生命爲代價，來抗擊幾乎不可抗拒的外來力量。

陳陣由此覺得，自己對草原狼的認識還是太膚淺了。很長時間來，他一直認爲狼以食爲天、狼以殺爲天，顯然都不是。那種認識，是以人之心度狼之腹。草原狼無論食與殺，都不是目的，而是爲了自己神聖不可侵犯的自由、獨立和尊嚴。神聖得使一切真正崇拜牠的牧人，都心甘情願地被送入神秘的天葬場，把自己最後的肉身奉獻給牠，期盼自己的靈魂也能像草原狼那樣自由飛翔……

38 小狼的臨時囚籠

倔強的小狼被拖了四五里地，牠後脖子的毛已被磨掉一半，肉皮滲出了血，四個爪子上厚韌的爪掌，被車道堅硬的沙地磨出了血肉。更可怕的是，當小狼再一次被牛車拽倒之後，耗盡了體力的小狼翻不過身來了，像圍場上被快馬和套馬杆拖著走的垂死的狼，只能大口喘氣。繼而，一大片紅霧血珠突然從小狼的口中噴出，小狼終於被項圈勒破了喉嚨。

陳陣嚇得大喊停車，迅速跳下馬，抱著全身痙攣的小狼向前走了一米多，鬆了鐵鏈。小狼拼命喘息補氣，大口的狼血噴在陳陣的手掌上，他的手臂上也印上了小狼後脖子洇出的血。小狼氣息奄奄，嘴裏不停地噴血，疼得牠用血爪撓陳陣的手。但狼爪甲早已磨禿，爪掌也已成爲血嫩嫩的新肉掌。陳陣鼻子一酸，淚水撲撲地滴在狼血裏。

張繼原跑來，一見幾處出血的小狼，驚得瞪大了眼。他圍著小狼轉了幾圈，急得手足無措，連聲說：這傢伙怎麼這麼倔啊？這不是找死嘛，這可怎麼辦呢？

陳陣緊緊抱著小狼，也急得不知如何是好。小狼疼痛的顫抖，使他的心更加疼痛和顫慄。

張繼原擦了擦滿頭的汗，又想了想說：才半歲大，拖都拖不走，就算把牠弄到了秋草場，往後就該一個月搬一次家了，牠要是完全長成大狼，咱們怎麼搬動牠？我看……我看……咱們還不如就在這兒……把牠放了算了，讓牠自謀出路吧……

陳陣鐵青著臉，衝著他大聲吼道：小狼不是你親手養大的，你不懂！自謀生路？這不是讓牠去送死嗎！我一定要養小狼！我非得把牠養成一條大狼！讓牠活下去！

說完，陳陣心一橫，呼地跳起來，大步跑到裝雜物和大半車乾牛糞的牛車旁，氣呼呼地解開了牛頭繩，把牛車牽到車隊後面。一狠心，解開拴車繩，猛地掀掉柳條車筐，把大半車乾牛糞呼啦一下全部卸到了車道旁邊。他已鐵定主意，要把牛車上騰空的糞筐，改造成一個囚車廂，一個臨時囚籠，強行搬運小狼。

張繼原沒攔住，氣得大叫：你瘋啦！長途搬家，一路上吃飯燒茶，全靠這半車乾糞。要是半道下雨，咱們四個連飯也吃不上了。就是到了新地方，還得靠這些乾糞維持幾天呢。你、你你竟敢卸糞運狼，非被牧民罵死不可！高建中非跟你急了不行！

陳陣迅速地卸車裝車，咬著牙狠狠說道：到今天過夜的地方，我去跟嘎斯邁借牛糞。一到新營盤，我馬上就去撿糞，耽誤不了你們喝茶吃飯！

🐾

小狼剛剛從死亡的邊緣緩過來，不顧四爪的疼痛，頑強地站在沙地上，四條腿疼得不停地發抖，口中仍然滴著血，卻又梗起脖子，繼續做著撐地的姿勢，提防牛車突然啓動。小狼瞪著牛車，擺出一副戰鬥到死的架式，哪怕被牛車磨禿了四爪四腿，磨出骨茬，也在所不惜。

陳陣心頭發酸，他跪下身，一把摟過小狼，把牠平平地放倒在地，他再也捨不得讓小狼四爪著地了。然後急忙打開櫃子車，取出雲南白藥，給小狼的四爪和後脖頸上藥。小狼口中還在滴血，他又拿出兩塊紡錘形的光滑的熟犍子肉，在肉表面塗抹了一層白藥，一遞給小狼，牠就囫圇吞了下去。陳陣但願白藥能止住小狼咽喉傷口上的血。

陳陣把糞筐車重新拴緊，碼好雜物，又用舊案板舊木板隔出大半個車位的囚籠，再墊了一張生羊皮，還拿出了半張大氈子做筐蓋，一切就緒，估計裏頭勉強可裝下小狼。可怎樣把小狼裝進筐裏去呢？陳陣又為難了。小狼已經領教了牛車的厲害，牠再也不敢靠近牛車，一直繃緊鐵鏈，離牛車遠遠的。

陳陣挽起袖子抱住小狼，剛向牛車走了一步，小狼就發瘋咆哮掙扎。陳陣想猛跑幾步，將小狼扔進車筐裏，但是，未等他跑近車筐，小狼張開狼嘴，猛地低頭朝陳陣的手臂狠狠地一口，咬住就不撒口。

陳陣哎約大叫了一聲，嚇出一身冷汗。小狼直到落到地上才鬆了口，陳陣疼得連連甩著胳膊。他低頭看傷，手臂上沒有出血，可是留下了四個紫血皰，像是摔倒在足球場上，被一隻足球釘鞋狠狠地踩了一腳。

張繼原嚇白了臉，說道：幸虧你把小狼的牙尖夾掉了，要不然，非咬透你的手臂不可。我看還是別養了，以後等牠完全長成大狼，這副鈍牙也能咬斷你的胳膊的。

陳陣惱怒地說：快別提夾狼牙的事了，要是不夾掉牙尖，沒準我早就把小狼放回草原了。現在牠成了殘疾狼，牠這副牙口，連我胳膊上的肉都咬不透，放歸草原可怎麼活啊？是我把牠弄殘廢的，我得給牠養老送終。現在兵團來了，不是說要建定居點嗎，定居以後，我給牠砌個石圈，就不用鐵鏈了……

張繼原說：行了行了，再攔你，你該跟我拼命了，還是想法子趕緊上路吧。可是……怎麼把牠弄到牛車上去？你傷了，讓我來試試吧。

陳陣說：還是我來抱。小狼不認你，牠要是咬你，就不會這麼客氣了。沒準，牠一抬頭一口把你的鼻子咬下來。這樣吧，你拿著氈子在一邊等著，只要我把小狼一扔進筐裏，你就趕緊蓋上。

張繼原叫道：你真不要命啦！你要是再抱牠，牠非得把你往死裏咬，狼這東西翻臉不認人，鬧不好，牠真會把你的喉嚨咬斷！

陳陣想了想說：咬我也得抱！現在只能犧牲一件雨衣了。他跑到櫃車旁邊，拿出了自己的一件一面綠帆布、一面黑膠布的軍用雨衣，又給了小狼兩塊肉，把小狼哄得失去警惕。

陳陣定了定心，控制了自己微微發抖的手，趁小狼低頭吃肉的時候，猛然張開雨衣蒙住了小狼，迅速裹緊，趁著小狼一時發懵，黑燈瞎火什麼也看不清，不知道該往哪兒咬的幾秒鐘，陳陣像抱著炸藥包一樣，抱著在雨衣裏瘋狂掙扎的小狼，衝到了牛車旁，連狼帶雨衣一起扔進車筐。

張繼原撲上前，將半塊大氈罩住車筐。等小狼從撕開口的黑色雨衣中爬出來的時候，牠已經成爲囚車裏的囚犯，兩人已經用馬鬃長繩綁緊了氈蓋，與囚車牢牢地綁在一起。

陳陣大口喘氣，渾身冒虛汗，癱坐在地上，一點力氣也沒有了。小狼在囚車裏轉了一圈，陳陣馬上又跳了起來，準備防止牠再瘋狂撕咬氈子，拼死衝撞牢籠。

牛車車隊就要啓動，但陳陣還是覺得這樣單薄的柳條車筐，根本無法囚住這頭強壯瘋狂的猛獸。他趕緊連哄帶賞，送進囚車幾大塊手把肉；又柔聲細語地安慰小狼，再把所有大狗小狗都叫到車隊後面陪伴小狼。

張繼原坐到頭車上，敲打頭牛，快速趕路。陳陣又從車上找來一根粗木棒，準備隨時敲打筐壁，以防小狼兇猛反抗。他騎馬緊緊跟在車後，不敢離開半步，生怕小狼故意迷惑他，等他一離開就拼死造反，咬碎拆散車筐，衝出牢籠。連鐵鏈都不能忍受的小狼，哪能忍受牢籠？陳陣提心吊膽地跟在小狼的後面。

但是接下來的情況，完全出乎陳陣的預料。車隊開始行進，小狼在囚車裏並沒有折騰個天翻地覆，而是一反常態，眼裏露出了陳陣從未見過的恐慌的神色。牠嚇得不敢趴下，低著頭，躬著背，夾著尾巴，戰戰兢兢地站在車裏，往車後看陳陣。

陳陣從柳條筐縫緊緊地盯著牠，見牠異常驚恐地站在不斷搖晃的牛車上，越來越害怕，嚇得幾乎把自己縮成一個刺蝟球。小狼不吃不喝，不叫不鬧，不撕不咬，竟像一個暈船的囚徒那樣，忽然喪失了一切反抗力。

陳陣深感意外，他緊緊地貼近車，握緊木棒，跟著牛車翻過山樑。他透過車筐後面的縫隙，看見小狼仍然一動不動地站著，用陳陣從來沒有見過的緊張陌生的眼光，可憐巴巴地看著陳陣。

小狼早已筋疲力竭，爪上還有傷，嘴裏仍在流血，牠的眼神和頭腦似乎依然清醒，可就是不敢臥下來休息。狼對牛車的晃動顛簸，對離開草原地面，好像有著天然本能的恐懼。半年多來，對小狼一次又一次謎一樣的反常行爲，陳陣總是百思不得其解，不知該如何解釋。

犍牛們拼命追趕牛群，車隊平穩快速行進。陳陣騎在馬上也有了思考時間，他又陷入了沉思：剛才還那麼暴烈兇猛的小狼，怎麼一下子卻變得如此恐懼和軟弱，這太不符合草原狼的性格了。難道天底下真的沒有完美的英雄，世上的英雄都有其致命的弱點？即使一直被陳陣認爲進化得最完美的草原狼，也有性格上的缺陷？

陳陣看著小狼，想得腦袋發疼，總覺得小狼像一個什麼人。想著看著，忽然腦中靈光一閃，他立刻想起希臘神話中的蓋世英雄安泰。難道草原狼也有安泰的那個致命弱點麼？在希臘神話中，安泰雖然英勇無敵，舉世無雙，可一旦脫離了生他養他的大地母親蓋婭，他的身體就失去了一切的力量。他的敵人蓋爾枯里斯發現了這個弱點，就設法把他舉到半空，然後在空中把他扼死。難道草原狼也是這樣，一離開草原地面，脫離了生牠養牠的草原母親，牠就會神功盡棄、變得軟弱無力？難道草原狼對草原母親真有那麼深重的依賴和依戀？難道草原狼的強悍和勇猛，真是草原母親給予的？

陳陣突然猛醒，莫非英雄安泰和大地母親蓋婭的神話故事，就來源於狼？非常可能的是：具有游牧血統的雅利安希臘人，在早期的游牧生活中也曾養過小狼。他們在搬運小狼的時候，發現了小狼的這個令人不可思議和發人深省的弱點，從中得到了啓發，因而創作了那個偉大的神話故事。

他沒有想到在蒙古草原上，竟然遇見了這個偉大神話的源頭和原型。希臘神話雖然已經過去了兩千多年，但是草原狼卻仍然保持著幾千年前的個性和弱點。草原狼這種古老的活化石，對現代人探尋人類先進民族的精神起源和發展，具有太重要的價值。

陳陣胳膊上的傷，又開始鑽心地疼起來。但他不僅絲毫沒有怪罪小狼，反而感謝小狼隨時隨地對他的啓迪和教誨。哲理太深太遠，陳陣還得回到眼前的現實——以後秋季草場頻繁的搬家怎麼辦？尤其到小狼完全長成大狼，誰還敢把牠抱進車筐？車筐再也裝不下牠了，總不能騰出一輛專車用來搬狼吧？到了冬季，還得專門用一輛牛車裝肉食，車就更不夠用了。沒有搬家用的牛糞，怎麼取暖煮茶做飯？總不能老向嘎斯邁借吧？陳陣一路上心悸不安，亂無頭緒。

一下坡，車隊的六條大犍牛聞到了牛群的氣味，開始大步快走，拼命向遠處一串串芝麻大小的搬家車隊追去。

39 額侖狼，快逃吧

牛車隊快走出山口時，一輛「嘎斯」輕型卡車，捲著滾滾沙塵迎面開來。還未等牛車讓道，「嘎斯」便騎著道沿開了過去。

在會車時，陳陣看見車上有兩個持槍的軍人、幾個場部職工和一個穿著蒙古單袍的牧民。牧民向他招招手，陳陣一看，竟是道爾基。看見打狼能手道爾基，以及這輛在牧場打狼打出了名的小「嘎斯」，陳陣的心又懸到嗓子眼。他跑到車隊前問張繼原：是不是道爾基又帶人去打狼了？

張繼原說：那邊全是山地，中間是大泡子和小河，卡車使不上勁，哪能去打狼呢？大概去幫庫房搬家吧。

剛走到草甸，從小組車隊方向跑來一匹快馬。馬到近處，兩人都認出是畢利格阿爸。老人氣喘吁吁，鐵青著臉問道：你們剛才看見那輛汽車上有沒有道爾基？

兩人都說看見了。老人對陳陣說：你跟我上舊營盤去一趟。又對張繼原說：你先一人趕車走吧，一會兒我們就回來。

陳陣對張繼原小聲說：你要多回頭照看小狼，照看後面的車。要是小狼亂折騰，車壞了你也別動，等我回來再說。說完，就跟老人順原路疾跑。

老人對陳陣說：道爾基準是帶人去打狼了，這些日子，道爾基打狼的本事可派上了大用場。他漢話好，當上了團部的打狼參謀，牛群交給了他弟弟去放，自己成天帶著炮手們，開著小車卡車打狼。他跟大官小官可熱乎啦，前幾天還帶師裏的大官兒打了兩條大狼，現在他是全師的打狼英雄了。

陳陣問：可是那兒全是山和河，怎麼打？我還是不明白。

老人說：有一個馬倌跑來告訴我，說道爾基帶人帶車去舊營盤了，我一猜就知道他幹啥去了。

陳陣問：他去幹啥？

老人說：去各家各戶的舊營盤下毒、下夾子。額侖草原的老狼、瘸狼、病狼可憐吶，自個兒打不著食，只能靠撿大狼群吃剩的骨頭活命。平常也去撿人和狗吃剩下的東西，饑一頓，飽一頓。每次人畜一搬家，牠們就跑到舊營盤的灰堆、垃圾堆裏，什麼臭羊皮、臭骨頭、大棒骨、羊頭骨、剩飯剩奶渣，都撿著吃；還把人家埋的死狗、病羊、病牛犢刨出來吃。額侖的老牧民都知道這些事。有時候牧民搬家，把一些東西忘在舊營盤，等回到舊營盤去找，常常能看見狼來過的動靜。牧民信喇嘛，心善，都知道來舊營盤找食的那些老狼病狼可憐，沒幾個人會在那兒下毒下夾子。有些老人搬家的時候，還會有意丟下些吃食留給老狼。

老人歎了口氣：可自打一些外來戶來了以後，時間長了，他們也看出了門道。道爾基一家從他爹起，就喜歡在搬家的時候給狼留下死羊，上毒藥、下夾子，過一兩天再回來殺狼剝狼皮。他家賣的狼皮為啥比誰家的都多？就是他家不信喇嘛，不敬狼，什麼毒招都敢使，殺那些老狼瘸狼也真下得了手。你說，狼心哪有人心毒啊……

老人滿目淒涼，鬍鬚顫抖地說：這些日子，他們打死了多少狼啊。打得好狼東躲西藏，都不敢出來找東西吃了。我估摸大隊一走，連好狼都得上舊營盤找東西吃。道爾基比狼還賊吶……再這麼打下去，額侖草原的人就上不了騰格里，額侖草原也快完了……

🐾

陳陣無法平復這位末代游牧老人的傷痛。誰也阻止不了惡性膨脹的農耕人口，阻止不了農耕對草原的掠奪。陳陣無法安慰老阿爸，只好說：看我的，今天我要把他們下的夾子統統打翻！

他和老人騎馬翻過山樑，向最近的一個舊營盤跑去。離營盤不遠處，果然看見留下的汽車車輪印。汽車的動作很快，已經轉過坡去了。兩人走近營盤，再不敢冒然前行，生怕鋼夾打斷馬蹄腕。

兩人下了馬，老人看了一會兒，指指爐灰坑說：道爾基下的夾子很在行，你看那片爐灰，看上去好像是風吹的，其實是人撒的，那爐灰底下就是夾子，旁邊還故意放了兩根瘦羊蹄。要是放兩塊羊肉，狼倒會疑心。瘦羊蹄本來就是垃圾堆裏的東西，狼就容易上當。我估摸他下夾子的時候，手上也是沾著爐灰幹的，人味就全讓爐灰給蓋住了。只有鼻子最靈的老狼能聞出來。可是狼太老了，鼻子也會老，就聞不出來……

陳陣一時驚愕而氣憤得說不出話來。

老人又指了指一片牛犢糞旁邊的半隻病羊說：你看那羊身上準保下了藥。聽說，他們從北京弄來高級毒藥，這兒的狼聞不出來，狼吃下去，一袋煙的工夫準死。

陳陣說：那我把羊都拖到廢井裏去。

老人說：你一個人拖得完嗎？那麼多營盤吶。

兩人騎上馬，又陸陸續續看了四五個營盤，發現道爾基並沒有在每一個營盤上做手腳。有的下毒，有的下夾子，有的雙管齊下，還有的什麼也不下。整個佈局真真假假，虛虛實實。而且總是隔一個營盤做一次手腳，兩個做了局的營盤之間，往往隔著一個小坡。如果一處營盤夾著狼或毒死狼，並不妨礙另一處的狼繼續中計。

兩人還發現，道爾基下毒多，下夾子少。而下夾子又利用灰坑，不用再費力挖新坑。因而道爾基行動神速，整個大隊的營盤以他們佈局的速度，用不了大半天就能完成。

再不能往前走了，否則就會被道爾基他們發現。

畢利格老人撥轉馬頭往回走，一邊自言自語地說：救狼只能救這些了。兩人走到一處設局的營盤，老人下馬，小心翼翼地走到半條臭羊腿旁邊，然後從懷裏掏出一個小羊皮口袋，打開口，往羊腿上撣出一些灰白色的晶體。

陳陣立刻看懂了老人的意圖，這種毒藥是牧場供銷社出售的劣質毒獸藥，毒性小，氣味大，只能毒殺最笨的狼和狐狸，而一般的狼都能聞出來。劣藥蓋住了好藥，那道爾基就白費勁了。

陳陣心想，老人還是比道爾基更厲害。想想又問：這藥味被風刮散了怎麼辦？

老人說：不會。這毒藥味兒就是散了，人聞不出來，狼能聞出來。

老人又找到幾處下夾子的地方。陳陣撿了幾塊羊棒骨，扔過去砸翻了鋼夾。這也是狡猾的老狼對付夾子的辦法之一。

兩人又走向另一處營盤。直到老人的劣等藥用完之後，兩人才騎馬往回返。

陳陣問：阿爸，他們要是回團部的時候，發現夾子翻了怎麼辦？

老人說：他們一定還要繞彎去打狼，顧不上吶。

陳陣又問：要是過幾天他們來溜夾子，發現有人把夾子動過了怎麼辦？這可是破壞打狼運動啊，那您就該倒楣了。

老人說：我再倒楣，哪比得上額侖的狼倒楣。狼沒了，老鼠野兔翻天翻地，草原完了，大夥兒都得倒楣，誰也逃不掉啊……我總算救下幾條狼了，救一條算一條吧。額侖狼，快逃吧。逃到那邊去吧……道爾基他們真要是上門來找我算賬，更好，我正憋著一肚子火沒處發呢……

登上山樑，天上幾隻大雁悽惶哀鳴，東張西望地尋找著同類，形單影孤地繞著圈子。老人勒住馬抬頭看，長聲歎道：連大雁南飛都排不成隊了，都讓他們吃了。老人回頭久久望著他親手開闢的新草場，兩眼噙滿了渾濁的淚水。

陳陣想起跟老人第一次進入這片新草場時的美景，才過了一個夏季，美麗的天鵝湖新草場就變成了天鵝大雁野鴨和草原狼的墳場了。他說：阿爸，咱們是在做好事，可怎麼好像做賊似的？阿爸，我真想大哭一場……

老人說：哭吧，哭出來吧，你阿爸也想哭。狼把蒙古老人帶走了一批又一批，怎麼偏偏就把你老阿爸這一批丟下不管了呢……

老人仰望騰格里，老淚縱橫，嗚嗚……嗚……像一頭蒼老的頭狼般地哭起來。陳陣淚如泉湧，和老阿爸的淚水一同灑在古老的額侖草原上……

40 給小狼治傷

小狼忍著傷痛，在囚籠裏整整站了兩個整天。到第二天傍晚，陳陣和張繼原的牛車隊，終於在一片秋草茂密的平坡停下車。

鄰居官布家的人正在支包。高建中的牛群已經趕到駐地草場，他在畢利格老人選好的紮包點等著他們。楊克的羊群也已接近新營盤。陳陣，張繼原和高建中一起迅速支起了蒙古包。嘎斯邁讓巴雅爾趕著一輛牛車，送來兩筐乾牛糞。長途跋涉了兩天一夜的三個人，可以生火煮茶做飯了。

晚飯前，楊克也終於趕到了家。他居然用馬籠頭，拖回一大根在路上撿到的糟朽牛車轅，足夠兩頓飯的燒柴了。兩天來，一直為陳陣扔掉那大半車牛糞而板著臉的高建中，也總算消了氣。

陳陣、張繼原和楊克一起走向囚車。他們剛打開蒙在筐車上的厚氈，就發現車筐的一側，竟然被小狼的鈍爪和鈍牙抓咬開一個足球大的洞。其他兩側的柳條壁上，也佈滿抓痕和咬痕，舊軍雨衣上，落了一層柳條碎片木屑。

陳陣嚇得心怦怦亂跳，這準是小狼在昨天夜裏，牛車停車過夜的時候幹的。如果再晚一點發現，小狼就可能從破洞裏鑽出來逃跑。可是拴牠的鐵鏈還繫在車橫木上，那麼，小狼不是被吊死，就是被拖死，或者被牛車輪子壓死。

陳陣仔細查看，發現被咬碎的柳條上還有不少血跡，他趕緊和張繼原把車筐端起來卸到一邊。小狼颼地竄到了草地上，陳陣急忙解開另一端的鐵鏈，將小狼趕到蒙古包側前方。楊克趕緊挖坑，埋砸好木樁，把鐵環套進木樁，扣上鐵扣。

飽受驚嚇的小狼跳下地後，似乎仍感到天旋地轉，才一小會兒就堅持不住了，乖乖側臥在不再晃動的草地上。牠那四隻被磨爛的爪掌，終於可以不接觸硬物了，小狼疲勞得幾乎再也抬不起頭。

陳陣用雙手抱住小狼的後腦勺，再用兩個大拇指從小狼臉頰的兩旁頂進去，掐開小狼的嘴巴。他發現咽喉的傷口的血已經減少，但是那顆壞牙的根上仍在滲血，便緊緊捧住小狼的頭，讓楊克摸摸狼牙。

楊克捏住那顆黑牙晃了晃，說：牙根活動了，這顆牙好像廢了。

陳陣聽了，比拔掉自己一顆好牙還心疼。兩天來，小狼一直在用血和命，反抗牽引和囚禁，拼爭自由，居然不惜把自己的牙咬壞。陳陣鬆了手，小狼不停地舔自己的病牙，看樣子疼得不輕。

楊克小心地給小狼的四爪上了白藥。

🐾

晚飯後，陳陣用剩麵條、碎肉和肉湯，給小狼做一大盆半流食，放涼了才端給小狼。小狼餓急了，轉眼間就吃得個盆底朝天。但是陳陣發覺，小狼的吞咽不像從前那樣流暢，常常在咽喉那裏打呃，還老去舔自己那顆流血的牙。而且，吃完以後，小狼突然連續咳嗽，並從喉嚨裏噴出了一些帶血的食物殘渣。

陳陣心裏一沉：小狼不僅牙壞了，連咽喉與食道也受了重傷。可是，有哪個獸醫願意來給狼看病呢？

楊克對陳陣說：我現在明白了，狼之所以個個頑強，不屈不撓，不是因為狼群裏沒有「漢奸」，而是因爲殘酷的草原環境，早把所有的孬種徹底淘汰了。

陳陣難過地說：可惜這條小狼，爲牠的桀驁付出的代價也太大了。狼是三個月看大，七個月看老啊。

第二天早晨，陳陣照例給狼圈清掃衛生的時候，突然發現狼糞由原來的灰白色變成了黑色。陳陣嚇得趕緊掐開小狼的嘴巴看，見咽喉裏的傷口還在滲血。他急忙讓楊克掐開狼嘴，自己用筷子夾住一塊小氈子，再沾上白藥，伸進狼咽喉給牠上藥。

可是咽喉深處的傷口實在是搆不著，兩個人使盡招數，土法搶救，把自己折騰得筋疲力盡，一個勁後悔怎麼沒早點兒自學獸醫。

第四天，狼糞的顏色漸漸變淡，小狼重又變得活躍起來，兩人才鬆了一口氣。

41 狼是草原鼠的剋星

天氣一天比一天冷了，那些打狼的人暫時撤回了師部，陳陣總算鬆了口氣。

這天早晨，陳陣和楊克調換了班，跟畢利格老人進山套獺子。老人的馬鞍後面拴著一個痲袋，裏面裝著幾十副套子。獺套結構很簡單，一根半尺多長的木楔子，上面拴著一根用八根細鐵絲擰成的鐵絲繩，再用鐵絲繩做一個絞索套。下套時，把木楔子釘在旱獺的洞旁邊，把套放在獺洞的洞口。但是套索不能貼地，必須離地二指，這樣旱獺出洞的時候，才可能被套住脖子或後胯。陳陣套過旱獺，但是收穫甚少，而且儘是些小獺子。他這次也想跟老人學點絕活。

兩匹馬向東北方向急行。秋草已經黃了半截，但下半截還有一尺多高的草莖草葉是綠的。旱獺此時頻繁出窩，抓緊時間爭取再上最後一層膘。牠們要冬眠七個月，沒有足夠的脂肪，是活不到來年開春的，所以此時也是旱獺最肥的時候。

陳陣問：我上回用的套子就是從您那兒借的，可爲什麼總是套不住大獺子？

老人嘿嘿一笑說：我還沒有告訴你下套的竅門呢。額侖草原獵人的技術是不肯傳給外鄉人的，就怕他們把野物打盡。孩子啊，你阿爸老了，就把下套的竅門傳給你吧。外來戶下的套都是死套，大獺子賊精，牠會縮緊身子從套子裏鑽出來。我下的套子是有彈性的，只要輕輕一碰，套子就收緊，不是勒住脖子就勒住後胯，再也跑不掉啦。下套的時候，要先把套圈勒小一點，再張大，一鬆手，套子不就彈回去了嗎？

陳陣問：那怎麼固定呢？

老人說：在鐵絲上彎一個小小的鼓包，再把套頭拉到鼓包後面，輕輕扣住。輕了不行，風一吹，套子收了，就白瞎了；重了也不行，套子收不住，也套不住獺子，非得不鬆不緊，活套才能固定。旱獺鑽了一半，總要碰到鐵絲，一碰上，套子就唰地脫扣勒緊了，用這個法子，下十套能套住六七隻大獺子。

陳陣一拍腦門說：絕了！太絕了！怪不得我下的套，套不住獺子，原來，我的套是死的，獺子可以隨便進出。

老人說：待會兒，我做給你看看，不容易做好，還要看洞的大小、獺子爪印的大小。做的時候，還有一些更要緊的竅門，我一邊做一邊教你，做好了，你一看就明白。不過，這些竅門你自個兒知道就行了，不要再告訴外人。

陳陣說：我保證。

老人又說；孩子啊，你還得記住一條，打獺子只能打大公獺和沒崽的母獺子，假如套住了帶崽的母獺和小獺子，都得放掉。我們蒙古人打了幾百年旱獺，到這會兒還有獺肉吃，有獺皮子賣，有獺油用，就是因爲草原蒙古人個個都不敢壞了祖宗的規矩。旱獺子毀草原，可也給蒙古人那麼多的好處，旱獺還救過成吉思汗的命。成吉思汗小時候，讓仇人逼進了深山，一家人沒牛沒羊，就靠打旱獺活命。從前，草原上的窮牧民也是靠打獺子過冬，旱獺救了多少蒙古窮人，你們漢人哪知道啊。

兩匹馬在茂密的秋草野花中急行。馬蹄踢起許多粉色、桔色、白色和藍色的飛蛾；還有綠色、黃色和雜色的蚱螞和蝗蟲。三四隻紫燕環繞著他倆飛舞尖唱，時而掠過馬腰，時而鑽上天空，享受著人馬賜給牠們的飛蟲盛宴。兩匹馬急行了幾十里，這些燕子也伴飛了幾十里。當吃飽的燕子飛走，又會有新的燕子加入這件歌伴舞的行列。

畢利格老人用馬棒指了指前面的幾個大山包說：這就是額侖草原的大獺山。這裏的獺子多，個頭大，油膘厚，皮毛也好，是咱們大隊的寶山吶。南面和北面還有兩片小獺山，獺子也不少。過幾天，各家都要來這兒了，今年的獺子容易打。

陳陣問：爲什麼？

老人目光黯淡，發出一聲長歎：狼少了，獺子就容易上套了。秋天的狼是靠吃肥獺子上膘的，狼沒膘也過不了冬。狼打獺子也專打大的，不打小的，所以狼也年年有獺子吃。在草原，只有蒙古牧民和蒙古狼明白騰格里定的草原規矩。

跑著跑著，兩匹馬都開始自行減慢了速度，不時低頭搶一大口青草吃。陳陣發現馬嘴裏的青草，要比草地上的牧草綠得多，而且根根粗壯，都是草場上最優質的牧草，草尖上還帶著飽滿的草穗草籽。

他再低頭看，發現草叢下面，到處都是一堆一堆的青草，每個草堆大如喜鵲巢。他知道這是草原鼠打下的過冬糧，正堆在鼠洞口晾曬，曬乾以後，就一根根地叼進鼠洞。此時草地上的秋草，半截已經變黃，可是草原鼠打的草卻全是綠的。這些草堆都是鼠們在幾天以前，青草將黃未黃之前啃斷的，因而，馬見到這麼香噴噴的優質綠草，自然就不肯快走了。

老人勒了勒馬，走到草堆最密集的地方，說：歇歇吧，讓馬從老鼠那兒搶回一些好草來。沒想到狼群剛一走，老鼠就翻了天，今年的草堆，要比頭年秋天的草堆多幾倍吶。

兩人下了馬，摘了馬嚼子，讓馬痛痛快快地吃綠草。兩匹馬高興地用嘴巴扒拉開草堆表層的乾草，專挑草堆裏面未曬乾的青草吃，如同吃小灶，吃得滿嘴流綠汁，連打響鼻，吃了一堆又一堆，一股濃郁的青草草香撲面而來。

老人踢開一堆草，草堆旁邊露出了一個茶杯口大小的鼠洞，裏面一隻大鼠正探頭探腦，看見有人動牠的過冬活命糧，急得吱地一聲尖叫，立即衝出洞，咬了一口老人的馬靴尖頭，又躥回鼠洞。

一會兒，兩人身後傳來一陣馬急抖鞍子的聲音，回頭一看，只見一隻一尺長的大鼠，竟然躥出洞，狠狠咬了正低頭吃草的馬的鼻子一口。馬鼻流出了血，人馬周圍一片鼠叫聲。

老人氣得大罵：這世道真是變了，老鼠還敢咬馬！再這麼打狼，老鼠該吃人了！

陳陣趕緊跑了幾步將馬牽住，把韁繩拴在馬前腿上。馬再低下頭吃草，就長了心眼，牠先用蹄子把鼠洞口刨塌，或乾脆就用大蹄子蓋住鼠洞，然後再拼命吃草。

老人踢翻了一個又一個的草堆，說：七八步就是一堆青草，老鼠把草場上最好的草都挑光了，偷走了，連配種站的新疆種羊都吃不上這麼好的草料啊。老鼠比打草機還厲害，打草機只能好草賴草一塊兒打，可老鼠專撿好草打。這個冬天，老鼠窩裏存草多，老鼠凍死餓死的就少；明年開春母鼠的奶就多，下的崽更多，又偷草又往洞外掏沙子，明年老鼠就該翻天了。你看看，草原上的狼一少，老鼠都不用偷偷摸摸地幹，都變成強盜一個樣了……

陳陣望著近處遠處數不清的草堆，感到悲哀和恐懼。每年秋季，額侖草原都要進行一場人畜鼠大戰。草原鼠再狡猾，也有牠的致命弱點，牠們在秋季深挖洞廣積糧食準備越冬時，必須提前堆草曬草，因爲濕草叼進洞，必然腐爛無法儲存。

老鼠們每年鬼鬼祟祟的集體曬草行動，無疑等於自我暴露目標，給人畜提供了滅鼠的大好時機。牧民只要一發現哪片草場出現大量草堆，就連忙報警，生產小組就會立即調動所有羊群牛群甚至馬群及時趕到，搶吃草堆。那時草場已經開始變黃，而鼠草堆又綠又香，又有草籽油水，畜群一到，拼命爭搶，不消幾天，就能搶在鼠草曬乾以前把草堆吃光，讓鼠害最嚴重的草場的老鼠，一冬無糧無草，餓死凍死。這是蒙古牧民消滅草原鼠害的古老而有效的辦法。

但是，秋季草原滅鼠，人畜還必須與狼群協同作戰。狼群負責殺吃和壓制草原鼠，每年秋鼠最肥的時候，也是狼群大吃鼠肉的黃金季節。打草拖草的鼠行動不便，很容易被狼逮住。草堆也給狼指明了哪裡的鼠最多最大，因此每年秋季草原鼠損失慘重。

更重要的是，狼使鼠在關鍵的打草季節，不敢痛痛快快地出洞打草備草。千百年來，狼和人畜配合默契，不僅有效地抑制了鼠害，還因爲老鼠採集的草堆，延長了牧草變黃的時間，使得牲畜多吃了近十天的綠草和好草，等於多抓了十天的秋膘，真是一舉兩得。

這場戰爭如果缺少狼群參戰，就沒有那麼大的收效了。況且，更遠的冬季草場，人畜鞭長莫及，主要還得依靠狼來滅鼠。而那些初到草原的農區人，哪能懂得這場關係草原命運的戰爭的奧妙呢。

兩匹馬狂吃了不到半個小時，就把肚子吃鼓了。然而，面對這樣大範圍、大規模的草堆，大隊畜群的兵力就顯然不夠了。

面對從未見過的戰況，老人想了半天說：調馬群來？那也不成，這兒是牛羊的草場，馬群來了，老規矩就全亂套。這麼多的草堆，就是調摟草機來也摟不完啊。看樣子，草原真要鬧鼠災了……

陳陣狠狠地說：是人災！

兩人跨上馬，憂心忡忡地繼續往北走。一路上的草堆，斷斷續續，或密或疏，向邊防公路延伸。

兩人跑到離小獺山不遠的地方，突然從山裏傳來叭叭的聲音，既不像步槍聲，又不像鞭炮聲，聲音響過之後就沒動靜了。老人長長地歎了口氣說：團部找道爾基當打狼參謀，真是找對了人。哪兒有狼，哪兒就有他，連狼的最後一塊地盤，他都不放過。

兩人夾馬猛跑，山谷中迎面開出一輛軍吉普。兩人勒住了馬，吉普停在他們面前，車上是兩位特等射手和道爾基。徐參謀親自開車，道爾基坐在後排座上，他的腳下是一個滿是血污的大麻袋，小車的後箱蓋已被撐得合不上了。老人的目光立即被巴參謀手中握著的長管槍吸引住。陳陣一看便知，這是小口徑運動步槍，老人從來沒見過這種奇怪的槍，一直盯著看。

兩位參謀一見老人便忙著問候，「塔賽諾，塔賽諾（您好，您好）」。巴參謀說：你們也去打獺子？別去了，我送您老兩隻吧。

老人瞪眼道：爲啥不去？

巴參謀說：洞外的獺子都讓我們給打沒了，洞裏的獺子也不敢出來了。

老人問：你手裏的是啥傢伙？管子怎這老長？

巴參謀說：這是專打野鴨子的鳥槍，子彈就筷子頭那點大，打旱獺真得勁。槍眼小，不傷皮子，您看看……

老人接過槍，仔細端詳，還看了看子彈。

爲了讓老人見識見識這種槍的好處，巴參謀下了車，拿過槍，四處望了望，見到二十多米外的山坡上，有一隻大鼠，站在洞外的草堆旁吱吱地叫著。巴參謀略略地一瞄，叭地一槍，便把老鼠的腦袋打飛了。鼠身倒在洞外，老人渾身哆嗦了一下。

徐參謀笑道：狼全跑到外蒙古去了。今天道爾基領著我們兜了大半天，一條狼也沒瞅見。幸虧帶了這杆鳥槍，打了不少獺子。這兒的獺子真傻，人走到離洞口十來步，牠也不進洞，就等著挨槍子兒呢。

道爾基用炫耀的口氣說：兩位炮手在五十米外就能打中獺子的腦袋，我們一路上見一隻就打一隻，可比下套快多了。

巴參謀說：待會兒路過您家，我給您留下兩隻大獺子，您老就回去吧。

老人還沒有從這種新式武器的威力中回過神來，吉普車就一溜煙地開走了。畢利格老人神情呆滯，可能還在回想那支便捷輕巧的長管槍。短短的一個多月，這麼多可怕的新人新武器新事物湧進草原，老人已經完全懵了。吉普車的煙塵散去，老人轉過身一言不發，鬆鬆地握著馬嚼子，信馬由韁地往家走。

陳陣緩緩地跟在老人的身旁，他想，都說末代皇帝最痛苦，然而，末代游牧老人更痛苦。萬年原始草原的沒落，要比千年百年王朝的覆滅，更令人難以接受。老人全身的血氣，彷彿突然被小小的筷子子彈頭穿空，身子頓時佝僂縮小了一半，渾濁的淚水順著憔悴蒼老的皺紋流向兩邊，灑在大片大片白藍色的野菊花上。

陳陣不知道怎麼才能幫幫老人驅散他心裏的哀傷。默默走了一會，結結巴巴說：阿爸，今年秋草長得真好……額侖草原真美……等明年也許……

老人木木地說：明年？明年還不知會冒出什麼別的怪事呢……從前，就是瞎眼的老人，也能看到草原的美景……如今草原不美了，我要是變成一個瞎子就好了，就看不見草原被糟蹋成啥樣兒了……

老人搖搖晃晃地騎在馬上，任由大馬步履沉重地朝前走。他閉上了眼睛，喉嚨裏發出含混而蒼老的哼哼聲，散發著青草和老菊的氣息，在陳陣聽來，歌詞有如簡潔優美的童謠：

百靈唱了，春天來了。

獺子叫了，蘭花開了。

灰鶴叫了，雨就到了。

小狼嗥了，月亮升了。

……

老人哼唱了一遍又一遍，童謠的曲調越來越低沉，歌詞也越來越模糊了。就像一條從遠方來的小河，從廣袤的草原上千折百回地流過，即將消失在漫漶的草甸裏。

陳陣想，或許犬戎、匈奴、鮮卑、突厥、契丹的孩子們，還有成吉思汗蒙古的孩子們，都唱過這首童謠？可是，以後草原上的孩子們，還能聽得懂這首歌嗎？那時他們也許會問：什麼是百靈？什麼是獺子？灰鶴？野狼？大雁？什麼是蘭花？菊花？

衰黃而蒼茫的原野上，幾隻百靈鳥從草叢裏垂直飛起，煽動著翅膀停在半空，仍然清脆地歡叫……

42 陳陣夢想有一群野狼朋友

這年初冬的第一場新雪，很快就化成了空氣中的濕潤，原野變得寒冷而清新。一離開夏季新草場，喧鬧的營地已成往事，每個小組又相隔幾十里，連狗叫聲也聽不見了。

冬草茂密的曠野，一片衰黃，荒涼得宛如寸草不生的黃土高原。只有草原的天空仍像深秋時那樣湛藍，天高雲淡，純淨如湖。草原雕飛得更高，變得比鏡面上的鏽斑還要小。牠們抓不到已經封洞的旱獺和草原鼠，只好往雲端上飛，以便在更大視野裏去搜尋野兔。而野兔躲藏在高高的冬草裏，連狐狸都很難找到牠們。老人說，每年冬季，會餓死許多老鷹。

陳陣從團部供銷社買回一捆粗鐵絲。他補好了被小狼咬破抓破的柳條車筐，又花了一天的時間，在車筐裏面，貼著筐壁，密密地擰編了一層鐵絲格網，還編了一個網蓋。鐵絲很粗，比筷子細不了多少，用老虎鉗得兩隻手使勁才能夾斷，他估計小狼就是再咬壞一顆狼牙，也不可能咬開這個新囚籠，反正粗鐵絲有的是，可以隨破隨補。

在冬季，大雪將蓋住大半截的牧草，牲畜能吃到的草大大減少。所以，冬季游牧就得一個月搬一次家，當牛羊把一片草場吃成了白色，就要遷場，把畜群趕往黃色雪原。而把封藏在舊草場雪底下的剩草，留給會用大馬蹄刨雪的馬群吃。

冬季游牧每次搬家，距離都不遠，只要移出上一次羊群吃草的範圍便可，一般只有半天左右的路程。小狼再能折騰，要想在半天之內咬破牢籠，幾乎不可能。陳陣舒了一口氣，他苦思苦想了半個月，總算為小狼在冬季必須頻頻搬家——這件生死攸關的大事，想出了辦法。

游牧的確能逼出人的智慧。陳陣和楊克也想出了請狼入籠的法子：先在地上用加蓋的車筐扣住小狼，然後把牛車的車轅抬起來，把車尾塞到車筐底部；再把車筐連同小狼斜推上車，把車放平，最後把車筐緊緊拴在車上。這樣就可以讓小狼安全上車，既傷不了人，也傷不了牠自己。

搬到新營盤下車時，就按相反的順序做一遍即可。兩人希望能用這種方法堅持到定居，到那時，再給小狼建一個堅固的石圈，就可以一勞永逸，朝夕相守了。然後把小母狗和牠放在一起養，牠們本來就是青梅竹馬、耳鬢廝磨的一對小夥伴，天長日久，肯定能創造感情的結晶——一窩又一窩的狼狗崽。那可是真正的草原野狼的後代呵！

陳陣和楊克經常坐在小狼的旁邊，兩人一邊撫摸著小狼，一邊聊天。這時，小狼就會把牠的脖頸架在他或他的腿上，豎起狼耳，好奇地聽他倆的聲音。聽累了，牠就搖著頭，轉著脖子在人的腿上蹭癢癢。或者仰面朝天，後仰脖子，讓他倆給牠抓耳撓腮。兩人憧憬著他們和小狼的未來。

楊克抱著小狼，慢慢給牠梳理狼毛，說：如果將來小狼有了自己的小狼狗，牠就肯定不會逃跑了。狼是最顧家的動物，公狼都是模範大丈夫，只要沒有野狼來招引牠，咱們就是不拴鏈子，讓牠在草原上玩兒，牠自個兒也會回窩的。

陳陣搖頭說：如果那樣，小狼就不是狼了，我可不想把牠留在這兒……我一直夢想著有一條真正的野狼朋友。假如我騎馬跑到西北邊防公路旁邊的高坡上，朝路那邊的深山高聲呼叫：小狼、小狼、開飯嘍！牠就會帶著全家，一群真正的草原狼家族，撒著歡兒朝我跑過來。牠們的脖子上都沒有鎖鏈，牙齒鋒利，體魄強健。可牠們會跟我在草地上打滾兒，舔我的下巴，叼住我的胳膊，卻不使勁兒真咬我……可是自從小狼沒了鋒利的狼牙，我的幻想真就成了夢想了……

陳陣輕輕地歎氣道：唉，我真是不死心啊。這些日子，我又產生了新的幻想，我幻想自己成了一個牙科醫生，重新給小狼鑲上了四根鋒利的鋼牙。然後到明年開春，小狼完全長成大狼以後，就悄悄把牠帶到邊防公路，把牠放到外蒙古的大山裏去。那裏有狼群，沒準牠的狼爹白狼王，已經殺出一條血路，開闢了新的根據地。聰明的小狼，一定能找到牠的父王的。

如果近距離接觸，白狼王也可能從小狼身上，嗅出自己家族的血緣氣味，接納咱們的小狼。沒準小狼有四根鋒利鋼牙的武裝，能在那邊的草原打遍天下無敵手。說不定過幾年，白狼王會把王位交給咱們的小狼。

這條小狼絕對是額侖草原最優秀的狼種，個性倔強又絕頂聰明，本來牠就應該是下一代狼王的。如果小狼殺回蒙古本土，那裏地廣人稀，只有二百萬人口，是真正崇拜狼圖騰的精神樂土，而且又沒有恨狼滅狼的農耕勢力，那樣遼闊廣袤的大草原，才真是咱們小狼的英雄用武之地……我真是罪過啊，毀了這麼出色的小狼的錦繡前程……

楊克癡癡地望著邊境北方的遠山，目光漸漸黯淡下去，歎了口氣說道：你的前一個夢想，你要是再早十年來草原的話，還真沒準能夠實現。可是後一個夢想，看來是實現不了了。你上哪兒去搬來一套貴重的牙醫設備，連旗裏醫院都沒有。老牧民鑲牙，還得上八百里遠的盟醫院呢。你敢抱著一條狼上盟醫院嗎？你別再幻想下去了，再這麼下去，你就要成爲蒙古草原的祥林嫂了。你和她嘮叨的原因都是狼，可你的立場全在狼這邊了……唉，咱倆還是面對現實吧。

回到現實中，陳陣和楊克最牽掛的還是小狼的傷，牠的四隻爪掌的傷口已經痊癒，但那顆烏黑的壞牙越發鬆動，牙齦也越來越紅腫。小狼已不敢像從前那樣拼命撕拽食物，有時牠貪吃忘了牙疼，猛地撕拽，一下子疼得鬆開食物，張大嘴倒吸涼氣，並不斷舔吮傷牙，直到疼勁兒過去，才敢用另一側的牙慢慢撕咬。

更讓陳陣感到不安的是，小狼咽喉內部的傷口，也一直沒有癒合。他連續在肉食上塗抹雲南白藥，讓小狼吞下。傷口倒是不再流血，但小狼進食時，吞咽依然困難，而且經常咳嗽。陳陣不敢請獸醫，只好借了幾本獸醫書，慢慢琢磨。

43 小狼笑呵呵地瞟了他一眼

作爲過冬肉食的牛羊，已經殺完凍好。陳陣的蒙古包四個人，按照牧場的規定，整個冬季每人定量是六隻大羊，共二十四隻，四個人還分給了一頭大牛。知青的糧食定量仍沒有減下來，還是每人每月三十斤。而牧民的肉食定量與知青相同，但糧食只有十九斤。這樣，陳陣包的肉食，就足夠人吃、狗吃和狼吃的了。

而且，在冬季，羊群中時常會有凍死病死的羊，人不吃，就可以用來餵狗和餵狼。陳陣再也不用爲小狼的食物操心。他們把大部分凍好的肉食儲存到小組的庫房裏，庫房是三間土房，建在小組的春季草場，是到團部去的必經之路。蒙古包只留下一筐車的肉食，吃完了再到庫房裏去取。

草原冬季日短，每天放羊只有六七個小時，僅是夏季放牧時間的一半多一點，除了刮白毛風那種惡劣天氣之外，冬季卻是羊倌牛倌們休養生息的好日子。陳陣打算陪伴著小狼，好好讀書和整理筆記。他等著欣賞小狼在漫天大雪中，不斷上演新的精彩好戲。陳陣相信狼的桀驁、智慧和神秘，是草原戲劇的噴湧的源泉。小狼一定不會讓他這個最癡迷的狼戲戲迷失望的。

在漫長寒冷的冬季，逃出境外的野狼們，將面臨嚴酷幾倍的生存環境。可他的小狼卻生活在肉食可以敞開供應的游牧營地旁。小狼的冬毛已經長齊，好像猛地又長大了一圈，完全像條大狼了。陳陣把手掌插進小狼厚密的狼絨裏，不見五指，還能感到狼身上小火爐似的體溫，比戴什麼手套都暖和。

小狼還是不願接受「大狼」的名字，叫牠「大狼」，牠就裝著沒聽見；叫牠小狼，牠就笑呵呵地跑來蹭你的腿和膝蓋。小母狗經常跑進狼圈和小狼一起玩，小狼也不再把牠的「童養媳」咬疼了，還常常把小母狗騎在胯下，練習本能動作，親暱而又粗暴。楊克笑眯眯地說：看來明年有門兒了……

第三場大雪終於站住。陽光下的額侖草原黃白相間，站起來看，是一片黃白色的雪原，坐下來看，卻是一片金色的牧場。嘎斯邁牧業小組，將像一個原始草原部落，逐漸往遼闊而荒涼的蠻荒草原深處遷徙。陳陣又要帶著小狼搬家了，去往另一處沒有外人干擾、與世隔絕的冬季針茅草場。

陳陣和高建中帶上兩把鏟雪的木鍬，裝了滿滿一車乾牛糞，和兩車搭羊圈用的活動柵欄和大圍氈，趕著牛車，先去新營盤打前站，鏟羊圈。兩人用了大半天時間，堆出四大堆雪，鏟清了羊圈、牛圈、狼圈和蒙古包的地基，又卸了車。下午趕著三輛空牛車往回走的時候，陳陣心情很愉快，這樣一來，順便就把裝運小狼的空車也騰出來了。

第二天早晨，三個人拆卸了蒙古包，裝車拴車，最後又順利地把小狼扣進囚籠，推上囚車，綁好拴緊。小狼憤怒地咬了幾口鐵絲壁網，牙疼得使牠不敢再咬。牛車一動，小狼又驚恐地低著頭，縮著脖，半蹲著後半身，夾著尾巴，一動不動地在牛車上站了半天，一直站到新營盤。

陳陣把小狼安頓好了以後，給小狼一頓美餐——大半個煮熟的肥羊尾，讓牠體內多積累一些禦寒的脂肪。陳陣還用刀子把羊尾切成條，使牠更容易吞咽。

套著鎖鏈的小狼，始終頑固堅守著兩條狼性原則：一是，進食時絕對不准任何人畜靠近。小狼在吃東西的時候依然六親不認，對陳陣和楊克也不例外；二是，放風時絕對不讓人牽著走，否則就一拚到死。

陳陣盡一切可能尊重小狼的這兩條原則。在天寒地凍，白雪皚皚的冬季，小狼對食物的渴望和珍惜，更加超過春夏秋三季。每次餵食，小狼總是齜牙咆哮，兩眼噴射「毒針」，非把陳陣撲退到離狼圈外沿一步的地方，才稍稍放心地回到食物旁邊吃食，而且還像野狼一樣，不時向陳陣發出咆哮威脅聲。小狼雖然有傷，但牠卻依然強壯，牠用加倍的食量來抵抗傷口的失血。

小狼的牙齒和咽喉的傷，還是影響了牠的狼性氣概，原先三口兩口就能吞下的肥羊尾，現在卻需要七口八口才能吞進肚。陳陣心裏總有一種隱隱的擔憂，不知道小狼的傷能不能徹底痊癒。

人跡罕至的邊境冬季草原，瀰散著遠比深秋更沉重的淒涼。露出雪面的每一根飄搖的草尖上，都透出蒼老衰敗的氣息。短暫的綠季走了，槍下殘存的候鳥們飛遠了，曾經勇猛喧囂、神出鬼沒的狼群，已一去不再復返，淒清寂靜單調的草原更加了無生氣。

陳陣心中一次次湧出茫無邊際的悲涼，他不知道蘇武當年在北海草原，究竟是怎麼熬過那樣漫長的歲月？他更不知道，在如此荒無人煙的高寒雪原，如果沒有小狼和那些從北京帶來的書籍，他會不會發瘋發狂或是發癡發呆？

楊克曾說，他父親年輕時在英國留學時發現，那些接近北極圈的歐洲居民，自殺率相當高。而那片俄羅斯草原和西伯利亞荒原上，許多個世紀以來流行的斯拉夫憂鬱症，也與茫茫雪原上黑暗漫長的冬季連在一起。但是爲什麼人口稀少的蒙古草原人，卻精神健全地在蒙古草原和黑夜漫長的雪原上，生活了幾千年呢？他們一定是靠著同草原狼緊張、激盪和殘酷的戰爭，才獲得了代代強健的體魄與精神的。

陳陣開始說服自己，當年的蘇武，定是仰仗著與北海草原兇猛的蒙古狼的搏鬥，來戰勝寂寞和孤獨歲月的。蘇武成天生活在狼群的包圍中，絕不能消沉也不允許萎頓。而且，匈奴單于配給蘇武的那個蒙古牧羊姑娘，也一定是一個像嘎斯邁那樣的勇敢、強悍而又善良的草原女人。那對患難夫妻生下的那個孩子，也定是一個敢於鑽狼洞的「巴雅爾」。

遺憾的是，後來出使草原的漢使，只救出了蘇武夫婦，而那個「巴雅爾」卻永遠留在了蒙古草原。陳陣越來越堅定，甚至偏激地認定，是草原狼和狼精神，最終造就了不辱使命的偉大的蘇武。一個蘇武尚且如此，那整個草原民族呢？

狼圖騰，草原魂，草原民族的自由剛毅之魂。

知青的荒涼歲月，幸而陳陣身邊的小狼，始終野性勃勃。

小狼越長越大，鐵鏈越顯越短。敏感不吃虧的小狼，只要稍稍感到鐵鏈與牠的身長比例有些「失調」，牠就會像受到虐待的烈性囚犯那樣瘋狂抗議：拼盡全身力氣衝拽鐵鏈，衝拽木樁，要求給牠增加鐵鏈長度的待遇。不達到目的，就衝個沒完。

小狼咽喉的傷還未長好，所以，陳陣只得又爲小狼加長了一小截鐵鏈。然而，陳陣不得不承認，對已經長成大狼的「小狼」，新加長的鐵鏈還是顯短，但是他不敢再給牠加長了。否則，鐵鏈越長，小狼助跑的距離就會越長，衝拽鐵鏈的力量就會越強。陳陣擔心鐵鏈總有一天會被小狼磨損衝斷。

開始採取獄中鬥爭的小狼，對拼死爭奪到的每一寸鐵鏈長度都非常珍惜。只要鐵鏈稍一加長，牠就會轉圈瘋跑，爲新爭到的每一寸自由而狂歡。小狼的四爪一踩到新雪地，就像是攻佔了新領地，比捕殺了一匹肥馬駒還要激狂。還不等陳陣替牠清雪括圈，小狼馬上就在新狼圈裏跑得像輪盤賭一樣瘋狂。

呼呼呼，呼呼呼，一圈又一圈，像是十幾條狼前後追逐的狼隊；跑得又像打草機和粉碎機，鐵鏈狂掃，黃草破碎，草沫飛舞。小狼發瘋似地旋轉，像一個可怕的黃風怪，平地捲起龍捲風一般的黃狼黃草黃沙風圈，讓近在咫尺的陳陣看得心驚肉跳。他生怕小狼在高速奔跑和旋轉中，被強大的離心力像甩鏈球一樣地甩出去，逃進深山，衝出國境。

每次只要陳陣一坐到小狼的圈旁，他心中的荒涼感就會立即消失，就像一股強大的野性充填到心中，一管熱辣的狼血輸進血脈，體內勃勃的生命力開始膨脹。他的情緒的發動機，被小狼高轉速的引擎打著了火，也轟轟隆隆地奔突起來，使他感到興奮和充實。

陳陣又開始興致勃勃地欣賞小狼的表演了。看著看著，他就發現，小狼不光是在慶祝狂歡，還好像另有企圖。小狼的興奮過去了以後，還在拼命跑。陳陣感到小狼好像是在本能地鍛煉速度，鍛煉著越獄逃跑的本領，牠企圖掙脫鐵鏈的勁頭也遠遠強於夏秋時節。

這條越來越強壯，越來越成熟的小狼，眼巴巴地望著遼闊無邊的自由草原，似乎已被眼前觸爪可及的自由，刺激誘惑得再也忍受不了脖子上的枷鎖。陳陣非常理解小狼的心情和慾望，在自由的大草原上，讓天性自由、酷愛自由的狼，目睹著咫尺外的自由，可又不讓牠得到自由，這可能是世界上最殘忍的刑罰。

但是陳陣不得不讓小狼繼續忍受這樣的酷刑。小狼已經失去了齊全鋒利的狼牙、更不會廝殺捕獵，面對著雪原上連大狼都難以生存的漫長嚴冬，牠一旦逃離這個狼圈，只有死路一條。

小狼不斷掙鏈，更加延緩了咽喉創傷的癒合。陳陣望著小狼，心口常常一陣陣發緊發疼。他只能增加檢查鐵鏈、項圈和木樁的次數，嚴防小狼從自己眼皮子底下陰謀越獄，逃向自由的死亡之地。

小狼半張著嘴，還在不知疲倦地奔跑，有時還笑呵呵地向陳陣瞟一眼。那眼神中似有一絲蔑視、一絲奚落、卻又充滿了挑釁與激勵。小狼冷笑著，迅疾而悄然的目光，從陳陣臉上無聲滑過。

那個瞬間，陳陣心裏忽而覺得無比溫暖與感動——他的生命力難道已經萎縮了麼?他的意志與夢想難道就此了結了麼？面對著小狼的野性與蓬勃，陳陣慚愧地自問。他發現小狼昂揚旺盛的生命力，正在迅猛地烘乾他生命中漚煙的濕柴。那麼就讓小狼縱情發洩，盡情燃燒吧，他要讓小狼跑個痛快。

小狼又瘋跑了幾圈，開始跌跌撞撞起來。突然，牠猛地剎車停步，站在那裏大口喘氣，身體晃了兩下，噗地趴倒在地。陳陣不知發生了什麼事，慌忙跑進狼圈，想扶起小狼，卻發現牠的兩隻狼眼明明望著他，卻聚不攏視焦，對不準他的眼睛了。

小狼掙扎了幾下，自己站了起來，晃了兩晃，又重重地跌倒在地，像一條喝醉酒的狼。陳陣樂出了聲，顯然小狼飛速轉磨轉暈了。狼從來沒有在像驢拉磨一樣的跑道上如此瘋跑過，即使毛驢轉圈拉磨，還要蒙上眼睛，更何況是狼了。陳陣第一次見到暈狼，小狼暈得東倒西歪，難受得張大嘴直想吐。

陳陣急忙給小狼打來半盆溫水，小狼晃晃悠悠，噹地一聲，鼻梁撞到了盆邊。好不容易才站穩了腳，總算探頭喝到了水，然後張開四肢，側躺在地，喘了半天，重又站起來。奇怪的是，牠剛剛緩過勁來，又上了賭盤轉磨瘋跑。

陳陣心裏一陣酸澀，一種更爲強烈的自責突然襲來。在這荒無人跡的流放之地，有小狼陪伴，有狼圈裏的生命發動機對他的不斷充電，才使他有力量熬過這幾乎望不見盡頭的冬季。

這片肥沃而荆棘叢生的土地，充滿了兩種民族的性格和命運的衝撞，令他一生受用不盡。然而，他對狼的景仰與崇拜，他試圖克服漢民族對狼的無知與偏見的研究和努力，難道真的必須以對小狼的囚禁羈押爲前提，以小狼失去自由和快樂爲代價，才能實施與實現的麼？

陳陣深深陷入了對自己這一行爲的懷疑和憂慮之中。

該讀書了，但陳陣步履遲疑，他感到自己在精神和情感上，彷彿患了小狼依賴症。他一步三回頭地離開了小狼，不知道自己還能爲小狼做些什麼。

44 小狼的性格決定了小狼的命運

小狼的性格最終決定了小狼的命運。

陳陣始終認爲，他在那個寒冷的冬天，最後失去了小狼，是騰格里安排的一種必然。也是騰格里對他良心的終生懲罰，使他成爲良心上的終生罪犯，永遠得不到寬恕。

小狼傷情的突然惡化，是在一個無風、無月亮、無星星和無狗吠的黑夜。古老的額侖草原，靜謐得如同化石中的植物標本，沒有一絲生命的氣息。後半夜，陳陣突然被一陣猛烈的鐵鏈嘩嘩聲驚醒。強烈的驚怵，使得他頭腦異常清醒，聽力超常靈敏。

他側耳靜聽，在鐵鏈聲的間隙，隱隱地從邊境大山那邊，傳來了微弱的狼嗥。斷斷續續，如簧如簫，蒼老哀傷，焦急憤懣。那些被趕出家園和國土的殘敗狼群，可能又被境外更加驃悍的狼軍團攻殺，只剩下白狼王和幾條傷狼孤狼，逃回到邊境以南、界碑防火道和邊防公路之間的無人區。然而，牠們卻無法返回充滿血腥的故土。狼王在焦急呼嗥，似乎在急切地尋找和收攏被打散的殘兵，準備再次率兵攻殺過去，拼死一戰。

陳陣已經有一個多月沒有聽到額侖自由狼的嗥聲了。那微弱顫抖焦急的嗥聲，卻包含了他所擔心的所有訊息。他想，畢利格阿爸可能正在流淚，這慘烈的嗥聲比完全聽不到嗥聲更讓人絕望。額侖草原大部分最強悍、兇猛和智慧的頭狼大狼，已被特等射手們最先消滅。大雪覆蓋額侖草原以後，吉普車已停行，但是那些騎兵出生的特等射手，早已換上快馬，繼續去追殺殘狼。額侖草原狼，好像已經沒有實力再去殺出一條血路，打出一塊屬於自己的新地盤了。

陳陣最爲擔心的事情也終於發生。久違的狼嗥聲，忽然喚起了小狼的全部希望、衝動、反抗和求戰慾。牠好像是一個被囚禁的草原孤兒王子，聽到了失散已久的蒼老父王的呼聲，而且是蒼老的求援聲。牠頓時變得焦躁狂暴，急得想要把自己變成一發炮彈發射出去，又急得想發出大炮一樣的轟響來回應狼嗥。

然而，小狼的咽喉已傷，牠已經發不出一絲狼嗥聲，來回應父王和同類的呼叫。牠急得發瘋發狂，豁出命地衝躍、衝拽鐵鏈和木樁，不惜衝斷脖頸，也要衝斷鐵鏈，衝斷項圈，衝斷木樁。

陳陣的身體感到了凍土的強烈震動，從狼圈方向傳來的那一陣陣激烈的聲響中，他能想像出小狼在助跑！在衝擊！在吐血！小狼越衝越狠，越衝越暴烈。

陳陣嚇得掀開皮被，迅速穿上皮褲皮袍，衝出蒙古包。手電光下，雪地上血跡斑斑，小狼果然在大口噴血，一次又一次的狂衝，牠的項圈勒出了血淋淋的舌頭，鐵鏈繃得像快繃斷的弓弦，胸口掛滿一條條的血冰。狼圈裏血沫橫飛，血氣噴湧，殺氣騰騰。陳陣不顧一切地衝上去，企圖抱住小狼的脖子。但他剛一伸手，就被小狼吭地一口，袖口被撕咬下一大塊羊皮。

楊克也瘋了似地的衝了過來，但兩人根本接近不了小狼。牠憋蓄已久的瘋狂，使牠像殺紅了眼的惡魔，又簡直像一條殘忍自殺的瘋狼。兩人慌得用一塊蓋牛糞的又厚又髒的大氈子撲住了狼，把牠死死地按在地下。

小狼在血戰中完全瘋了，咬地、咬氈子、咬牠一切搆得著的東西，還拼命甩頭掙鏈。陳陣覺得自己也快瘋了，但他必須耐著性子，一聲一聲親切地叫著小狼，小狼……不知過了多久，小狼終於拼盡了力氣，慢慢癱軟下來。兩人像是經歷了一場與野狼的徒手肉搏，累得坐倒在地，大口喘著白氣。

🐾

天已漸亮，兩人掀開氈子，看到了小狼瘋狂反抗、拼爭自由和渴望父愛的嚴重後果：那顆病牙已歪到嘴外，牙根顯然是在撕咬那塊髒氈子的時候拽斷的，血流不止，小狼很可能已把髒氈上的毒菌咬進傷口裏。

精疲力竭的小狼，喉嚨裏不斷冒血，比那次搬家時候冒得還要兇猛，顯然是舊傷復發，而且傷上加傷。小狼瞪著血眼，一口一口地往肚子裏咽血，皮袍上，厚氈上，狼圈裏，到處都是大片大片的血跡，比殺一隻馬駒子的血似乎還要多，血都已凍凝成冰。

陳陣嚇得雙腿發軟，聲音顫抖、結結巴巴地說：完了，這回可算完了……

楊克說：小狼可能把身上一半的血都噴出來了，這樣下去血會流光的……

兩人急得團團轉，卻不知道怎樣才能給小狼止住血。陳陣慌忙騎馬去請畢利格阿爸。老人見到滿身是血的陳陣也嚇了一跳，急忙跟著陳陣跑過來。

老人見小狼還在流血，忙問，有沒有止血藥？陳陣趕緊把雲南白藥的小藥瓶全都拿了出來，一共四瓶。老人走進蒙古包，從手把肉盆裏挑出一整個熟羊肺，用暖壺裏的熱水化開泡軟，切掉了氣管等硬物，把左右兩肺斷開，然後在軟肺表面塗滿白藥，走到狼圈旁邊，讓陳陣餵小狼。

陳陣剛把食盆送進狼圈，小狼便叼住一塊肺吞了下去。羊肺經過食道吸泡了血，便鼓脹了起來，小狼差點被噎住。塗著白藥的柔軟羊肺像止血棉，在咽喉裏停留了好一會兒，才困難地通過喉嚨。泡脹的羊肺止壓了血管，並把白藥抹在了食道的傷口上。小狼費力地吞進兩葉羊肺，口中的血才漸漸減少。

老人搖了搖頭，說：活不成了，血流得太多，傷口又在要命的喉嚨裏，就算這一次止住了，下次牠再聽見野狼叫，你還能止住嗎？這條狼，可憐吶，不讓你養狼，你偏要養。我看著，比刀子割我脖子還難受啊……這哪是狼過的日子，比狗都不如，比原先的蒙古奴隸還慘。蒙古狼寧死也不肯過這種日子的……

陳陣哀求道：阿爸，我要給牠養老送終，您看牠還有救嗎？您把您治病的法子全教給我吧……

老人瞪眼道：你還想養？趁著牠還像一條狼，還有一股狼的狠勁，趕緊把牠打死，讓小狼像野狼一樣戰死！別像病狗那樣窩囊死！成全牠的靈魂吧！

陳陣雙手發抖，他從來沒有想過要讓自己來親手打死小狼，這可是他歷經風險、千辛萬苦才養大的小狼呵。他強忍眼淚，再次懇求：阿爸，您聽我說，我哪能下得了手……就是有一星半點的希望我也要救活牠……

老人臉一沉，氣得猛咳了幾下，往雪地上啐了一大口痰，吼道：你們漢人永遠不明白蒙古人的狼！

說完，老人氣呼呼地跨上馬，朝馬狠狠抽了一鞭，頭也不回地向自己的蒙古包奔去。

陳陣心裏一陣劇烈的疼痛，就好像他的靈魂也狠狠地挨了一鞭子。

45 陳陣見到了心中的狼圖騰

兩個人像木樁似地定在雪地上，失魂落魄。

楊克用靴子踢著雪地，低頭說：阿爸從來還沒對咱倆發這麼大的火呢……小狼已經不是狼崽了，牠長大了，牠會爲了自由跟咱們拼命的。狼才是真正「不自由，毋寧死」的種族。照這個樣子，小狼肯定是活不了了，我看還是聽阿爸的話吧，給小狼最後一次做狼的尊嚴……

陳陣的淚在面頰上凍成了一長串冰珠。他長歎一聲說：我何嘗不理解阿爸說的意思？可是從感情上，我下得了這個手嗎？將來如果我有兒子的話，我都不會像養小狼這樣玩命了……讓我再好好想想……

失血過量的小狼，搖搖晃晃地站起來，走到狼圈的邊緣，用爪子刨了圈外幾大塊雪，張嘴就要吃。陳陣急忙抱住了牠，問楊克：小狼一定是想用雪來止疼，該不該讓牠吃？

楊克說：我看小狼是渴了，流了那麼多血能不渴嗎？我看現在一切都隨牠，由牠來掌握自己的命運吧。

陳陣鬆開了手，小狼立即大口大口地吞咽雪塊。虛弱的小狼疼冷交加，渾身劇烈抖動，猶如古代被剝了皮袍罰凍的草原奴隸。

小狼終於站不住了，癱倒在地。牠費力地蜷縮起來，用大尾巴彎過來捂住了自己的鼻子和臉。小狼還在發抖，每吸一口寒冷的空氣，牠全身都會痙攣般地顫抖，到吐氣的時候顫抖才會減弱，一顫一吸一停，久久無法止息。

陳陣的心也開始痙攣，他從來沒有見過小狼這樣軟弱無助。他找來一條厚氈蓋在小狼的身上，恍惚間覺得，小狼的靈魂正在一點一點脫離牠的身體，好像已經不是他原來養的那條小狼了。

到了中午，陳陣給小狼煮了一鍋肥羊尾肉丁粥，用雪塊拌溫了以後，端去餵小狼。小狼用足全身的力氣，擺出狼吞虎咽的貪婪架式，然而，牠卻再沒有狼的吃相了。牠吃吃停停，停停吃吃，邊吃邊滴血邊咳嗽。咽喉深處的傷口仍然在出血，平時一頓就能消滅的一鍋肉粥，竟然吃了兩天三頓。

那兩天裏，陳陣和楊克白天黑夜提心吊膽地輪流守候服侍小狼。但小狼一頓比一頓吃得少，最後一頓幾乎完全咽不下去了，咽下去的全是牠自己的血。陳陣趕緊騎上快馬，帶了三瓶草原白酒，請來了大隊獸醫。

獸醫看了滿地的狼血，說：別費事了，虧得是條狼，要是條狗，早就沒命啦。獸醫連一粒藥也沒給，躍上馬就去了別家的蒙古包。

到第三天早晨，陳陣一出包，發現小狼自己扒開氈子，躺在地上，後仰著脖子急促喘氣。他和楊克跑去一看，兩人都慌了手腳。小狼的脖子腫得快被項圈勒破，只能後仰脖子才能喘到半口氣。

陳陣急忙給小狼的項圈鬆了兩個扣，小狼大口喘氣，喘了半天也喘不平穩，牠又掙扎地站起來。兩人掐開小狼的嘴，只見半邊牙床和整個喉嚨腫得像巨大的腫瘤，表皮已經開始潰爛。

陳陣絕望地坐倒在地。小狼掙扎地撐起兩條前腿，勉強端坐在他的面前，半張著嘴，半吐著舌頭，滴著半是血水的唾液，像看老狼一樣地看著陳陣，好像有話要跟他說，然而卻喘得一點聲音也吐不出來。

陳陣淚如雨下，他抱住小狼的脖子，和小狼最後一次緊緊地碰了碰額頭和鼻子。小狼似乎有些堅持不住，兩條負重的前腿又劇烈地顫抖起來。

陳陣猛地站起，跑到蒙古包旁，悄悄抓起半截鐵鍬，然後轉過身，又把鐵鍬藏到身後，大步朝小狼跑去。小狼仍然端坐著急促喘息，兩條腿抖得更加厲害，眼看就要倒下。陳陣急忙轉到小狼的身後，高舉鐵鍬，用足全身的力氣，朝小狼的後腦砸了下去。

小狼沒有發出一點聲音，軟軟倒在地上，像一頭真正的蒙古草原狼，硬挺到了最後一刻……

那個瞬間，陳陣覺得自己的靈魂被擊出了體外。他似乎聽到靈魂衝出天靈蓋的錚錚聲響，這次飛出的靈魂好像再也不會回來了。陳陣像一段慘白的冰柱，凍凝在狼圈裏……

全家的大狗小狗不知發生了什麼事，全跑了過來。看到已經倒地死去的小狼，上來聞了聞，都驚嚇得跑散了。只有二郎衝著兩位主人憤怒地狂吼不止。

楊克噙著淚水說：剩下的事情，也該像畢利格阿爸那樣去做。我來剝狼皮筒，你進包歇歇吧。

陳陣木木地說：是咱們倆一起掏的狼崽，最後，就讓咱倆一起剝狼皮筒吧。按照草原的傳統儀式，把狼皮筒高高掛起來，送小狼去騰格里……

兩人控制著發抖的手，小心翼翼地剝出了狼皮筒，狼毛依舊濃密油亮，但狼身只剩下一層瘦膘。楊克把狼皮筒放在蒙古包的頂上，陳陣拿了一個乾淨的麻袋，裝上小狼的肉身，拴在馬鞍後面。

兩人騎馬上山，跑到一個山頂，找到幾塊佈滿白色鷹糞的岩石，用馬蹄袖掃淨了雪，把小狼的屍體輕輕地平放在上面。

他倆臨時選擇的天葬場寒冷肅穆，脫去戰袍的小狼已面目全非。陳陣已完全不認識自己的小狼了，只覺得牠像所有戰死沙場、被人剝了皮的草原大狼一模一樣。

陳陣和楊克面對寶貝小狼的白生生的屍體，卻沒有了一滴眼淚。在蒙古草原，幾乎每一條蒙古狼都是毛茸茸地來，赤條條地去，把勇敢、智慧和尊嚴，以及美麗的草原留在人間。此刻的小狼，雖已脫去戰袍，但也卸下了鎖鏈。牠終於可以像自己的狼家族成員，以及所有戰死的草原狼一樣，無拘無束、自由自在地面對坦蕩曠達的草原了。小狼從此將正式回歸狼群，重歸草原戰士的行列，騰格里一定不會拒絕小狼的靈魂。

他倆不約而同地抬頭看了看天空，已有兩隻蒼鷹在頭頂上空盤旋。兩人再低頭看看小狼，牠的身體已經凍硬了薄薄一層。陳陣和楊克急忙上馬下山，等他倆走到草甸的時候，回頭看，那兩隻鷹已經螺旋下降到山頂岩石附近。小狼還沒有凍硬，牠將被迅速天葬，由草原鷹帶上高高的騰格里。

回到家，高建中已經挑好了一根長達六七米的樺木杆，放在蒙古包門前，並在狼皮筒裏塞滿了黃乾草。

陳陣將細皮繩穿進小狼的鼻孔，再把皮繩的另一端拴在樺木杆的頂端。三個人把筆直的樺木杆，端端正正地插在蒙古包門前的大雪堆裏。

猛烈的西北風將小狼的長長皮筒吹得橫在天空，把牠的戰袍梳理得乾淨流暢，如同上天赴宴的盛裝。蒙古包煙筒冒出的白煙，在小狼身下飄動，小狼猶如騰雲駕霧，在雲煙中自由快樂地翻滾飛舞。此時，牠的脖子上再沒有鐵鏈枷鎖，牠的腳下再沒有狹小的牢地。

陳陣和楊克久久地仰望著空中的小狼，仰望騰格里。陳陣低低自語：小狼，小狼，騰格里會告訴你你的身世和真相的。在我的夢裏咬我，狠狠地咬吧……

陳陣迷茫的目光追隨著小狼調皮而生動的舞姿，那是牠留在世上不散的外形。那美麗威武的戰袍裏，仍然包裹著小狼自由和不屈的魂靈。

突然，小狼長長的筒形身體和長長的毛茸茸大尾巴，像遊龍一樣地拱動了幾下。陳陣心裏暗暗一驚，他似乎看到了飛雲飛雪裏的狼首龍身的飛龍。小狼的長身又像海豚似的，上下起伏地拱動了幾下，像是在用力游動加速……

風聲呼嘯、白毛狂飛，小狼像一條金色的飛龍，騰雲駕霧，載雪乘風，快樂飛翔。飛向騰格里、飛向天狼星、飛向自由的太空宇宙、飛向千萬年來所有戰死的蒙古草原狼的靈魂集聚之地……

那一剎，陳陣相信，他已見到了真正屬於自己內心的狼圖騰。

尾聲

額侖狼群消失後的第二年早春，兵團下令減少草原狗的數量，以節約寶貴的牛羊肉食，用來供應沒有油水的農業團。首先遭此厄運的是狗崽們：草原上新生的一窩小狗崽，幾乎都被拋上了騰格里。額侖草原到處都能聽到母狗們淒厲的哭嚎聲，還能見到母狗刨出被主人悄悄埋掉的狗崽，並叼著死狗崽發瘋轉圈。草原女人們嚎啕大哭，男人們則默默流淚。草原大狗和獵狗也一天天消瘦下去。

半年後，二郎遠離蒙古包，又在草叢中沉思發呆的時候，被一輛卡車上的兵團戰士開槍打死，拉走。陳陣、楊克、張繼原和高建中，狂怒地衝到團部和兩個連部，但一直未能找到兇手。所有新來的漢人，在吃狗肉上結成了統一戰線，把兇手藏得像被異族追捕的英雄一樣。

四年後，一個白毛風肆虐的凌晨，一位老人和一位壯年人騎著馬，駕著一輛牛車向邊防公路跑去，牛車上載著畢利格老人的遺體。大隊的三個天葬場已有兩處棄之不用，一些牧民死後已改爲漢式的土葬。只有畢利格老人堅持要到可能還有狼的地方去。他的遺囑是讓他的兩個遠房兄弟把他送到邊防公路以北的無人區。

據老人的弟弟說，那夜，邊防公路的北面，狼嗥聲一夜沒停，一直嗥到天亮。

陳陣、楊克和張繼原都認爲，畢利格阿爸是痛苦的，也是幸運的老人。因爲他是額侖草原最後一個由草原天葬而魂歸騰格里的蒙古族老人。此後，草原狼群再也沒有回到過額侖草原。

不久，陳陣、楊克和高建中被先後抽調到連部。楊克當小學老師，高建中去了機務隊開拖拉機，陳陣當了倉庫保管員，只有張繼原仍被牧民留在馬群當馬倌。

伊勒和牠的孩子們，都留給了巴圖和嘎斯邁一家。忠心的黃黃跟著陳陣到了連部，但是只要嘎斯邁的牛車狗群一到連部，黃黃就會跟妻兒玩個痛快，而且每次車一走，牠就會跟車回牧業隊，攔也攔不住。每次都要在草原待上好多天，才自己單獨跑回陳陣身邊。

可黃黃每次回來以後，總是悶悶不樂的。陳陣曾擔心黃黃半路出事，但見牠不管牧業組搬得再遠，甚至一百多里地都能平安回來，也就大意了。他也不忍剝奪黃黃探親和探望草原的自由。

然而，一年後，黃黃還是走「丟」了。草原人都知道，草原狗不會迷路，也不會落入狼口。額侖狼已經消失，即使狼群還在，草原上也從未有過狼群劫殺孤狗的先例。半路劫殺黃黃的只有人，那些不是草原人的人……

陳陣和楊克又回到漢人爲主的圈子裏，過著純漢式的定居生活。周圍大多是內地來的轉業軍人和他們的家屬，以及來自天津和唐山的兵團戰士，然而，他倆從情感上，卻再也不能真正地返回漢式生活。兩人在工作和自學之餘，經常登上連部附近的小山頂，久久遙望西北的騰格里。

陳陣常常在亮得耀眼、高聳的雲朵裏，尋找小狼和畢利格阿爸的面龐和身影……

* * *

一九七五年，內蒙古生產建設兵團被正式解散。但是房子、機器、汽車、拖拉機，以及大部分的職工和他們的觀念、生活方式還都留在草原。水草豐美的馬駒子河流域，早已被墾成大片沙地，額侖草原在一年一年地退化。如果聽到哪個蒙古包被狼咬死一隻羊，一定會被人們議論好幾天，而聽到馬蹄陷入鼠洞，人馬被摔傷的事情，卻漸漸多了起來。

幾年後，陳陣在返回北京報考研究生之前，借了一匹馬，向巴圖和嘎斯邁一家道別，然後特地去看望了小狼出生的那個百年老洞。

老洞依然幽深結實，洞裏半尺的地方已結了蜘蛛網，有兩隻細長的綠螞蚱在網上掙扎。陳陣扒開草，探頭往洞裏看，洞中溢出一股土腥味，原先那濃重嗆鼻的狼氣味早已消失。老洞前，原來七條小狼崽玩耍和曬太陽的平臺，已長滿了高高的草棵子……陳陣在洞旁坐了很久很久。身邊沒有小狼，沒有獵狗，甚至連一條小狗崽也沒有了。

* * *

在北京知青赴額侖草原插隊三十周年的夏季，陳陣和楊克駕著一輛藍色的「切諾基」，離開了京城，駛向額侖草原。

陳陣在社科院研究生院畢業以後，一直在一所大學的研究所從事國情和體制改革的研究。楊克取得法學學士學位以後，又拿下碩士學位和律師資格，此時已是北京一家聲譽良好的律師事務所的創辦人。這兩個年過半百的老友一直惦念草原，但又畏懼重返草原。然而三十周年這個「人生經歷」的「而立」之年，使他倆立定決心重返額侖草原了。

他倆將去看望他們的草原親友，看望他們不敢再看的「烏珠穆沁大草原」，看望黑石頭山下，那個小狼的故洞。

……

山腳下，原來的茂密的葦林早已消失。吉普車穿過低矮稀疏、青黃錯雜的旱葦地，爬上黑石山下的緩坡。楊克問：你還記得小狼的狼洞嗎？

陳陣口氣肯定地說：學生怎麼會忘記老師的家門呢？我會在離老洞最近的坡底下停下來的，上面一段路還得步行，必須步行。

吉普車慢慢前行，距小狼的出生地越來越近，陳陣的心驟然緊張起來。他突然感到自己似乎像一個老戰犯，正在去一個陵墓謝罪。那個陵墓裏埋葬的，就是被他斷送性命的七條蒙古草原狼：五條小狼崽還沒有睜眼和斷奶，一條才剛剛學會跑步，還有一條小狼，竟被他用老虎鉗剪斷了狼牙，用鐵鏈剝奪了短短一生的自由，還親手將牠打死。

天性自由，又越來越尊崇自由的陳陣，卻幹出了一件最專制獨裁的惡事。他簡直無法面對自己青年時代的那些血淋淋的罪行。他有時甚至憎惡自己的研究，正是他的好奇心和研究癖，才斷送了那七條小狼的快樂與自由。

二十多年來，他的內心深處，常常受著這筆血債的深深譴責和折磨。他也越來越能理解那些殺過狼的草原人，爲什麼在生命結束後，都會心甘情願地把自己的身體交還給狼群。那不僅僅是爲了靈魂升天，也不僅僅爲了是「吃肉還肉」，可能其中還含著還債的深深愧疚，還有對草原狼深切的愛……

離開草原後，可敬可佩、可愛可憐的小狼，經常出現在他的夢裏和思緒裏。然而，小狼卻從來不曾咬過他，報復過他，甚至連要咬他的念頭都沒有。小狼總是笑呵呵地跑到他的跟前，抱他的小腿，蹭他的膝蓋，而且還經常舔他的手，舔他的下巴。

有一次，陳陣在夢裏，躺在草地上突然驚醒，小狼就臥在他的頭旁。他下意識的用手捂住了自己的咽喉，可是小狼看到他醒來，卻就地打滾，把自己的肚皮朝天亮出來，讓他給牠撓癢癢……

在這幾十年的一次次夢境中，小狼始終以德報怨，始終像他的一個可愛的孩子那樣，跑來與他親熱……使他感到不解的是，小狼不僅不恨他，不向他皺鼻齜牙，咆哮威脅，而且還對他頻頻表示狼的友情愛意。狼眼裏的愛，在人群裏永遠見不到，小狼的愛意是那麼古老荒涼，溫柔天真……

楊克見到這面碎石亂草荒坡，好像也記起了二十七八年前，那場殘忍的滅門惡行。他眼裏露出深深的內疚和自責。

吉普車在山坡上停下，陳陣指了指前面不遠的一片平地說：那就是小狼崽們的臨時藏身洞，是我把牠們挖出來的，主犯確實是我。我離開額侖的時候，它就塌平了，現在一點痕跡也看不出來了。咱們就從這兒往老洞走吧。

兩人下了車，陳陣揹上挎包，領著楊克向那個山包慢慢繞過去。

走上山坡，原來長滿刺草荆棘高草棵子、陰森隱蔽的亂崗，此時已成一片禿坡，坡下也沒有茂密的葦子青紗帳作掩護了。

又走了幾十米，百年老洞赫然袒露在兩人的視線裏。老洞似乎比以前更大，遠看像陝北黃土高坡的一個廢棄的窯洞。

陳陣屏著呼吸快步走去，走到洞前，發現老洞並沒有變大，只是由於老洞失去了高草的遮擋，才顯得比從前大。連年的乾旱，使洞形基本保持原樣，只是洞口底部落了不少碎石碎土。

陳陣走到洞旁，跪下身，定了定神，趴到洞口往裏看，洞道已被地滚草、荆棘棵子填了一大半。他從挎包裏掏出手電筒，往裏面照了照，洞道的拐彎處已幾乎被土石黃沙亂草堵死。陳陣失落地坐到洞前的平臺上，怔怔地望著老洞。

楊克也用手電筒仔細看了看洞道，說：沒錯！就是這個洞！你就是從這個洞鑽進去的。

楊克又彎下身，衝著老洞呼喊：小狼！小狼！開飯嘍！陳陣和我來看你啦！楊克就像在新草場對著小狼自己挖的狼洞，叫小狼出來吃飯一樣。然而，小狼再也不會從狼洞裏瘋了似地躥出來了……

陳陣站起身，撣了撣身上的土，又蹲下身，一根一根地拔掉平臺上的碎草，然後從挎包裏拿出七根北京火腿腸，其中有一根特別粗大，這是專門給他曾經養過的小狼準備的。

陳陣把祭品恭恭敬敬地放在平臺上，又從挎包裏拿出七束香，插在平臺上點燃，再掏出一扁瓶畢利格老人喜歡的北京「二鍋頭」酒，祭灑在老洞平臺和四周的沙草地上。然後，兩人都伸出雙臂，手掌朝天，仰望騰格里，隨著嫋嫋上升的青煙，去追尋小狼和畢利格老阿爸的靈魂……

陳陣真想大聲呼喊，小狼！小狼！阿爸！阿爸！我來看你們了……然而，他不敢喊，他不配喊。他也不敢驚擾他們的靈魂，唯恐他們睜開眼睛，看到下面如此乾黃破敗的「草原」。

騰格里欲哭無淚……

二〇〇二年春，巴圖和嘎斯邁從額侖草原給陳陣打來電話說：額侖寶力格蘇木（鄉）百分之八十的草場已經沙化，再過一年，全蘇木就要從定居放牧改為圈養牛羊，跟你們農村圈養牲畜差不多了，家家都要蓋好幾排大房子呢……

陳陣半天說不出話來。幾天以後，窗外突然騰起沖天的沙塵黃龍，遮天蔽日。整個北京城籠罩在嗆人的沙塵細粉之中，中華皇城變成了迷茫的黃沙之城。

陳陣獨自佇立窗前，愴然遙望北方。狼群已成為傳說，草原已成為回憶，游牧文明徹底終結，就連蒙古草原狼留下的最後一點痕跡——那個古老的小狼故洞，也將被黃沙埋沒。

一九七一年至一九九七年腹稿於錫盟東烏珠穆沁草原——北京。

一九九七年初稿於北京。

二〇〇一年二稿於北京。

二〇〇二年三月二十日三稿於強沙塵暴下的北京。

二〇〇三年九月二十一日《狼圖騰》定稿於北京。

二〇〇五年四月二日《狼圖騰》青少年版——《小狼小狼》定稿於北京。

國家圖書館出版品預行編目資料

狼圖騰之小狼小狼／姜戎作. -- 初版 -- 臺北市：風雲時代, 2006〔民95〕
面； 公分.

ISBN 986-146-240-6 (平裝)

859.6 94022531

書名 狼圖騰之**小狼小狼**
作者 姜戎
出版者 風雲時代出版股份有限公司
出版所 風雲時代出版股份有限公司
地址 105 台北市民生東路五段 178 號 7 樓之 3
風雲書網 http://www.eastbooks.com.tw
官方部落格 http://eastbooks.pixnet.net/blog
Facebook http://www.facebook.com/h7560949
信箱 h7560949@ms15.hinet.net
郵撥帳號 12043291
服務專線 (02)27560949
傳真專線 (02)27653799

責任編輯 朱墨菲
封面設計 邱瑞芬

法律顧問 永然法律事務所 李永然律師
北辰著作權事務所 蕭雄淋律師
版權授權 作者姜戎之代理人安波舜
出版日期 2008 年 9 月初版 4 刷
定價 250 元
總經銷 成信文化事業股份有限公司
地址 新北市新店區中正路四維巷二弄2號4樓
電話 (02)22192080
ISBN 986-146-240-6

行政院新聞局局版台業字第 3595 號
營利事業統一編號 22759935